진도,
바람소리 씻김소리

진도, 바람 소리 씻김 소리

진도 생활 7년,
바람에 씻긴 소리를 담다

채선후

진도,
바람 소리 씻김 소리

1판 1쇄 인쇄 | 2021년 10월 12일
1판 1쇄 발행 | 2021년 10월 18일

지 은 이 | 채선후
펴 낸 이 | 천봉재
펴 낸 곳 | 일송북

주   소 | 서울시 성북구 성북로 4길 27-19(2층)
전   화 | 02-2299-1290~1
팩   스 | 02-2299-1292
이 메 일 | minato3@hanmail.net
홈페이지 | www.ilsongbook.com
등   록 | 1998. 8. 13(제 303-3030000251002006000049호)

※ 책값은 뒤표지에 있습니다. 잘못된 책은 구입처에서 교환해 드립니다.

[창작집발간] 이 책은 서울문화재단 '2020년 창작집 발간 지원사업'
2021년 진도군 문화진흥기금의 지원을 받아 발간되었습니다.

차례

I. 진도, 바람 소리 씻김 소리

II. 홀로 눈물

III. 남문길 34

IV. 책과 함께 나를 쓰다

V. 나를 수필하다

나는 진도에 살고 있다. 어느덧 진도에 내려온 지 7년여 되고 있다. 처음에는 걱정이 많았다. 한반도 끄트머리 진도에서 어떻게 살까. 과연 살 수 있기는 할까. 생각을 하다하다 생각만으로 눌려 뻗쳤다(힘들었다). 바람 한번 쌩하게 지나가면 봄이 되었고, 비 한번 궂게 내리면 여름이 지나갔다. 그렇게 계절을 맞고 보낸 시간은 쌓였고, 원고지 위에 한 꺼풀 한 꺼풀 볏 짚단처럼 덮어 주어 지금의 글들을 엮게 했다.

진도에는 별들이 우르르 떨어져 마치 둥지를 틀기라도 한 듯 크고 작은 섬이 이 백여 개 모여 있다. 때로는 알아주는 이 없어 서글 퍼 보이기도 한다. 붉은 동백이, 푸른 논밭이, 매섭도록 차가운 바 람이 그렇다. 진도, 이 책은 그런 진도의 풍경이 7년 묵혀진 글이 다. 서글프도록 홀로 아름다운 섬, 진도에는 특히 바람이 떠나지 않고 불어대고 있다. 몇 년을 듣다 보니 어느 날부터인가 바람이 내게 말을 하고 있는 거였다. 그때부터 진도의 구석구석 소리가 들 리기 시작했다.

막걸리 잔을 걸쭉하게 들이키는 소리, 툭툭 어매들이 파뿌리 들 고 흙 터는 소리, 숭어가 팔딱팔딱 뛰며 물 튀기는 소리, 된장에 운 저리 찍는 소리. 이런 소리는 들으면 들을수록 액싹시럽게(안쓰럽 게) 다가왔다. 나는 왜 이리 진도가 액쌍한지 모르겠다. 섬사람들 은 외롭다. 바닷일, 농사일은 뻗치게 많은데 사람은 없다. 모두 외 롭도록 뻗치게 일을 한다. 어쩌면 진도에 부는 바람은 외롭지 말라 고 부는지 모르겠다. 나는 바람 소리 속에서 진도의 외로움을 들었 고, 달래 주고 싶었다. 외로움이 어디에 있는지 찾고 싶었다. 그래 서 썼다. 이것이 보배 같은 땅, 진도에 살게 된 사람으로서 진도에 대한 보답이라 생각한다.

이 글이 다 되어 갈 무렵 몸에 통증이 왔다. 망막에 탈이 생겨서 눈을 뜰 수가 없었다. 원고지 위 글자는 구멍이 숭숭 뚫려 보였고, 잘 읽히지도 않았다. 나는 뚫린 구멍을 감으로 잡아야 했다. 빨리 쓸수록 오타가 생겼고, 다시 눈을 찡그리거나 크게 뜨면서 바로잡아야 했다. 내게 글쓰기는 그런 거였다. 삶에 구멍 난 곳을 찾아 글로 메꾸는 시간인 거였다. 이번 작품집에는 꽤나 긴 시간이 걸렸다. 구멍 난 곳이 어디일까. 찾아다니며 물었고, 들었으며, 보았는데 글쎄 모르겠다. 어떻게 읽힐지 걱정도 되지만 이제 내 손에서 떠나보낸다. 나는 앞으로도 뚫린 구멍을 찾아 글로 채우기를 이어가겠지만 더 깊이 들어앉으려 한다.

모쪼록 이 책이 살아가는 데에 한 자락 썻김이 되길 바랄 뿐이다. 나는 앞으로 비경처럼 숨어 있는 진도, 삶의 아름다움을 원고지 위에 끌어내고자 한다. 이쯤에서 〈바람 소리 썻김 소리〉를 마무리한다. 며칠 이름 모를 섬들을 돌아보며 새로운 바람을 맞이하고 싶다. 여전히 진도에는 바람이 분다. 앞 논 모이파리가 살랑거린다. 엊그저께 심은 거 같은데 벌써 훌쩍 큰 것이 대견하다. 장마는 멀었는데 비가 잦다. 당분간 빗소리가 내겐 음악이 될 거 같다.

책이 나오기까지 알게 모르게 많은 분의 도움을 받았다. 진도 오거리를 지나다닐 때 내 구두 소리를 알아봐 주는 서점집 주인 아주머니가 그렇고, 빵집 주인이 그렇고, 마트 여사님이 그렇고, 하루도 빠지지 않고 분리수거를 하면서 내게 인사하는 아주머니가 그렇고, 매일 아침 눈을 푸르게 밝혀 주는 집 앞 논이 그렇다. 어찌 보면 이 글은 내 것이 아니다. 나를 스친 모든 인연의 호흡이 남긴 흔적이다. 다시 한 번 진도군 주민에게 감사드린다. 특히 임회면 송월리 마을 시어르신들께 고개 숙여 감사의 마음 전한다. 모두 건강히 오래 사시길 바란다. 바쁘신 와중에 진도향토사 관련 아낌없는 조언을 주신 박주언 진도문화원장님과 참고 문헌 및 자료를 제공해 주신 진도문화원, 국립남도국악원, 진도군 관광진흥협의회 관계자 분께 감사의 마음을 소중히 담아 적는다.

한낱 낙장에 불과한 사람에게 운이 좋아 서울문화재단 예술 창작 활동 사업에 선정되었다. 낙장 같은 사람한테 출간은 적잖게 어려운 일이다. 어찌 해야 될지 고심이 많았는데 단비를 맞은 듯 고맙고 고마울 따름이다. 다시 한 번 책을 출간하는 데에 큰 힘이 된 서울문화재단과 진도군에 감사드린다. 원고 평을 흔쾌히 허락하신 서울디지털대 문예창작과 이경철(문학평론가, 전 중앙일보문

화부장) 교수님과 힘든 시기 출간을 맡아 주신 일송북 천봉재 대표님께 정중히 감사의 절을 드린다. 모두 글 쓰게 해 주셔서 고맙습니다.

진도, 바람 소리 고맙다. 나는 이렇게 너로 인해 썼는다.

2021년 5월 어느 날, 채선후 드림

I

진도,
바람 소리 씻김 소리

감자 어매

사는 곳이 달라지면 먹는 것과 말씨도 달라지는 법이다. 나는
다른 것보다 먹는 것에 적응이 잘 안 되는 편이다. 특히 비릿한 냄
새가 그랬다. 진도에 이사 오자마자 밥 먹기가 힘들었는데 젓갈
냄새였다. 김치에서 올라오는 비릿한 냄새 때문에 밥상 앞에 앉기
가 힘들었다. 다음은 말씨였다. 사람들은 말끝에 '~했지라'를 붙였
다. '지라'가 어떨 때에는 높이고 어떨 때에는 낮으면서 길게 늘여
말해서 이 '지라'가 그 '지라'였는지 도통 알아듣지 못했다.

처음 진도에 이사 와서 시장을 가질 못했다. 시장 근처만 가도
비릿한 생선 냄새 때문에 속이 울렁거려서다. 그래서 할머니들이
농사지은 것을 펼쳐 놓고 파는 골목을 알아두었다. 우체국을 끼
고 있는 골목인데 어매 서넛이 앉아서 팔았다. 골목을 거쳐 은행

이 있어 지나가게 된다. 은행에 갈 때 사야 될 것을 눈여겨보았다가 볼일을 다 보고 오는 길에 사기로 했다. 어매 여럿 중 유독 억양이 드센 어매를 눈여겨봤다. 그 어매는 감자 농사를 짓는지 감자를 자주 갖고 나왔다.

나는 '감자 어매'라 불렀는데 얼굴 주름이 턱으로 내려가 목선이 쭈글쭈글했고 허리가 굽어 유모차를 밀고 다니는 걸 여러 차례 보았다. 다른 어매들보다 셈도 빨라 잔돈도 빨리 내주었다. 장사를 오래 했는지 사람들 대하는 것에도 거침이 없었다. 하고 싶은 말은 다했다. 다른 어매들은 손님이 '이것 주이쇼' 하면 '그래라' 며 고분고분 응대했는데, 감자 어매는 손님이 마음에 안 들면 '뭐라' 하면서 째려보면서 싸우듯 버럭 소리를 질렀다. 살라면 사고 말라면 가라는 식이었다. 또, 유독 바지런했다. 비가 조금씩 떨어지고 있는데도 다른 어매들은 장사를 접을 준비하는데 혼자 파를 다듬었다. 나는 그런 모습이 억척스러워 보였고, 편히 사시지 고생을 사서 하는가 그런 생각도 들었다.

어느 날인가 어매들이 펼쳐 놓은 바구니들을 훑어보며 은행엘 갔다. 막 캐 온 감자가 마음에 들었다. 은행 일을 보고 되돌아오는 길에 감자 어매에게 말했다.

1) 어머니, 할머니를 지칭하는 진도 사투리

"할머니, 감자 오천 원어치 주세요."

"읍서어야. 안 팔어!"

큰 소리로 '읍다' 하는 소리에 놀라서 아무것도 사지 않고 와 버렸다. 뭐가 문제일까. 분명히 눈앞에 감자가 있는데 왜 없다고 하나. 고심했다. 기분 나쁘게 말을 했을까. 아무리 생각해도 이유를 찾지 못했다.

다음 날 다시 골목을 찾았다. 어매들이 어제처럼 나와 있었다. 어매들도 나를 여러 날 봐서인지 언제 물건을 사는지 알고 있었다. 은행 가는 길에 인사를 했다. 최대한 마음을 가다듬고 상냥히 말했다.

"할머니, 저 번에 감자 있었는데 왜 저한테 없다고 하셨어요?"

"아, 고것이 감자당가? 북감자잖여. 북감자."

그제야 알았다. 진도에서는 내가 말한 감자는 북감자였고, 고구마를 감자라고 불렀다. 내가 몰랐던 것이다. 미안한 마음이 들어 매생이를 사기로 했다. 매생이 옆에 파래도 있었는데 나는 매생이가 좋아 보였다. 앞에 물건 샀던 사람은 오천 원어치 샀는데 한 덩어리를 더 얹어 주었다. 나도 한 덩어리 더 얻을까 싶어 많이 먹지도 않는 매생이를 만 원어치 사기로 했다. 매생이를 손가락으로

19

가리키며,

"할머니, 이거 퍼런 것으로 만 원어치 주세요."

나는 돈을 건넸고 할머니는 까만 비닐봉지에 담아 주었다. 집에 와서 펼쳐 보니 이게 웬일인가. 생각했던 매생이가 아니라 파래였고 그렇게 원하던 한 덩어리 덤이 없었다. 덤이. 서운했다. 아무리 진도 생활이 몇 달 안 되었다 해도 매생이와 파래는 구분할 줄 알았다. 매생이는 줄기가 윤기 나는 머리카락처럼 찰진 것이 곱고 부드러웠다. 색은 짙은 초록으로 깊은 바다색을 띠고, 목에 넘어갈 때 묵처럼 술술 넘어갔다. 파래는 매생이보다 연둣빛에 가깝고 줄기는 좀 더 뻣셌다(거칠었다). 이번에도 실패한 것이다. 무엇이 문제였을까. 도대체 언제 물건을 제대로 살까. 화도 나고 감자 어매가 얄미웠다. 내가 진도 사람이 아니라 더 얄밉게 대하는 거 같아서 속상했다.

그 다음 날 우체국 골목길을 찾지 않았다. 옆길로 돌아다녔다. 대신 사람들이 어떻게 물건을 사는지 멀리서 관찰했다. 감자 어매는 오랜만에 찾은 손님일수록 목소리가 높고 셌다. 무엇을 달라고 얼마냐고도 묻지 않는다. 한 아짐(아줌마)이 얼갈이배추를 사는가 보다.

"아고야, 날이 징하게 더웅께. 요거로 후딱 싸 주쇼."

"그라지라. 요거은 뽀셔라. 요거시 보드라웅께 요거 담아 주지라."

"그라쇼."

돈을 건네니 어매가 까만 봉지에 한 줌 더 넣어 주며 잔돈을 준다. 손님은 잔돈을 확인도 안하고 주머니에 넣는다. 그 광경을 유심히 봤다. 나의 허점을 찾고 싶었으니까. 실패한 이유도 알아냈다. 어매라 하지 않았고, 말끝에 '지라'를 붙이지 않은 거다.

한 달을 지켜봤을까. 뭐라도 해서 먹어야 되는 지경에 이르던 어느 날. 나는 두 팔을 걷어 올리며 작심했다. '이번엔 기필코 사고 말리라!', '덤도 꼭 얻어 내고 말리라!' 골목으로 걸어가면서 속으로 연습했다. 어매, 어매, 어매. 꼭 '어매'라 불러야지. 값을 물을 때엔 '얼마예요' 하지 말고 '얼마지라' 라고 해야지. 얼마지라, 얼마지라, 얼마지라. 염불 외듯 외우며 은행으로 가는 척 하며 감자 어매를 힐끗 살펴보았다. 감자 어매 앞에 섰다. 과연 잘 해낼 수 있을까. 어매가 나를 보았다. 내가 먼저 큰 목소리로 인사했다.

"아이고라, 어매 그 간 잘 계셨지라? 요거 쪼매 싸 주쇼."

"그간 어델 허벌라게 다녔는강. 고케 뵈이도 안코."

어린 보릿잎과 머윗대를 가리켰다. 나는 어매 손을 놓치지 않고 봤다. 과연 덤 한 주먹을 더 줄까. 보릿잎은 얼마치 묻지도 않고 있는 것 다 봉지에 넣는다. 내가 놀라서,

"어매, 오천 원이지라. 뭣이 이리 많당가요?"

머윗대도 바구니에 담긴 거 다 담고 몇 줌 더 얹어 준다. 퍼 담다시피 주고 있는 어매에게 그만 담으라고 말렸다.

"워라 워라, 이게 뭔 일이다요? 고만 하지라."

"아따 가만있어 보랑께."

어매 말이 천리 떨어져 있는 친정 고향의 품이 되어 나를 안아 주었다. 어매에게 가지고 있는 돈을 다 주고 싶었다. 미안했다.

돈만 있으면 물건쯤이야 어디서나 쉽게 살 수 있다. 하지만 어매들에게는 사는 것이 아니라 손길을 얻는 거였다. 아무리 해가 멀리 있다 해도 세상 어느 구석 쐬지 않은 곳이 없듯이 어매의 손길은 뿌리부터 이파리 구석구석 살펴보며, 새벽부터 해 저물도록 쪼그리고 앉아 잡초를 뽑고 흙을 다지며 자식처럼 키운 상추, 파, 배추 아니던가.

그런 것을 덤까지 받길 바라고 있었으니 감자 어매가 버럭 악을 쓰며 대꾸할 만도 했다.

그 후 나는 종종 감자 어매에게 감자를 샀다. 감자가 아니라도 인사를 건네면 '지라'를 툭툭 던지는 말끝이 어매의 정을 받는 거 같아 좋았다. 그렇게 몇 달이 지나고 장마가 지났을까. 감자 어매는 보이지 않는다. 구루마[2]라도 끌고 다니는 모습을 보길 원했지만 더는 모습을 찾을 수 없다. 어디 사는지 동네라도 알아 둘 것을. 어매가 보고잡다.

2) 허리 아픈 할머니들이 앞으로 밀고 다니는 물건 실을 수 있는 작은 유모차

청각

여름이 가까워지고 있다. 오늘은 장날이다. 진도읍에서는 제법
큰 읍장이다. 서망, 쉬미, 벽파, 수품, 산월, 창유, 초평 등 어항에서
잡아온 생선이며, 미역, 다시마, 톳과 같은 해초류 등이 장날 모이
기 때문에 못 보던 생선들도 많다. 읍장을 지날 때마다 냄새 때문
에 힘들었다. 마른 미역 짠내와 생선 비린내, 사람들 냄새가 섞여
내겐 곤욕이었다. 특히 알아듣지 못하는 사투리가 더욱 힘들었다.

한번은 어머니 심부름이 있었다. 읍장에 가서 청각을 사오라는
거였다. 시어머니 심부름인 데에다 어머니가 직접 읍까지 다녀오
기 불편해 못한다고 할 수도 없는 노릇이었다. 일단 알았다고 했
다. 나는 청각을 모른다. 본 적도 없다. 충청도에서는 늙은 오이를
노각이라고 해서 친정엄마가 초고추장에 무쳐 준 기억이 있다. 노

각이 노란색이니 청각은 초록색 오이와 닮은 뭐 그런 종류일 거라 생각했다. 장터에서 오이와 비슷하게 생긴 것만 찾았다. 아무리 찾아도 오이 비슷한 것은 없었다. 도대체 청각은 어떻게 생긴 것일까. 시장 물건을 샅샅이 살피다시피 했어도 보이질 않았다. 어떤 아주머니가 생선 파는 곳으로 가 보라 했다. 생선 있는 곳으로 갈수록 비릿한 바다 냄새가 확 올라왔다. 울렁거리는 속을 꾹 참으며 시장 안으로 들어갔다.

생선 파는 곳 입구에서 청각을 물었다.

"쩌기, 저짝. 저 우게 뻘하니 보이라. 쩌가 창울 함씨여 거서 물어 보랑께."

순간 굳었다. 속사포처럼 휙 지나가는 언어의 속도에 자괴감도 들었다. 해석이 안 되는 말을 들으니 뭘 어떻게 해야 될지 판단이 서질 않았다. '안 사. 내가 안 사고 말지' 느닷없이 산다는 것이 참으로 어렵다는 생각이 온몸에 스미면서 힘이 쭉 빠졌다. 일단 아주머니 눈이 가리키는 쪽으로 걸어갔다. 진도각이라 쓰인 미역 포장지가 보였다. 바로 '이거'라는 생각이 스쳤다. 청각이나 진도각이나 같은 각이지 않은가. 더는 생각 안 하고 진도각 미역을 샀다. 이러면 다 된 거라고 위로하면서 그 자리를 빠르게 벗어났다. 참았던 숨을 몰아 크게 쉬었다. 비린내가 내뱉어지는 거 같았다.

집에 돌아와 진도각을 내밀었더니 어머니는 눈이 휘둥그레 바라보시며 웃기만 하셨다.

"아야, 이 각 말고, 쭐거리가 얄상하니 퍼렇고 끼다란 거 있어야. 다음에 그걸로 사 온나."

다음, 다음. 어머니는 포기하지 않으셨다. 5일이 지나고 장날은 또 다시 왔다. 어머니는 이번에도 청각을 신신당부하셨다. 나는 적진에 돌진하는 병사처럼 비장한 각오로 읍장엘 찾았다. 꼭 청각을 찾아내고 말리라.

날이 더워서인지 지난 장보다 생선은 많지 않았다. 까만 것이 묘하게 오돌하게 돌기가 돋은 생선이 있었는데 이름은 물어보지 않았다. 청각. 도대체 퍼렇고 얄상하니 끼다란 것이 어디 있을까. 수산시장 안을 빙 둘러 돌고 있을 때 기다랗고 그야말로 얄상한 것이 눈에 띄었다. 청각 같아 물었다.

"할머니, 이거 청각인가요?" "그람. 얼매치롬 줄가?"

검푸르고 기다란 것이 바위에 낀 이끼를 우동발로 뽑아 놓은 거같았다. 줄기를 만지면 고운 모래알이 사각거리듯 살이 흔들렸다.

과연 이것을 어떻게 먹을까. 창유리 할머니는 설탕 넣고 식초 타서 먹으란다.

　어머니는 창유리 할머니 말대로 냄비에 물도 붓지 않고 삶아내더니 설탕과 식초에 물을 넣어 국처럼 저녁상에 놓으셨다. '고거 참, 시원한 것이 맛나다!'를 연거푸 외치며 정말 술술 국처럼 마셨다. 나보고도 마시라는데 한 수저 떠먹고 더는 먹지 못했다. 도무지 모르는 맛이었다. 목에서 받아들이기 힘들었다. 햇볕이 내리쬐는 모래사장 냄새 같은 것이 시름하면서 달달한 설탕과 바다 냄새가 어우러진 독특한 냄새, 나는 그 냄새가 그토록 힘들었다.

　그 후로 몇 년이 지났을까. 지금은 냄새가 나지 않는다. 귓속에서 속사포처럼 후딱 지나가던 사투리도 곧잘 알아듣는다. 먹지 못했던 갈치 젓갈도, 삭힌 홍어도 잘 먹는다. 청각 냄새도 맡을 수 있을 거 같은데 어머니는 예전처럼 청각 사오란 심부름을 시키지 않는다. 두 손으로 대접을 잡고 후루룩 청각 물을 들이키시던 어머니 모습은 없다. 어떤 냄새도 싫은가. 음식을 내밀면 손을 저으신다. 멀건 흰 죽만 겨우 받아먹을 뿐이다. 그 모습이 안쓰러워 어쩌다 생선살 한 젓가락 입에 넣어드리면 그 냄새를 참지 못하고 있다. 나는 이렇게 청각 맛을 그리워하고 있는데.

예전 청각 사던 그 자리에 갔다. 새벽에 막 잡아왔다는 민어가
팔딱거린다. 통통한 갑오징어가 물을 뿜고 있다. 울돌목에서 잡
았다는 개숭어도 있다. 알싸하게 올라오는 바다 냄새, 생선 냄새
에 파도를 마주하고 있는 듯 시원하다. 창유리 할매는 나오지 않
았다. '아따 얼매치 줄까랑' 카랑카랑하게 장사하던 목소리가 귓가
에 들리는데 없다. 아직 청각이 나올 때가 아니니까. 나는 그렇게
위로했다. 한동안 '청각 사온나' 어머니 예전 그 목소리가 자꾸 맴
돌아 읍장을 기웃거릴 거 같다. 사각거리며 흔들리는 검푸른 청각
줄기를 단촛물에 말아 훌훌 한 대접 마시면 이 속이 시원할 것도
같은데. 날은 점점 여름으로 치닫고 있다.

설탕 국수

나는 칼국수를 좋아한다. 멸치 육수에 호박을 넣어 묵은 김치를 채 썰어 얹고, 동치미 고추지를 다져 조선간장으로 양념 한 국수는 뜨거운 여름에 먹어도 시원하고 개운하다. 친정에서는 자주 먹던 음식이지만 시댁인 진도로 이사 오고 나서는 국수를 거의 먹지 못했다. 시댁 사람들은 국수를 거의 먹지 않는다. 시집 온 후로 국수 삶는 것을 본 적 없으니까. 남편도 국수를 모르고 자라서 아예 그 맛을 모른다. 이사 온 지 다섯 해를 넘겼을까 너무 먹고 싶어 나도 모르게 국수를 삶던 날이 있었다. 정말 그날에는 국수를 먹지 않으면 병이 날 거 같았다. 남편은 느닷없이 설탕을 밥상에 올려놓았다.

잠깐 우리 집 밥상에 대해 설명하자면 우리 집은 분단 밥상이다. 남편은 전라도 진도, 나는 경기도 여주 출신이다. 고향을 기준으로 하더라도 밥상 반찬이 둘로 갈라진다. 38선이 그어지듯 김치를 중심으로 진도와 여주로 나뉜다. 젓갈이 많고 찹쌀 풀로 찰진 윤기가 나는 진도 김치와 심심하다 싶을 정도로 마늘과 고추만 갈아 넣은 여주 김치. 찹쌀 풀을 몽글몽글하게 쑨 고추장은 진도, 멥쌀로 기본에 충실하게 쑨 고추장은 여주 것이다. 각자 좋아하는 음식도 태어난 지역 특성에 따라 다르다. 진도 사람인 남편은 바닷가 음식을 좋아하고, 나는 산과 들에서 많이 나는 것을 좋아한다. 그래서 밥상에도 남편 앞쪽은 생선회와 초고추장, 내 앞쪽에는 상추나 오이, 풋고추에 된장을 놓는다. 누가 봐도 극명하게 둘로 나뉜 분단 밥상이다.

이런 분단 밥상에 설탕이 올라오긴 처음이었다. 나는 국수를 삶은 후 그릇에 면을 담고 뜨거운 육수를 담았다. 자연스럽게 묵은지와 고추지 양념간장을 상에 올렸다. 그때까지 설탕의 용도를 예감하지 못했다. 남편과 시부모님도 사뭇 고추 양념간장을 의아하게 쳐다보며 용도를 예측했을 것이다. 남편과 어머니, 아버님은 국물은 담지 말고 면만 그릇에 담아 달라고 요구했다. 그러더니 찬물을 붓는 것이다. 설마 했다. 거기에 설탕을 떠 넣는 것이 아닌

가. 싱겁다고 설탕을 몇 수저 더 넣으셨다. 세상에나 국수에 설탕을 넣다니! 나는 도무지 이해할 수 없었다. 얼큰해야 할 국수에 설탕은 어울리지 않는 맛이지 않은가. 어머니도 내 국수 그릇을 힐끔 쳐다보셨다. 뜨거운 국물에 짠 양념간장을 듬뿍 넣고 묵은 김치까지 넣었으니 무슨 맛으로 먹나 싶은 눈치다. 우리는 국수라는 한 이름으로 둘로 나뉘어 각자의 맛을 즐기고 있었다. 분단 밥상 한쪽은 국수 그릇 곁에 차가운 물방울이 맺혔고, 다른 한쪽에서는 뜨거운 김이 올라왔다. 나는 먹는 것을 바라보다 말고 웃음이 나왔다. 왜 이리 우린 다른가.

진도는 여자에게 잠시 쉬어가는 휴식을 허락하지 않는다. 허리를 활짝 펴고 웃는 웃음도 허락하지 않는다. 여자의 하루 일과는 허리를 구부려 움직이는 움직임의 연속이다. 어매들은 이른 새벽 제일 먼저 일어나 세도 힘든 많고 기다란 밭고랑에 쭈그려 앉아 일을 시작한다. 머리에 두른 수건에 땀을 몇 번 닦고 나면 새참을 해야 하고, 또 점심을 준비한다. 먹은 것을 치우고 나면 또 다시 밭으로 나가 배추를 한 광주리 머리에 이고 집으로 온다. 배추를 다듬어 김치를 하고 나면 저녁 준비로 이어진다. 저녁을 다 치우고 나면 마늘을 까거나, 콩을 간다. 자기 전까지 쉴 틈 없는 생활 속에

31

서 여자들에게 위로는 무엇일까. 진도에 살면서 여자들의 삶을 국수로 들여다본다. 움직임에도 위로가 필요하다. 위로가 없는 움직임이 하루하루 쌓이다 보면 고역이 된다. 하루하루를 고역으로 넘기며 늙어가는 여자들에게 달달한 시간이란 게 있기는 한 것일까.

어머니에게 물었다.

"어머니, 설탕 국수 맛있어요?"

"그람. 선한 것이 달지. 국시는 뻗칠 때 먹어야 겁나 맛나야. 모니모니 해도 실참(새참)에 먹는 국시가 제일이여."

달콤한 당분이 필요할 때가 있다. 사는 것이 쓰디쓸 때 사탕을 찾는다. 쓰디쓴 삶에 그나마 입이라도 달달하게 위로가 되기 때문이다. 지친 몸을 위한 위로, 설탕 국수도 고역을 하는 여자들에게 달콤한 짧은 위로다. 지친 일속에서 잠시 쉬는 시간을 벌 수 있게 해 주는 음식임에 틀림없다. 더운 여름 땀으로 지쳐 가는 밭일에서 또 다시, 부엌일로 새참을 준비해야 되는 여자들에게 가장 필요한 것이 쉬는 시간이다. 설탕 국수는 오래 걸리지 않는 간단한 음식이다. 면만 삶아서 냉수를 붓고 설탕을 넣으면 되니까. 여자들에게 쉬는 시간을 벌게 해 주고, 설탕의 달달함으로 속을 달래 주는 위로가 되는 음식이다. 나는 그렇게 생각한다.

어머니도 왕성하게 밭일을 했을 적엔 자주 드셨다고 한다. 지금이야 달달한 커피나 초콜릿, 사탕이 흔하지만 이마저 없던 옛날에는 설탕 국수로 지쳐 가는 몸에 당분을 보충했을 것이다. 대접에 면을 넣고 시원한 냉수를 넣어 설탕을 듬뿍 넣어 들이키는 설탕 국수는 더위로 지친 몸을 빠르게 위로해 준다. 그 순간 위로만 주었겠는가. 잠시 짓누르고 있던 노역 같은 일에 대한 짧은 해방을 주었을 것이다. 그렇다. 설탕 국수는 해방의 맛이다. '아, 맛나다!' 여자들의 이 외침은 여자에게 드리운 굴레 같은 책무에서 벗어났다는 아주 짧은 해방의 부르짖음이다. 설탕 국수는 밭일에서 부엌일로 옮겨가야 되는 고역이 연장되는 자신의 일에서 벗어날 수 있는 해방감 주는 음식이다. 설탕 국수는 해방의 맛인 것이다. 요즘 설탕 국수 먹는다는 이야기를 듣지 못했다. 뻗치게 힘들었던 어머니 젊었던 시절 먹었던 추억의 음식이 되었지만 지금도 어머니는 뻗친 날이면 설탕 국수를 말한다. '아야, 뻗친데 이것저것 내지 말고 국시나 먹자' 김치만 두 가지씩 놓이던 분단 밥상도 통일을 이룬지 몇 해가 되었다. 뻗치게 살다 보니 니 맛 내 맛 38선 그어지듯 나뉘어 먹는 것도 고역을 자초하는 것임을 알기 때문이다. 그렇지 않아도 뻗치는 인생, 밥상에서라도 줄이자는 것이 통일 밥상을 이룬 가장 큰 이유다. 그냥 차려 준 대로, 있는 대로, 주어진 대로 먹으며 살면 된다.

설탕 밥상 아닌가.

무원(無願)의 섬, 하조도
- 조도(鳥島)기행 1

옅은 안개가 낀 아침이다. 며칠 전까지 동네 앞 논에서는 모내기하느라 트랙터 소리가 시끄러웠다. 오늘 보니 어느새 어린모가 파릇하다. 논 위로 흰 물새 두 마리가 낮게 날갯짓을 한다. 그 모습을 약속도 잊고 쳐다보고 있었다. 오늘은 지인들과 조도를 가기로 했다. 진도에 내려 온 지 몇 해가 되었는데 아름답다는 섬, 조도(鳥島)를 가 보질 못했다. 진도는 작은 섬이 모여 또 하나 섬을 이룬다. 조도 부근에만 크고 작은 섬이 백여 개가 된다고 한다. 언제인가 굴포(전남 진도군 임회면 굴포리)에서 조도의 섬 자락을 봤었다. 조도는 말 그대로 새의 섬인데 어떤 새가 있을까 이런 생각을 하며 출발 준비를 했다.

오늘 동행하는 지인들은 남편 친구인 형욱 씨, 덕주 씨와 병준 엄마 (덕주 씨 부인)이다. 남편에게는 진도에서 나고 함께 자란 친구이고, 내게는 결혼식 전날 함진 애비 때부터 봐 온 이십여 년 된 남편의 친구들이었다. 병준 엄마는 결혼하고 처음 조도에 간다고 했다. 진도 남자 만나 아이를 낳고, 아이가 스물이 넘도록 살았지만 병준 엄마의 '처음'이라는 말에 놀라지 않았다. 나도 그러하니까. 누군가는 살다 보면 그럴 수 있는 일이라 하겠지만 진도로 시집 온 며느리들에게는 부엌과 밭을 떠나 어디 간다는 것이 좀처럼 허락되지 않는다. 허락이라는 것이 말로 듣는 허락이 아니라 암묵적인 허락이다. 암묵적 허락은 어디를 다녀오고 나서 밥 먹을 때 밥상 앞이 편해야 된다. 이제는 암묵적 허락을 받을 시어르신들이 돌아가셨거나 병환에 계시니 굳이 허락이라는 것이 있을 리 없다. 그냥 나서면 되는데도 마음이 편치 않았다.

조도에 가기 위해서는 팽목항에서 표를 끊어야 한다. 배는 한림페리호다. 승용차를 40여 대 실을 수 있는 500톤급 여객선이다. 주말인데 코로나 시기인 데에다 바쁜 농사철이라 사람이 없다. 승선은 우리 5명과 여행 온 노년의 할아버지들 댓 명뿐이다. 우리는 차를 가지고 가기로 했다. 배는 산뜻했다. 한림페리호는 건조한지 불과 몇 달 되지 않은 새 배였다. 출발 시간은 오전 10시 30분이다. 선실은 두 칸으로 나뉘어 있었다. 뱃머리 앞 칸에는 의자가 있었고, 다음 칸에는 방으로 되어 신발을 벗고 들어가야 했다. 우리는 갑판 위로 올라갔다. 섬들은 작은 몽돌이 되어 바다 전체가 아기자기하게 꾸며진 정원이었다. 옅은 안개가 번져 바람에 '신비'라는 천이 섬에 살포시 앉아있는 듯 했다.

형욱 씨가 안내자가 되어 설명했다.
"야들아, 쩌기 저 보이제. 느그들 아냐? 쩌가 장죽도여."
주변 섬이 작고 둥그스름한 공기알 같은 몽돌이라면 장죽도는 조금 더 길었다. 공기알 세 개 정도 붙여 놓았다고 해야 될까. 한림페리호가 앞으로 나아갈수록 배 뒤쪽에서는 하얀 물보라가 길이 되었다가 사라졌다.

삼십여 분 달렸을까. 우리는 아기자기한 섬에 빙 둘러싸였다. 모두 조도에 속하는 섬들이다. 그중에 가장 크고 기다란 섬이 눈앞에 마주했는데 하조도다. 하조도는 상조도보다 아래쪽에 있어서 하조도다. 그런데 상조도보다 사람도 많이 살고 규모가 크다. 하조도 주변 바다를 둘러보았다. 창유리 선착장에 도착했다. 우리는 하조도 등대로 향했다. 가는 길마다 톳을 널어 말리고 있었다. 산림에 가까워지자 울창하고 시원하게 뻗은 나무 푸른빛이 싱싱했다. 해풍을 맞아서인가 나뭇잎은 말린 미역색에 가까웠다. 낮고 굽이진 산골을 차를 타고 달렸는데 신금산이다. 수목이 인위적으로 꾸며지지 않은 자연림 그대로가 잘 보존되어 있었다. 둥그스름한 나뭇잎의 나무가 여러 그루 있었는데 밤나무라고 해서 놀랐다. 밤이 도토리열매와 비슷하게 생겼는데 따서 널어 놓으면 쩍쩍 갈라지는 소리가 나서 '쩍밤'이라고 한다.

하조도 등대 입구 주차장에 도착했다. 여느 관광지와 다르게 음식점이나 커피숍이 없었다. 그래서인지 더욱 깊게 바다 냄새, 바람 소리가 귀에 들어왔다. 등대 입구에 새 두 마리 조형이 있고, 주차장은 넓지 않았다. 주차장에서 등대까지 걸어가야 했다. 점심때가 다가왔는데 안개는 아직 옅었고, 새는 여전히 보이지 않았다. 등대에는 등대의 위치를 알려주는 무선 신호기인 전기혼이 시기별로 여러 대 있었고, 1950년도에 사용했던 무종도 있었다. 전기가 없던 시절 종을 쳐서 위치를 알렸을 것이다. 조도 섬 전체를 조형물로 만들어 조도 주변의 섬들의 이름과 설명을 해 놓았는데 그때 알았다.

조도는 새를 닮은 모양이었다. 하조도는 어미 새를 상조도는 새끼 새를 닮아 어미 새가 먹이를 주는 형상이고 주변의 작은 섬들이 새떼를 이루는 모양이라 조도(鳥島)라 한다. 그리고 보니 하조도와 상조도는 어미 새가 새끼 새에게 날개를 편 것이 주둥이를 마주하고 먹이를 주는 모습이었다. 내 눈에는 그렇게 보였다. 바다 물결 위를 닿을 듯 말 듯 날갯짓하는 새를 본 적이 있다. 새는 물고기를 낚아 어디론가 날아갔다. 아마도 지금 서 있는 하조도는 막 먹이를 입에 물고 새끼에게로 향하는 어미 새의 날개에 해당한다. 등대 부근 의자에 앉았다. 언제인가 읽었던 진도 어르신들의 어릴 적 이야기를 생각했다.

진도 문화원에서는 진도 어르신들이 살고 있는 마을에 관한 설화, 어릴 적 이야기, 경험담을 듣고 기록하여 〈보배 섬 진도설화〉 책을 엮었다. 그 책 조도 편을 통해서 조도의 옛 생활을 들여다보게 되었는데 신육리 신전마을 박정인 어르신 이야기다.

'원 안토(안태)고향이 바로 고개 막 넘으면 제일 위에 밭이 있습니다. 그 밭이 내 집자리 밭이요. 육도에서 살고 있을 때 우리 아버지는 일본 다녔어요. 나는 모르는데, 일본 다녔어요. 그런데 내가 다섯 살이나 먹었을 거 아닙니까? 갓난아기가 기어댕겼을 정도니

까, 우리 동생이 기어댕길 땐께, 나도 애기인디 또 애기를 보라고
해요.

어머니가 콩 밭 매러 가면서 동생 보라니까, 나는 놀러가서, 옛
날에는 아그들하고 구슬갖고 다마치기 하고 그런 것 하니라고. 그
냥 애기를 안 보고 놔두니까 애기가 똥을 싸서 보리깍지기를 먹어
서. (중략) 내가 그랑께 다섯 살쯤 되었으께요.'

진도에 살게 되니 내게 섬 생활이 어떠냐고 묻는 사람이 많다.
섬에서는 사람보다 섬을 잘 보살펴야 된다고 말하고 싶다. 어미
새가 새끼를 보살피듯 섬은 섬을 잘 보살피는 사람에게 그만한 재
물을 준다고 해야 될까. 그래서일까 섬은 잠시도 사람 몸을 가만
히 놔 주지 않는다. 좋은 볕이 들면 따서 말려야 될 톳이며, 미역,
다시마가 있고, 바람이 들라치면 바다로 나가 바람에 탈이 없도록
해야 한다. 아침이면 아침대로, 저녁이면 저녁대로 몸을 가만히
둘 수 없다. 박정인 어르신 이야기처럼 진도의 삶은 자식 돌볼 여
력이 없다. 왜 그리 일을 하는가 물어보면 다 자식 때문이라고 한
다. 섬에서의 일은 자식 돌볼 시간조차 아껴야 할 만큼 바쁘다.

하조도, 안개가 아직도 바다 위에 앉아 있다. 멀리 양식 밭이 보

인다. 하조도 날개 끝에 서 있자니 아까 길가 끝까지 톳을 널어놓은 광경이 생각났다. 아마도 톳의 주인은 자식 배를 쓰다듬듯이 톳을 뒤집고 있을 것이다. 어미 새가 새끼를 품어 주듯 자식들을 보살펴 줄 톳이 아닌가. 하조도 등대에서 우리는 상조도로 향했다. 내려오는 길에 수건을 머리에 두른 어매가 톳을 뒤집고 있었다. 집 식구들 모두 나와 일하고 있었다. 그 모습이 새들이 모여 먹이를 쪼는 듯 보였다. 길 전체가 톳길이 되어 펼쳐 있었다. 마치 어미 새가 새끼를 보살피고자 하는 마음이 톳에 모여들 듯 사람들 손길이 정성스러웠다. 먹이를 입에 물고 새끼가 있는 곳으로 날아가는 것처럼 톳은 자식들을 위해 또, 누군가를 위해 쓰일 것이다.

대가를 바라지 않고 누군가를 위해 베푸는 마음을 '무원(無願)'이라고 했던가. 조도에는 무원이 깃들어 있었다. 어미가 새끼에게 하듯 섬은 사람들에게 무원을 베풀었다. 또 무원 속에서 살고 사람들은 그 마음을 받아서일까. 누군가에게 무원을 베풀었다. 나는 톳을 말리고 있는 마을 사람들 모습이 보기 좋았다. 굳이 새끼나 자식이 아니더라도 자신이 아닌 누군가를 위해 바라지 않고 하는 일에는 참 모습이 깃들어 있다. 하조도에는 그런 참 모습이 널려 있었다. 섬이 베푼 무원을 받고 자란 사람들이니 어디서 무엇을 한들 해내지 못할 일이 무엇이 있겠는가. 조도에서 자란 아이들은 분명 아주 멀리 멀리 멀리 날아갈 새가 될 것이다.

비경(秘境)의 둥지, 상조도
- 조도 기행 2

우리는 상조도로 간다. 상조도는 하조도에 비해 작다. 나는 그 지형이 먹이를 받아먹는 새끼 새처럼 보였다. 하조도에서 오래 머물러서일까 시간은 벌써 점심때가 되었다. 우리는 점심을 먹어야 했다. 돈대봉 쉼터에 정자도 있고, 식수대가 있었다. 고기를 구워 먹었다. 각자 준비한 먹거리를 폈다. 모처럼 소풍 나온 기분이었다. 주차장에는 톳을 널어 말리고 있었다.

든든히 배를 채우고 조도대교를 향해 출발했다. 창유 마을과 명지 마을을 지나자 조도대교가 눈앞에 드러났다. 조도대교는 하조도에서 보였다. 멀리 볼 때와 그 경치는 달랐다. 조도대교를 건너자 바다에 몽돌처럼 떠 있는 섬들 속으로 들어가고 있는 거였다. 새떼 속에 있다고 해야 될까. 조도대교 앞 부근에는 바닷물이 빠져 뻘이 드러났다. 뻘 속으로 들어가고 싶었다. 손을 뻗으면 낙지가 발을 서슴없이 내밀 거 같았다. 새떼 속에 있어서일까. 다가갈수록 섬은 고요하고 푸근했다.

조도대교는 가운데가 둥그렇게 올라간 아치형으로 되어 있어 올라갈수록 눈앞에 하늘이 맞닿아 보인다. 하늘을 비상이라도 할 거 같았다. 덕주 씨가 천국으로 가는 길이라고 농담을 했다. 모두 천국행 차를 탔다고 웃었다. 조도대교를 건너자 충도라는 작은 섬을 거쳤다. 맹성리를 지나 여미리 도리산으로 향했다. 쑥밭이 보였다. 섬인데 논도 더러 보였다. 논농사는 많이 하지 않고 두 집 정도가 한다고 했다. 주로 쑥농사를 많이 하는지 곳곳이 쑥밭이었다. 조도 쑥은 해풍 때문에 품질이 좋아 육지에서도 인기가 좋다고 한다. 그도 그럴 것이다. 어미 새가 물어다 주는 먹이를 받아먹는 아기 새의 땅 아닌가. 상조도는 인근 해역은 둥지와 같은 바다였다. 바다가 아기 새를 잘 자라도록 키우고 있는 둥지가 되고 있으니 어떤 작물이든 잘 자라는 것이 아니겠는가 나는 그런 생각이 들었다.

구불구불한 길을 지나 도리산 전망대 주차장에 도착했다. 입구에 빨간 우체통이 있었는데 오랜만에 보는 우체통이라 정겨웠다. 느린 우체통이라고 적혀 있었다. 매월 1일 발송된다니 느리긴 하다. 도리산 입구에서부터는 차가 들어가지 못해 걸어가야 한다. 길은 데크로 잘 정비되어 있었다. 노란 원추리가 바위 틈 사이에 피어 있었다. 도리산 전망대에 올랐다. 아! 새떼를 이루고 있는 섬. 섬들이 새가 되어 날아오를 것만 같았다. 나는 말을 할 수 없었다. 어떤 말을 해야 될까. 어떤 표현을 해야 될까. 말없이 한참을 서서 바라보았다.

불가에서는 세상의 중심에 수미산이 있다고 한다. 수미산 꼭대기에 깨달은 자들이 모여 사는 곳이 도리천이다. 도리천에도 33가지 하늘이 있다. 도리산 아래 펼쳐진 크고 작은 섬을 보았다. 마치 하늘 아래 도리천 33가지 하늘이 펼쳐져 있다면 이와 같지 않을까. 그래 맞았다! 여기가 도리천이었다. 도리천에는 천고(天鼓)가 있는데, 천고는 치지 않아도 저절로 울리는 북이다. 깨달은 자는 하늘을 스스로 감동케 하여 저절로 소리를 내게 하는 것이다. 도리산과 주변 섬들을 바라보았다. 도리산 중심으로 우주의 어느 별들이 우수수 떨어져 있는 거 같았다. 그 아름다움이 내 속에서 저절로 감탄의 소리를 내게 했다. 내 마음 깊은 곳에서 천고가 울리고 있었다. 아! 내가 할 수 있는 말은 외마디뿐이었다. 나는 우수수 떨어져 있는 별들을 눈 속에 담았다. 도리산 전망대에는 섬들의 이름이 적힌 안내판이 있었다. '세상의 극치'라는 제목의 안내판이 커다랗게 서 있었다. 맞았다! 세상의 극치가 맞을 거 같다.

깨달은 자만이 볼 수 있다는 아름다운 경치가 비경이라면 그 비경이 상조도에 있었다. 그것도 떼로 무리를 지어 둥지를 틀고 숨어 있었다. 나는 천천히 둘러보았다. 비경! 비경이다. 누구나 볼 수 없는 비경, 함부로 내보여 주지도 않는 비경이었다. 상조도 주변 섬들을 보았다. 닭섬, 소마도, 서거차도, 병풍도, 나배도, 소모도, 모도, 대마도, 죽도, 눌옥도, 외병도, 내병도 등등의 섬. 섬들을 바라볼수록 눈은 내 안으로 쏠리고 있었다. 아는 만큼 보인다고 했던가. 비경은 아는 만큼 보이는 경지를 뛰어넘어 욕심까지 버려야 다가온다. 마음을 열고, 세상 욕심을 버리고 바라봐야 그 아름다움이 피부 속까지 스민다. 그간 나는 얼마나 하잘 데 없는 단어들을 주워 담아 왔던가. 아! 내가 가진 언어들은 갇혀 있었다. 분명 내 머릿속의 단어들은 이 아름다움을 담지도 못하고 있었다. 그동안 나는 무엇을 써 왔단 말인가. 내 자신을 뒤돌아보았다. 그 동안 써 왔던 글들은 쓸데없는 욕심만 키웠다는 생각이 들었다. 이젠 버려야 될 때가 왔다. 모두 다 버려야 한다.

사람들은 저마다의 시선으로 올망졸망 모여 있는 상조도 섬들을 바라볼 것이다. 누군가는 새떼로, 누군가는 섬보다 나무를, 누군가는 바다에 깔린 안개를 보며 저마다의 아름다움을 마음에 담는다. 다 각자의 살아온 삶의 시선이 다르기 때문이다. 그랬다 하더라도 상조도에 오른 자들은 분명 차곡차곡 자신의 삶을 살아 낸 자들일 것이다. 그런 사람들만이 볼 수 있는 아름다움이 구석구석 숨어 있었다. 아! 짧게 자아내는 감탄사 속에는 이제껏 살아오면서 바라보지 못했던 자기 자신의 아름다움을 보게 한다. 살아오면서 죽도록 미워한 사람도 있었을 것이고, 못다 이룬 꿈의 회한도, 돈 때문에 굴곡지게 외쳤던 한탄도, 세상을 향한 원망도 있을 것이다. 이쯤이면 살 만큼 살았고, 부딪칠 만큼 부딪쳐 본 세상, 세상에 속을 만큼 속아 본 사람에게만 보이는 섬, 그런 섬이 손을 들어 반기고 있었다. '잘 살아냈네. 이제껏 어깨 활짝 펼 새도 없이 살았으니 그대 장하네!' 상조도 비경은 굴곡진 인생을 살아온 자들 스스로에게 주는 위로의 선물이었다.

아름다운 비경을 선물을 받고 돌아가는 자들은 다시 한 번 남은 인생을 새롭게 시작할 것이다. 하늘을 날아오르듯 비상하며 남은 인생 더 멋지게 살 것이 분명하다. 나는 그렇게 생각한다. 상조도는 그런 아름다움이 둥지를 틀고 있으니 언제인가 인생의 한 깨달음을 얻으며 분명 날아오를 수 있는 힘을 갖게 될 것이다. 그것이 비경이 주는 선물이다. 내게도 선물을 안겨 주었다. 상조도의 아름다움은 내 자신을 바로보지 못했던 부분을 깨닫게 했다. 잔잔히 흐르는 물결 위에 흔들림 없는 섬들은 안개를 서서히 걷어내면서 내 마음의 북을 울리고 있었다.

내려오는 길에 조도대교 아래 잠시 내렸다. 해당화를 처음 보았다. 해풍 때문인지 빛깔이 고왔다. 바다 바람에 살살 흔들리는 잎이 살가웠다. 우리는 그렇게 상조도에서 나왔다. 다시 나는 나를 지치게 할 삶의 터전 속으로 돌아간다. 언제고 사는 것에 몸과 마음이 흔들릴 즈음이면 다시 이곳 도리산 전망대를 찾을 것이다. 그래서 깨달음의 둥지인 비경의 바다에 내 마음을 풀어 놔 볼 것이다. 마음의 북이 울리도록. 꼭 그리 할 것이다.

세한기(歲寒期)

봄이 갔혔다. 아침부터 굵은 눈발이 어지럽게 날리고 있다. 입춘을 지나면서 날이 포근해 봄꽃이 막 피려던 찰나였다. 산천이 꽃으로 덮이는 게 싫은가 보다. 계절의 질투가 시작된 것이다. 꽃샘추위다. 하늘은 엊저녁부터 작심이라도 한 듯 눈을 마구 뿜어내고 있다. 집 앞 파릇하던 보리밭이 하얗다. 갓 피어나던 보리 싹이 눈에 갇혀 보이지 않는다. 동네 지대가 높다 보니 차들이 오르지 못해 길가에 세워 있다. 길 한복판에 트럭이 안쓰럽다. 엔진 소리만 시끄러울 뿐 오도 가도 못하고 있다. 트럭도 갇혔다. 냉랭한 것은 참 많은 것을 가둔다.

육지에서는 입동에 이르면 본격적으로 겨울이 시작된다. 겨울은 한자로 동(冬)이라 쓴다. 추워 언다는 뜻이지만 순우리말로 머무른다는 '겻다'의 뜻도 있다. 겨울이 추워서 어는 때라서 머무름이 긴 계절이라는 것이다. 하지만 진도는 다르다. 좀처럼 얼지 않기 때문이다. 겨울 중에서 가장 춥다는 소한에도 배추는 얼지 않는다. 지금이 개구리가 겨울잠에서 깬다는 2월 중순인데 이렇게 한겨울보다 더한 폭설에 꼼짝 못하고 있지 않은가. 어쩌면 진도의 본격적인 겨울은 이렇게 계절의 질투로 갇혀 있는 지금부터가 아닐까 한다. 겨울이 아니라도 어쩔 수 없이 갇혀 있어야 되는 때를 나는 '세한기'(歲寒期)라 하고 싶다. 어쨌든 꽃샘추위로 갇혀 있는 지금이 내게는 세한기다.

하루 종일 집에 있자니 세한도(歲寒圖)의 추사 집이 떠오른다. 추사 집! 밋밋한 집에 둥그런 창문 같은 문 하나가 있다. 그 문에는 문턱이 없다. 몸이 드나드는 문이 아닌 것이다. 정신이 드나드는 문이다. 세상이 가시울타리 안에 추사를 가뒀다지만 정말 갇혀 있기만 했을까. 그는 갇혀 있지 않았다. 그가 품었던 기개와 의는 붓을 타고 화선지 위에 글과 그림으로 풀어내려 멀리 중국 땅까지 전해졌다. 앉아서 달을 만진다는 말이 있다. 비록 갇혀 있다 해도 사리가 밝아 세상을 자세히 살필 수 있다면 그것은 갇힌 것이 아니다. 반대로 몸이 이곳저곳 많은 곳을 돌아다닌다 해도 사리가 어리석고 흐리멍덩하여 세상을 살피는 것이 둔하다면 이것은 갇힌 것이다.

그러면 세상을 자세히 살핀다는 것은 무엇인가. 생각하는 대상
이 옳은지 그른지, 좋은지 나쁜지, 같은지 다른지, 지금과 후일에
는 어떤 결과가 될 것인지를 빠르게 가려서 알아내는 것이다. 세
한도의 굵은 노송을 보라. 굽어진 노송이 보고 겪지 않은 것이 세
상에 무엇이겠는가. 온몸을 도려내는 세찬 추위에 얼어도 보았을
것이고, 폭설로 몸통이 보이지 않을 정도로 갇혀도 보았을 것이
다. 또, 뿌리 저 밑이 쩍쩍 갈라지는 가뭄에 말라도 보았을 것이다.
불어나는 장맛비에 잠겨도 보았을 것이고, 땡볕에 겉이 타들어가
기도, 살가운 볕에 꾸벅 졸기도 했을 것이다. 세상 온갖 것을 겪었
을 노송이 무엇에 흔들리겠는가. 세상에 대한 분노도, 원망도 다
사그라져 있는 노송, 그런 노송은 세상이 그저 안쓰러울 뿐이다.
자신을 가둔 세상조차 원망보다 안쓰러움이 크다. 그런 노송 끝
가지에 돋은 싹이 흔한 싹이겠는가. 세상이 노송을 가두었다면 돋
은 싹은 세상을 돋게 할 것이다.

꽃샘추위가 꽃을 가두었듯 누군가의 질투로 갇혀 있기도 한다.
그때에는 홀로 얼어 간다. 고독이 문고리를 타고 가슴에 담겨 있

던 세상까지 얼어붙게 한다. 가슴을 얼리는 고독한 갇힘은 바깥을 얼리는 맹렬한 추위보다 더 독한 구석이 있다. 추사의 고독도 그러했다. 하지만 추사는 얼어 가고 있는 가슴의 문을 보온 덮개로 덮었다. 그렇다고 애써 보온 덮개를 찾아다 덮어씌우진 않았다. 가시나무 울타리 안에 갇혀 가슴의 문이 얼까 싶어 닦고 닦았을 뿐이다. 얼마나 닦았는지 문이 보이지 않는다. 보이지 않는다고 없는 것은 아니다. 너무 크면 보이지 않는다 했던가. 그 문은 아예 텅 비어 얼릴 것도, 녹을 것도 다 사라진 문이다.

텅 비어 있음은 무엇인가. 나와 맺어진 관계로 얼고 녹는 것, 열고 닫음, 있음과 없음과 같이 이렇다 저렇다 하는 인식이 일어나지 않는 것이다. 이것을 매이지 않는다, 머뭄이 없다고 하며 허공과 같이 텅 비었다 한다. 얼 것도 녹일 것도 없는 덮개는 얼마나 큰 보온 덮개인가. 추사는 그 덮개로 오그라드는 가지 끝에 싹을 틔웠는지 모른다.

혼자 갇힌 세한기에는 많은 생각이 달려든다. 문이 있다 없다, 가둔다, 갇혀 있다, 좋다 싫다, 이런 생각은 닦아 내야 할 것들이다. 생각할수록 마음을 시리게 한다. 버려진 '나', 세상이 가둔 '나'

가 보이기 때문이다. 세상이 버린 '나'는 얼마나 처절한가. 이런 생각이 들수록 쉬지 않고 문질러대야 한다. 닦고 있는지조차 모를 정도로 열심히 문지르다 보면 언제인가 얼어 가던 문이 스르르 녹을 것이다. 차츰 녹아 없어지면서 텅 빈 고요가 덮인다. 그 고요가 홀로 있어도 다시 얼지 않는 보온 덮개가 되어 줄 것이다. 그때에는 고독이 고독이 아닌 것이며, 갇혀 있어도 갇힌 것이 아니며, 노송이어도 노송이 아닌 것이다.

저녁이 되었는데도 눈은 쉼 없이 내린다. 어둑하게 물이 든 하늘에 하얀 솜이 펄펄 날리며 세상을 덮고 있다. 마치 컴컴한 방에 목화솜 이불을 덮어 놓은 듯하다. 밖을 내다본다. 겨울이 있음으로 푸릇한 송백이 보이고, 세한기가 있음으로 갇힘과 풀어짐이 보인다. 가둔 눈, 갇힌 아침 이런 말들은 생각의 찌꺼기일 뿐이다. 그동안 내가 뱉은 생각을 찾아본다. 참으로 많은 찌꺼기를 뱉어 놓았다. 그득한 찌꺼기가 하얗게 이불에 덮였다. 논이 하얗게 눈이 쌓였다. 바람이 세게 불거란 예보도 있다. 내일도 집에 갇혀 있어야 한다. 그래도 좋다. 뜨듯한 이불이 데워 줄 테니.

진도(珍島), 땅의 가르침

땅이 사람을 기른다는 말이 있다. 매몰찬 날씨 속에서도 땅은 생명을 때로는 보듬고, 때로는 잠재우고, 살을 찌우기도 한다. 그래서 때를 어기지 않고 생명의 싹을 틔우고, 싹이 또 다른 생명으로 가지를 칠 수 있도록 방패가 되어 준다. 땅은 생명의 어미와 같은 품이고, 생명의 드넓은 보육의 터전이 된다. 땅에서 펼쳐지는 생명을 어루만지는 손길도 이런 땅의 모습을 닮아가게 마련이다. 밀레의 '이삭 줍기' 작품에서 보듯 이삭 줍는 시골 아낙의 손은 두텁고 거친 선에 투박하기만 하다. 그래도 그 손에는 어떤 생명일지라도 헛되이 놔두지 않겠다는 생명에 대한 존엄이 담겨 있다. 자신을 낮춰 생명을 대하는 손길에 자못 숙연하다.

또한, 넓적하고 거친 손은 땅을 보아온 시간과 경험으로 얻은 지혜가 담긴 그야말로 땅에 대한 식견과 안목이 담긴 손이기도 하다. 모든 생명 앞에 허리 숙이게 하는 겸손과 생명을 아끼는 것이 무엇인지 가르치고 있는 것이다. 이런 가르침을 대하는 이삭 줍는 손에서 거짓 없는 겸손이 느껴진다. 펄벅의 〈대지〉에서 왕룬의 삶이 어쩌면 땅이 가르침을 제대로 받은 자의 모습이 아닐까 한다. 땅의 가르침은 그런 것이다.

땅도 생김새가 있다. 물과 바람이 모여 들고 나가는 모양에 따라 땅이 일으키는 기운도 달라진다. 그래서 지역 이름을 보면 대개 땅의 생김새를 알 수 있고, 어떤 기운이 그 땅에 모이는지도 알 수 있다. 진도는 이름처럼 진귀한 기운이 모이는 곳이다. 진귀하다는 것은 흔히 볼 수 있는 것이 아니고, 값을 따지기 힘들다는 의미다. 진도는 진(珍)자가 가진 보배를 내세워 '보배의 섬'을 진도군 브랜드 이미지를 내세우고 있다. 보배의 어원을 보면 원래는 寶貝(보패)였다. 보(寶)는 진귀한 물건이라는 뜻이고, 배는 중국의 발음을 본떠서 패를 썼다. 금·은과 같이 값어치가 비싼 보물의 의미와는 다르다. 곧 보배는 흔하지 않은, 보기 드물어 진귀하다는 의미다. 각 고장에서는 그 고장 특색에 맞는 브랜드 이미지를 내세우고 고장을 광고한다.

우리 진도군은 '보배의 섬'을 내세우고 있다. 하지만 경남 남해

군에서도 '보물의 고장'임을 내세우며 브랜드 이미지를 만들고 있다. 남해가 내세우고 있는 '보물의 섬'은 값어치가 있는, 값이 비싸다는 의미를 포함하고 있는 금은보화에 가까운 의미가 크다. 미묘한 어감의 차이이긴 해도 진도가 가진 '보배의 섬'과는 분명 차이가 있다. 진도는 드물고, 흔하지 않은 울금, 전복, 다시마, 멸치, 구기자, 검정쌀이 타 지역의 특산물과도 차별이 될 만한 특징이 있음에도 이를 부각하여 진도군만의 색채로 브랜드 이미지를 보여주고 있지 않다. 주변 지역의 비슷한 이미지에 묻혀 있는 것이 안타깝기만 하다. 이는 지금의 진도가 역사 대대로 이어 내려오고 있는 땅의 가르침을 제대로 받고 있지 않음을 보여주고 있는 것이다. 곧 그만한 안목을 갖춘 인재의 부재이기도 하다.

시댁은 임회면이다. 임회는(臨淮)는 물길이 바다로 나가기 위해 땅이 낮아지고 있는 하류라는 의미가 있다. 임회면 귀성(貴星)마을은 귀할 귀(貴) 자를 쓸 만큼 귀한 고기가 많이 잡혔다고 한다. 그래서 옛날에는 황금리로 불리기도 했다. 귀성의 위쪽에는 여귀산이 있다. 여귀산(女貴山)은 귀한 여자 산이라는 뜻으로 여귀산 아랫마을인 귀성마을에서 태어난 여자들이 똑똑한 사람이 많다고 전해 내려오고 있다. 봉상(鳳翔)은 땅모양이 봉황이 날개를 펴고 있는 모양이라 해서 봉상이라 한다. 이처럼 진도 곳곳이 진귀한 땅 모양을 하고 있어 가히 명당이라 할 만한 곳이 많다. 명당은 그만한 명인, 인재를 길러내기 마련이다. 이런 땅의 가르침을 지금의 진도인은 제대로 받고 있는가. 아니, 받을 만한 준비가 되어있는가 묻는다.

〈중용〉에서는 '천명지위성(天命之謂性)'이라 하여 사람에게는 살려는 의지가 잠재해 있다고 한다. 사람의 마음에는 어려움을 극복하고자 하는 능력, 즉 살고자 하는 능력이 있는데 그것을 성(性)으로 보았다. 그래서 성에는 마음 심(心)과 날 생(生) 자가 있는 것이다. 성은 인간, 더 넓게는 우주를 포함한 존재 원리의 큰 기본 바탕에 마음이 중요하다는 것이다. 원효의 〈대승기신론소〉에서도 진실한 것에 마음을 집중하다 보면 늙음도 없고, 괴로움도 없다고 말하고 있다. 더 쉽게 말하면 늙음을 논할 시간에 안목과 식견을 넓혀 가치 있는 일에 집중하라는 것이다. 일에 집중하다 보면 나이를 잊게 되고 그래서 늙음이나 괴로움도 잊게 된다는 것이다. 이것을 반야심경에서는 '無無明 亦無無明盡 乃至 無老死 亦無老死盡(무무명 역무무명진 내지 무노사 역무노사진)'이라 말하고 있다.

진도 군민의 평균 연령은 70세를 훌쩍 넘어가고 있다. 땅의 가르침을 받아 기운차게 행할 나이에서 벗어나고 있는 것이다. 대한민국 섬에서 세 번째로 넓은 땅을 가지고 있는 진도가 이를 제대로 일궈 낼 손길이 늙어 가고, 죽음을 맞이하고 있는 것이다. 비록 연령이 많다고 함부로 늙음을 판단해서는 안 된다. 앉아서 죽음만을 기다리고 있다면 늙은이에 불과하다. 하지만 나이를, 일을 즐기고 있다면 이미 청춘인 것이다. 우리 진도군에는 연륜 깊은 각 분야의 숨은 명인, 명장이 많다.

우리 진도군에서는 어르신들에게 재능을 펼칠 수 있는 기회를 제공하고 있다. 전남 평생교육원 진도 분원과 진도 문화원, 여성 플라자에서도 활기찬 강의가 많다. 누구나 시간과 관심만 있으면 안목과 식견을 갖춘 예술 각 분야의 명인이 될 수 있는 기회를 제공하고 있다. 이런 진도군이야말로 진정 늙음을 잊게 하는 푸른 청춘이라는 진귀한 보배를 안겨 주는 곳이지 않을까 생각한다.

또한, 최근 몇 년간 진도군의 신생아 출산율은 한 명도 채 되지 않는다. 명당이 그 기운을 전하려 해도 받을 사람이 없어지고 있는 것이다. 하지만 아이가 한 명이라고 하나로만 보아서는 안 된다. 이제는 보이는 대로 판단해서는 안 되는 시기가 되었다. 왜냐하면 기존처럼 보이는 대로, 들리는 대로, 보고 들었다가는 손해가 크기 때문이다. 백 명, 천 명 속에 하나의 인재를 찾아내던 때에서 하나를 알면 열, 스물 속을 들여다보는 안목과 식견을 갖춘 한 명이 더 간절한 시기가 된 것이다. 그래서 한 명의 아이가 수천 명 몫의 일을 해낼 수 있는 인재로 길러 낸다면 오히려 희망적이리라.

2018년 7월 30일에서 8월 1일에 걸쳐 제주도에서 세계 태권도 대회가 있었다. 아시안 게임을 앞두고 세계 도처에서 많은 학생이 참가했다. 물론 태권도 종주국인 우리나라 팀들은 자부심과 자신감이 넘치는 우렁찬 기합을 내지르고 있었다. 우리 진도에서는 진도군 단체명으로 중·고등생 5명이 참가했다. 내심 큰 실수 없으면 금메달은 무리 없을 것이라 기대했다. 하지만 시합장에서 내질러야 할 기합은 코맹맹이 소리였다. 물론 세계대회는 처음인지라 선수들의 어려움을 백배 이해한다. 기합은 평소부터 길러진 자신감의 울림이다.

자신감은 학원이나 책을 봐서 머리로 길러지는 것이 아니다. 많이 보고 들은 바를 자신 스스로 터득한 식견과 안목이 있어야 하며, 자신과의 약속을 어기지 않는 성실한 생활이 차츰 쌓여 길러진다. 그렇게 되면 마음에 성심(性心)이 크게 자리 잡아 울려 터지는 소리가 기합인 것이다.

분명한 것은 많이 보고, 넓은 것을 체험할수록 아이들의 식견은 분명 달라진다는 것이다. 이번 대회 참가로 아쉬운 동메달은 땄지만 아이들 스스로 깨우친 바가 큰 듯하다. 돌아오는 내내 아이들 눈빛이 달라졌기 때문이다. 자신의 위치를 보게 된 것이다. 곧 식견과 안목이 조금은 넓어진 것이다. 땅의 가르침이 말로 전해지고, 답해지는 것이 아니기에 나름 자신한다. 아이들의 경험은 오랜 시간을 묵혀 식견과 안목으로 드러나게 될 것이다. 아쉬움이 있다면 전국대회나, 세계대회처럼 규모가 큰 대회 참가를 위한 지원이 없는 점이다.

대개 전국 대회 규모는 수도권에서 개최된다. 거리상 먼 거리에 있는 진도는 대회 참가를 하고 싶어도 비용이 만만치 않다. 이에 진도군의 적극적인 지원이 있다면 아이들의 식견과 안목을 기르는 데에 많은 도움이 될 것이다. 이런 진도군의 지원으로 자란 아이들이 언제 어디서든 진도 고향을 말하게 될 때 자신감이 넘친다면 이 또한, 우리 진도군의 보배다.

바람 소리 씻김 소리

어둠이 죽었다. 간밤 어둠이 보이지 않는다. 바람이 분다. 며칠 흐리더니 바람이 분다. 이른 새벽녘인데 바람은 죽음을 아는지 모르는지 어제처럼 분다. 바람 소리를 듣는다. 휘이익 사르르. 지전이 흔들릴 때에도 이랬다. 바람은 죽음을 아는가 보다.

진도에서는 사람이 죽으면 씻김굿을 한다. 망자의 넋을 씻어주어 이승을 털고 저승으로 잘 가라 빌어주는 굿이다. 지전은 씻김굿 할 때 쓰는 무구[3](巫具)다. 당골네(무당)가 지전을 양 손에 들고 소리를 하거나 춤을 춘다. 창호지로 만든 것인데 길게 늘어진 것이 내가 보기에는 먼지털이처럼 생겼다. 당골네가 움직일 때마다 사각사각 스르르 흔들렸다. 오늘 바람소리는 지전이 흔들리는 소리다.

3) 굿할 때 필요한 도구. 굿악기, 무복, 지전, 신칼, 넋당석, 질베, 손대, 등등.

굿이라 해서 어떤 이는 무속신앙이다, 미신이다, 상스럽다 하며 뭔가 잘못 전해진 전통인 양 낮게 평가하기도 한다. 전통은 긴 세월 속에서 마땅히 그러해야 됨을 하늘과 땅, 산과 물, 바람에게서 자연스럽게 몸으로 터득해 얻은 깨달음이 삶에 배어 이어진 것이다. 지금의 우리는 전통을 옳다 그르다 함부로 판단해서는 안 된다. 분명 긴 세월 동안 몸으로 터득하여 얻은 깨달음은 머리로 평가해서는 안 되는 영역이 존재하기 때문이다. 잘못이 있다면 하늘, 땅, 산과, 물, 바람의 소리를 제대로 듣지 못하고, 함부로 대하는 우리에게 있다. 씻김은 이제껏 고되게 살아온 몸과 영혼을 위한 맑은 휴식이 시작됨을 알려주는 말이다. 죽은 망자의 넋을 왔던 곳으로 다시 가라고 영혼의 때를 씻겨 준다는 것이 얼마나 멋진 발상인가. 몸이 더러워지면 물로 씻는다. 넋을 물이 아닌 소리로 씻겨 보낸다는 것이 얼마나 깊은 철학이며, 생전 풀지 못한 고(苦)를 풀어 주는 당골네의 소리는 얼마나 큰 자비행(慈悲行)인가.

생사고락(生死苦樂)이라는 말이 있다. 넋이 더럽다는 것을 불교에서는 '고'(苦)라 한다. 흔히 고를 마음이 괴롭다는 의미로만 알고 있는데 그렇지 않다. 고는 순방향이 아닌 역방향에서 일어나는 감정들을 말한다. 순방향의 감정은 따뜻하고, 착하고, 행복하고, 보람되고, 즐겁고, 유쾌해서 나와 내 주변에게 좋은 감정을 낳게 하는 긍정적인 감정이다. 역방향, 즉 고는 차갑고, 나쁘고, 들뜨고, 질투, 불만, 두려움, 무서움, 한 등 부정적인 감정이다. 해야 할 일을 하지 못하거나 가야 할 길을 가지 못하고 있을 때에도 고가 된다. 만약 잘 가고 있거나, 잘 살고 있다면 맑게 산다고 한다. 또, 즐겁다 하여 락(樂)이라 한다. 곧 순방향인 락이 되는 것이다.

우리가 처음 왔던, 원초가 되는 길은 어디인가. 철학적으로 학문적으로 길게 수십 년 책을 들여다본 사람들이 겨우 건진 몇 줄 지식을 우리 조상은 너무도 쉽게 잘 알고 있었다. 누군가 죽었을 때 '돌아가셨다'라고 한다. 왔던 길로 다시 돌아간다는 것은 무슨 의미인가. 가지 못하고 있는 이 세상은 고의 세상이다. 그래서 고였던 이 세상을 원래 왔던 저 세상으로 잘 돌아간다는 것을 고를 풀었다 하고, 또 고를 씻긴다 하여 순방향인 '맑음'으로 들어서는 것이다.

즉 씻김굿은 가지 못하고 있던 길, 넘어 서지 못하던 이 세상인 고의 길을 잘 벗어나 원래 왔던 길로 잘 되돌아가라고 마음을 다해 빌어 주며, 괴로움을 달래 주고, 못다 푼 한을 풀어 주는 멍석의

63

장이 되는 것이다. 진도의 씻김굿에서는 당골네의 소리로 판을 편다. 당골네 소리에 의해 씻겨 씻김이 되는 것이다.

씻김굿에는 여러 굿거리 마당이 있다. 각 마당을 '거리'라 하여 굿에서는 굿거리라 부른다. 손님굿은 손님굿거리가 된다. 굿을 시작하기 전에 망자의 가족이 제사를 지내고 나면 초가망석[4]이라 해서 망자의 조상을 위해 소리를 하고, 손님굿, 다음은 제석굿을 한다. 제석은 살아 있는 자손의 행운을 빌어주는 굿거리이다. 제석굿거리에서 당골네는 머리에 고깔을 쓴다. 본격적인 씻김 마당은 넋 올리기를 하며 시작된다. 넋은 사람의 혼을 나타내듯 한지로 남자나 여자 모양으로 오려 만든 무구다. 당골네는 넋을 누군가의 머리에 올려놓고 소리를 한다.

당골네가 소리를 한다. '넋이로세 넋이로세 넋인 줄을 몰랐더니 오늘 보니 넋이로세. 사적이나 있건마는 우리 같은 초로인생 아차 한번 죽어지면 육진장포 일곱상하로 질끈 묶어 소방산 대뜰 우에 덩시렇게 올려매고 북망산을 행할 적에 산토로 집을 짓고 송죽을 울을 삼아 두견 접동 벗이 되어 산은 첩첩 밤 깊은데 처량한 것은 넋이더라.' (채정례[5], 진도씻김굿 소리 중에서)

4) 이경엽, 논문 진도씻김굿 무구의 특징, 진도씻김굿의 무구, 국립남도국악원, 2010, 10쪽
5) 채정례(1925~2013) 진도 씻김굿 원형 보유자. 세습무 당골.

바람이 분다. 넋의 바람이 분다. 당골네 소리에 동네 사람들이 모여든다. 사람들의 마음속에 바람이 인다. 지전이 흔들리면서 당골네의 소리는 점점 망자가 되고 있다. 큰놈, 작은놈, 시바가 술을 올리고 절한다. 동네 사람 누군가가 절한다. 남은 거 다 썻겨 드리니 모두 털고 가시라. 넋이 올라가면 씻김굿을 하고 고를 풀고 길을 닦아 망자의 넋을 보내는 것으로 씻김굿은 마무리 된다.

당골네의 소리는 서럽다. 갔어야 되는데 가지 못한 서러움, 했어야 되는데 하지 못한 서러움, 말했어야 되는데 하지 못한 아쉬움의 소리는 서럽다. 서러운 세상 서럽다 말하지 못한 세상을 향해 당골이 고한다. 땅에 맺힌 아픔을 소리로 고하고, 그 땅 위 하늘에 고하며, 다녔던 길에 고하며 길에서 만나 사람들에게 얻은 아픔을 소리로 고한다. 살면서 맺힌 고를 풀어 주고, 고로 힘들었을 넋을 씻겨주는 씻김굿을 어찌 하찮다 하겠는가.

어둠이 죽은 오늘도 바람은 분다. 씻김굿 하듯 분다. 진도의 바람은 매일 맞이하는 죽음 속에서 또 다시 태어난다. 바람이 때로는 나를 휘감고, 나를 때렸으며, 나를 붙들고 곡을 한다. 나는 그런 바람 소리를 따라 어제 묻었던 고를 씻어 본다. 바람을 따라 차를 끌고 가다 보니 나도 모르게 팽목항에 와 있었다. 팽목은 해무로 비누칠을 한 듯 부옇다. 바다가 옅게 비누 거품을 내고 있다. 오늘, 바람은 바다를 씻김하고 있다.

Ⅱ

홀로 눈물

녹(綠)

점은 작은 흔적이다. 그 간 흔적이 마지막 용트림 되어 끄트머리에 점을 찍는 것이다. 자신을 다 하고 용트림하듯 마침 점을 찍을 수 있지만 때로는 그렇지 않을 때도 있다. 그렇게 찍은 점은 녹(綠)이 된다. 녹은 서서히 제 살을 부수어 간다.

올 봄. 파란 잎들이 넓어지기 시작할 때 그 규모를 자랑하던 유람선 한 척이 팽목 앞 바다에 멈춰 섰다. 그리고 수백의 사람을 태우고 서서히 바다 속으로 잠겨 갔다.

세월호는 그렇게 팽목에 마침표를 찍은 것이다. 수학여행 길에 오른 수백 명 학생도 따라 잠겨 버렸다. 철선 한 척으로 푸른 생명들이 마침표를 찍은 것이다. 아직 제 잎이 얼마나 넓은지 펴 보지도 않은 어린 싹들이라 안타깝기 그지없다. 참으로 수많은 안쓰러움으로 찍은 어린 마침표! 그 마침표는 그들 스스로 찍은 것이 아니기에 그 안타까움은 참으로 크다. 팽목은 그러한 점들이 찍혀 있는 곳이다.

녹! 녹! 녹! 철은 빈틈이 생기면 녹이 슨다. 간수에 게을러 물을 제대로 닦지 않는다든지 하면 녹이 생기는 것이다. 그리고 그 녹은 제 몸을 차츰 부수어 간다. 세월호는 점점 녹이 되고 있다. 녹은 많은 빈틈이 낳은 결과이기도 하다. 제 할일을 제대로 하지 못한 빈틈 말이다. 철은 녹으로 마침 점을 찍을 수 있다지만 사람 일도 그와 같을 수 있다고 보기에 참으로 마음이 편치 않다.

나는 무더위가 한 점을 찍을 무렵 이곳, 진도로 이사했다. 이사한 곳이 팽목에서 그리 멀지 않은 동네이다. 지난 4월부터 언론을 뜨겁게 달군 팽목. 그곳이 늘 궁금했지만 선뜻 발길이 돌려지지 않았다.

주말에 모처럼 마음먹고 팽목 등대가 보이는 산언덕에 올랐다. 작은 섬들은 둥그런 점이 되어 푸른 물결 위에 떠 있었다. 나는 천천히 팽목 저 너머 수평선을 바라보았다. 저기 어디쯤에 철선이 잠겨 있을 것이다. 눈앞에 고운 점을 그리고 있는 섬들 저 너머 수

많은 사람의 고뇌가 된 세월호는 고철덩이가 되어 누워 시뻘건 녹물을 뿜어내고 있을 것이다. 푸른 가을이 물결 따라 잔잔히 흐르고 있는 가을 오후. 보이는 모든 것이 아름답기만 한 팽목이었다. 허나 물결은 어린 수많은 눈물이 되어 반짝이는 듯 했다. 유족들의 애끓는 눈물. 그 눈물이 뿌려진 곳인데 마냥 유랑자처럼 감상만 할 수는 없었다.

단풍 색이 짙어지고 있다. 그 아름다운 빛이 물결 위로는 차마 내려앉기 싫은 것처럼 푸른 바다 빛은 슬퍼 보였다. 이미 바다 속으로 스러져간 생명들을 두고 어찌 말을 해야 될지 안쓰러움도 짙어졌다. 팽목에 흐르고 있는 녹이 짙어지려 했다.

팽목. 세월호 사건이 어찌 팽목만의 일이겠는가. 역시 팽목에 흐르고 있는 녹이 팽목만의 녹이겠는가. 팽목은 우리 모두의 땅이기 때문이다. 팽목에 흐르고 있는 슬픔 역시 우리 모두가 품어야 할 슬픔이다. 그러니 거두는 일에도 우리 모두가 관심을 가져야 할 것이다. 그렇다고 거두라 하니 돈을 쥐어 주라는 뜻이 아니다.

요즘 세월호 보상금 문제로 한창 시끄럽다. 세월호가 출발하기

전 과적한 것도 따지고 보면 돈 때문이었고, 해결책을 두고도 시끄러운 것도 돈 때문이다. 돈으로 시작해서 돈으로 마치는 이와 같은 일들이 짙은 녹이 되고 있는 요즘. 가슴까지도 돈으로 얽어매어 버린 현실이다. 하지만 이 또한 우리 스스로가 만들고 있는 녹일 것이다. 솔직히 마음이나마 진심으로 유족들을 위로하기도 겁난다. 진심도 돈과 엉켜 바라볼까 두렵기 때문이다. 이런 모습이 녹슬어 가는 소심한 내 자신을 들키는 것 같아 부끄러워지고 있다.

마침표는 또 다른 시작점이 되기도 한다. 지금! 우리는 우리 스스로를 스러지게 하고 있는 녹을 매조지할 때이다. 눈으로 보는 것, 귀로 듣는 것, 입으로 말하는 것, 손과 발로 만나는 모든 인연들에 녹을 묻히고 있는지 스스로가 점검해야 할 때이다.

그간 우리 스스로 흘린 탐(貪), 진(瞋), 치(癡)로 녹슬게 한 것들을 같이 벗겨내야 한다. 그래서 더 맑고 맑게 다시 시작해야 한다. 우리는 이미 우리의 녹으로 수백 명 귀중한 생명을 잃었기 때문이다. 다시는 더없이 반짝이고, 넓어야 할 어린잎들까지 녹슬게 해서는 안 된다.

또한, 아이들이 이 시대를 더욱 빛내는 녹슬지 않는 법랑과 같은 그릇이 될 수 있도록 우리 모두가 길을 터 주어야 할 것이다. 그래서 그들이 남긴 흔적이 크나큰 용트림이 되도록 스스로를 매조지 해야 할 것이다. 두 번 다시는 우리가 흘린 녹으로 아이들에게 마침 점을 찍게 해서는 안 된다.

풍진(風塵) - 봄

삼월도 끝자락이다. 이즈음이면 물기 마른 빛깔에 생기를 머금은 망울이 맺히기 시작한다. 그런데 망울이 보이지 않는다. 온통 먼지투성이기 때문이다. 봄이 엉키고 있는 것이다. 봄의 엉킴은 분명해지기 위한 엉킴이다. 본연의 빛과 색으로 자리 잡기 위해 엉킨다고 해야 될까. 그래서 봄이 던져주는 색채도 처음에는 희끄무레하다가도 점점 분명해진다. 봄 색깔을 엉키게 하는 것이 바람이라면, 나는 그 바람을 '풍진(風塵)'이라 하고 싶다. 풍진은 살아 있는 존재의 색깔을 덮는 먼지다.

며칠 전부터 온 동네가 뿌옇다. 미세먼지가 어찌나 두터운지 앞산 능선조차 보이지 않았다. 먼지 바람이 나뭇가지를 굽히는 소리는 크고 분명했다. 바람은 동네 나무들을 굽히는 게 아니라 동네 전체를 굽히고 있었다. 뿌리 내리고 살아가는 존재를 굽히고 있는 것이다. 진도의 바람은 무엇이든 날쌔게 휘감아 속을 파고들었다. 마치 날카로운 송곳이 거죽을 깊숙이 뚫고 들어가 심장부를 파헤치는 거 같았다. 동네 깊숙한 곳까지 희뿌연 먼지를 뒤집어쓰며 흔들거렸다. 바람은 색깔이 움트기 시작한 봄을, 동네를, 아니 세상을 가두고 있었다.

지난겨울, 큰아이가 전화했다. 운동하다 갑자기 무릎에 이상이 온 거 같다고, 너무 아파 병원을 가야겠다고 했다. 나는 대수롭지 않게 여겼다. 곧 겨울방학이니 그때까지 잘 참으라며 전화를 끊었다. 보름 뒤 아이가 묵고 있는 고시원으로 향했다. 고시원 주변은 어지러웠다. 골목을 몇 번 돌고 나서야 겨우 찾았다. 오래된 건물에 술집과 음식점이 즐비했다. 계약할 때엔 가 보지 않았다. 사진과 상세한 알림 문구가 있는 웹사이트만 보고 전화를 한 것이다.

웹 속의 화려하고 깔끔한 건물 색깔이 마음에 들어 덜컥 석 달을 계약해 버렸다. 웹 속은 있는 그대로의 색이 아닌 그야말로 덧칠해진 세상이었다. 사진과 현실이 달라도 너무 달랐다. 매연으로 건물색은 까맣게 물들어 있었고, 골목은 리어카 한 대가 꽉 들어찬

좁다랗고, 취객이 토한 냄새가 시큼하게 올라왔다. 일단 아픈 아이만 생각하며 엘리베이터 버튼을 눌렀다. 아이가 있는 호실을 못 찾자 지나가던 검은 색 양복의 중년 아저씨가 알려주었다. 왜 그리 고시원에서는 검은색에 주눅 드는지 모르겠다. 일러주는 방향으로 조심스럽게 걸어갔다. 드디어 찾았다. 203호.

아이 이름을 부르며 문을 두드렸다. 벽처럼 닫혀 있던 철제문이 열렸다. 순간 습기 가득한 어둠이 얼굴을 눌렀다. 새까만 색깔이 두 눈에 파고들었다. 형광등 빛에 작은 사각형 방안이 드러났다. 왼쪽 세로선에는 일인용 침대가 꽉 달라붙어 있었고, 침대 바로 아래 아이 신발이 놓여 있었다. 신발 맞은 편 즉, 또 다른 세로선에는 옷장과 책상이, 현관문에서 마주 보이는 가로선에는 한 걸음 길이의 화장실이 있었다. 물건 놓일 자리를 자로 한 치의 오차 없이 재단한 듯 붙어 있었다. 창문도 없었다.

고시원은 정말로 빈틈없이 검었다. 혈관이 오그라들면서 피가 바닥에 떨어진 짙은 어둠 속으로 곤두박질쳤다. 간밤에 동네를 흔들던 바람이 내 속을 흔들며 마구 짓이겨 놓았다. 세상의 어두운 빛이 먼지로 잘게 부서져 혈관 속에서 폭풍처럼 휘몰아쳤다. 아이는 석 달을 이곳에서 어둠과 함께 구겨져 지낸 것이다. 어둠이 절룩거리는 운동화 한 짝을 끌고 나왔다. 순간 다리가, 심장이, 온몸이 절룩거렸다.

지금은 병원이다. 아이는 다리 수술 중이다. 무릎 연골이 휴지처럼 산산조각이 났다고 한다. 의사도 놀랐고, 나도 놀랐다. 수술은 생각보다 길었다. 병원 밖에선 누런 바람이 세상을 구겨댔다. 풍진은 건물과 건물 사이에서 더욱 뿌옇게 뭉쳐 하늘 푸른빛을 가리고 있었다. 그렇다 해도 세상 어떤 빛 하나쯤은 풍진 속을 뚫고 나와야 되는 게 아닌가. 세상이 온통 먼지만 내뿜고 있는 게 아니지 않은가. 이런 생각을 하며 수술실 문만 쳐다보았다. 저 문 틈에서 어떤 빛이라도 쏟아지길 바랐다. 눈에서 실핏줄이 섰다. 수술실 문에서 눈을 뗄 수가 없었다. 드디어 문이 꿈틀거리듯 열렸다. 환한 형광등 빛이 새어 나왔다. 침대가 보였다. 아이의 다리는 온통 붕대로 감겨 있었다. 순간 붕대가 눈에서 엉키기 시작했다. 아무것도 보이지 않았다.

왜 보름씩이나 기다리라고 했을까. 후회가 파고들었다. 아이는 보름 동안 저 아픈 다리로 빛 하나 없는 어둠에 깔려 누워 있기만 했을 텐데. 어미인, 나는 그냥 참기만 하라고 했으니. 어디, 풍진이 눈에 보이는 세상에만 불겠는가. 분명 풍진이 아이와 내가 들고 있던 전화기를 사이에 두고 파고 든 것이다. 아이 다리 위에 뿌옇게 내려앉은 풍진을 걷어차 버리고 싶었다. 심장이 후회로 마구 엉키기 시작했다.

다음날 수술한 부위 소독이 있었다. 붕대를 풀어헤치니 살이 붉게 부어올랐다. 무릎 양 옆으로 길게 꿰맸다. 무릎 위쪽으로 두 군데 더 꿰맸다. 실이 아닌 스템플러였다. 노트를 묶고 있는 스프링처럼 스템플러는 살을 집고 있었다. 소독약을 묻히자 하얀 거품이 일었다. 벽처럼 닫혀 있던 고시원 문이 생각났다. 형광등 불빛이 하얀 거품 같다는 생각이 들었다. 아이 살 위로 굵게 쌓인 풍진이 보글거렸다. 아이가 따끔거린다며 웃었다. 아이 웃음을 보자 내 가슴 한켠에서 묵직한 무언가가 떨어져 나가는 것 같았다. 나는 슬그머니 병실을 나왔다.

병원 밖에선 여전히 풍진이 날리고 있었다. 풍진으로 무언가 분명하게 자리 잡을 수 있다면 드세게 불어도 좋다. 세상은 엉킴으로 뒤얽힌 풍진이기도 하니까. 산다는 것이 뿌연 풍진 속에서 엉킴을 푸는 것인지도 모르겠다. 어차피 풀어야 되는 엉킴이라면 좀더 이른 시기에, 드센 엉킴을 만나는 것도 좋다. 본연의 자리를 찾아 분명하게 잡을 수만 있다면 그것도 나쁘지 않다.

병원 앞 벚꽃이 풍신 속에서 화사하게 피어나고 있다. 조금씩 봄다운 색이 드러나고 있는 것이다. 아직 퇴원은 멀었는데 집이 그립다. 뜨뜻한 방구들에 누워 세상을 구기는 풍진 소리를 듣고 싶다. 하얗게 피어난 벚꽃을 이불 삼아 무거워진 눈꺼풀을 덮으며 실컷 잠을 청하고 싶다.

(미당문학 2019년 가을호)

풍진-겨울(風塵)

나는 땅 끄트머리에 있다. 끄트머리까지 밀어내는 것에 무엇이
있을까. 요즘에는 바람이 아닐까 한다. 땅 위를 샅샅이 훑으며 휘
몰아치는 바람을 맞고 있으니 더욱 그런 생각이 든다. 바람 끝이
칼로 세상을 도려낼 듯 날카롭다. 세상을 할퀴며 살가죽을 날카롭
게 파고드는 바람, 그런 바람을 풍진이라 하고 싶다. 풍진은 무뎌
짐 끄트머리에서 시작되는 겨울의 명령이기도 하다.

집으로 가는 중이다. 먼지가 세상을 향해 진을 치고 있는가 보
다. 동네가 온통 뿌옇다. 몸이 판때기처럼 떠밀렸다. 바람 소리가
휘익 귓불을 스쳤다. 그 소리는 무뎌진 내 감각의 끝을 찌르며 옷
속으로 들이쳤다. 낮고 낮은 곳에서 내팽겨진 노여움을 긁어모으
는 소리 같았다. 두려웠다. 땅, 그 끄트머리에서 울리는 소리에 겁

이 난다면 모두를 꼼짝 못하게 하는 진짜 겨울이 시작된 것이다. 진도에서는 그렇다.

집 마당에도 뿌연 바람이 거셌다. 현관문을 열자 순식간 찬 공기가 몰려왔다. 달력에 '12월'이 크게 보였다. 시계도 보았다. 9시 30분. 후딱 밥을 안쳤다. 그리고 씻었다. 머리를 말리려 하자 전화가 왔다. 빨리 십일시[6] 노래방으로 나오라는 것이다. '빨리'라는 말에 집중했다. 나름 '빨리'의 기준을 잡아야 했기 때문이다. 이번 '빨리'에는 힘이 많이 들어간 말투였다. 아주 빨리, 그러니까 지금 무엇을 하고 있든 다 멈추고 후딱 달려오라는 명령이었다. 젖은 머리도 말리지 않았다. 겉옷만 대충 걸치고 십일시[6] 노래방으로 향했다. 젖은 머리는 정말 싫은데 그래도 하는 수 없었다. 명령이니까.

풍진이 가로등 빛에 잔금을 쩍쩍 내고 있다. 가로수들이 휘어졌다 펴지기를 반복하고 있다. 차에서 내리자마자 냅다 뛰었다. 노래방에는 풍진이 들지 않았다. 문을 열자 뜻밖에 조명은 화려했고, 마이크 음량은 쩌렁쩌렁했다. 남편과 계남 씨, 지수 엄마(계남 씨 부인), 병훈 씨 이렇게 넷이 장단에 맞춰 박수를 치고 있었다.

6) 진도군 임회면 십일시리

81

병훈 씨가 한 곡조 불렀다. 계남 씨는 내게 노래 목록 책자를 건넸다. 나는 백과사전처럼 두꺼운 노래 책자에 바짝 눈을 대고 천천히 넘기기만 했다. 지수 엄마는 신났다. 그녀가 장화를 벗었다. 양말발이 현란했다. 그녀의 발에 알록달록한 땡땡이무늬가 노랫가락에 맞춰 움직였다. 아니, 바닥에 널린 풍진 같은 먼지를 문질러 댔다. 이번에는 지수 엄마가 마이크를 넘겨받았다. 노랫가락은 낮고 굵었다. 그녀는 두 눈 지그시 감고 마이크에 입을 바짝 댔다.

'그림자 내 모습은 거리를 헤매인다 그림자 내 영혼은 허공에 흩어지네' 그녀가 스무 살 적 좋아했던 노래라는데 스무 살이 맞나 싶었다. 점점 그녀의 노래는 각자의 세월에 매달린 풍진을 흔들고 있었다. 스무 살 적 풍진이 노래방 공기에 잔금을 내기 시작했다.

스무 살, 나를 할퀴던 풍진의 무게는 버거웠다. 아버지가 사고로 뇌수술을 받았기 때문이다. 병원 생활은 내겐 짙은 풍진이었다. 뿌연 먼지가 '암울'이었다고 생각했는데 지나고 보니 그것도 아니었다. 풍진의 눈도 잘 들여다보면 풍진이 아닐 수 있다. 그중 하나가 아버지 발바닥 잔금이었다. 아버지의 발바닥 굳은살은 단단했다. 사고 전 아버지는 얼근히 취하기만 하면 노래를 불렀다.

'이 풍진 세상을 살았으니 너의 소원은 무엇이냐'이 노래를 부르면서 이부자리를 폈는데 더러 어떤 날에는 칼로 굳은살을 도려냈다. 그것을 왜 오밤중에 했는지 아직도 이해가 안 되지만 아버지는 그랬고, 난 그것이 그렇게 신기했다.

더러 나는 칼끝에서 떨어져 나온 누렇고 딱딱한 굳은살을 재미 삼아 가지고 놀곤 했다. 잔금과 잔금 사이 굵게 팬 골을 따라 색연필을 들고 선 긋는 것이 재밌었다. 그때 알았다. 아버지 골이 그렇게 깊은지. 발바닥 잔금의 골이 깊어야 세상 풍진을 잘 이겨내는가 보다. 나는 아버지처럼 잔금의 골이 깊지도 많지도 않다. 골이라야 기껏 집안 남자 셋 때문에 패인 정도다. 나는 그것도 모진 풍진이라 '못 살겠다' 노여움으로 주먹다짐을 하곤 한다. 노래방에서 돌아오는 내내 풍진은 여전히 빈 농로를 흔들고 있었다.

시간은 참으로 빨리도 내달린다. 벌써 12월, 달력도 끄트머리까지 와 버렸다. 때론 풍진이 할퀸 잔금은 흔적이 되기도 한다. 오늘은 세상 끄트머리까지 내몰고 싶은 노여움의 흔적이 깊게 남을 듯하다. 낮부터 저리 할퀴고 있으니. 나무껍질에 금이 나 있는 것도 풍진이 할퀴고 간 흔적일까. 그런 생각을 했다. 지수 엄마가 노래방 바닥을 문질러대던 그 발바닥에도 나무껍질 같은 흔적이 있을까. 자꾸만 그녀가 부르던 노랫가락이 풍진의 울림이 되어 내 귀 잔금 사이를 스며들고 있다.

이부자리를 폈다. 풍진이 이 어둠을 울리고 있다. 누웠어도 여전히 땅바닥부터 울리는 풍진소리가 내 작은 가슴팍을 훑고 있다. 눈을 감았다. 끄트머리까지 밀려오도록 떨어내지 못한 풍진이 잠도 자지 않으려나 보다. 어찌 그렇지 않겠는가. 미진(微塵)들이 지긋지긋하게 달라붙었을 것인데. 일어나 밖으로 나갔다. 동백 잎들은 모든 것을 바람에 맡기듯 바람 부는 대로 날렸다. 그 자리에 쌓였을 미진이 누르던 무게를 칼로 도려내듯 풍진은 그렇게 동백을 흔들었다.

끄트머리에서 부는 풍진은 스스로 도려내지 못하는 것들에 대한 명령인지도 모른다. 더 늦기 전에 도려내라는 명령. 나도 나 스스로 어찌 할 수 없이 달라붙은 미진으로 얼룩진 시간을 도려내야한다. 오늘 당장 남편의 명령과 용돈 때문에 전쟁 중인 큰아들, 엊그제 새로 산 교복을 잃어버린 것이 다 나 때문이라는 작은아들의 투정, 이런 미진은 빨리 도려내야 된다. 이런 것들로 무뎌져서는 안 된다. 그래야 새로 돋아날 부드러운 살의 잔금 사이로 남자 셋의 풍진을 잠재울 수 있을 테니까. 올 겨울은 잔금 골 사이에 품어야 될 것이 많을 거 같다.

　어느새 밤도 끄트머리다. 옅은 어둠이 이불처럼 깔려 있다. 풍진 한 줌이 발목을 감는다. 이 어둠이 무섭지도, 노엽지도, 차갑지도 않은 풍진을 덮고 있다.

사령(蛇嶺)

　나는 아침이면 구불구불한 길 위에 있다. 애들 학교가 읍내에 있다 보니 좀 멀다 싶은 길을 운전한다. 운전 실력도 그리 좋지 못해서 줄곧 앞만 보고 달린다. 그래서인지 무엇이 있어도 잘 보지 않게 되고, 보았다 한들 기억도 나지 않는 편이다. 집에서 자동차로 오 분 남짓 달리다 보면 십일시 주유소를 지나면 산 아래 턱이 볼록하게 튀어나오고 오목하게 들어간 곳이 연달아 이어지는데 사령[7](蛇嶺)이다. 죽음이 많은 고개인가 싶어 지나다닐 때마다 긴장했었다. 나중에 알고 보니 '사(蛇)'는 뱀을 뜻하는 말이었다. 옛날엔 뱀이 많았던 고개였는가 보다. 어찌 보면 사령(蛇嶺)부터 야트막한 산들이 뱀이 기어가듯 굽이굽이 이어진다. 길도 똑바로 펴지지 않은 뱀 허리를 닮았다.

7) 진도군 임회면 사령리

삼월이건만 쌀쌀하다. 논밭은 아직 겨울을 간직하고 있다. 논두렁은 쥐불을 놓았는지 까맣게 그을려 있었다. 꾸불꾸불 기다랗게 늘어진 것이 정말 뱀 허리 같았다. 지난 가을 배추 밭에 있던 물 호스도 그랬다. 난 언제부터인가 가을이 싫어졌다. 가을이면 어디론가 도망가고 싶다. 가을 햇살이 싫고, 밭도 싫고, 배추라는 말이 들어간 단어는 다 싫다. 그런데도 배추 심는 날이면 날씨는 기가 막히게 화창하다. 도서관 핑계를 대고 싶어도 일손 부족한 농사일에 그럴 수도 없고, 이상하게도 모든 상황이 내가 배추를 심게끔 돌아가고 있었다.

나는 배추 심는 날 아침부터 늦장이다. 일부러 그러려고 그런 게 아닌데 자꾸만 꼼지락거리게 된다. 모방 마루에 걸터앉아 장화를 댓돌 위에 놓았다. 바짓가랑이를 구겨 장화목으로 집어넣었다. 장화는 헐렁거렸는데 왜 이리 더디 들어가는지. 어머니가 쓰시던 챙이 넓은 홍농 농약 모자를 썼다. 느그적느그적 밭으로 향했다. 이미 동네 어매 몇 분이 심고 계셨다. 아버님이 동네 사람을 맞췄다고 했는데 어매들이 일하러 온다는 뜻이었는가 보다.

가을 배추밭에 쏟아지는 햇살은 다 돼 가는 연탄불 같다. 밑

동은 다 타고 윗동만 달랑달랑 남은 연탄에 마른 오징어가 오그라들듯이 허리가 오그라든다. 배추밭에선 모두가 둥근 모양에 스티로폼 재질 의자를 허리띠처럼 찬다. 앉으면 엉덩이 밑으로 의자처럼 놓인다. 그러면 배추 심을 때에도 허리가 덜 아파서 요긴하다. 배추밭에서는 철퍼덕 앉으면 끝이 보이지 않는다. 내 손은 점점 기계가 된다. 호미로 흙을 한 번 긁어 내고 그 자리에 어린 배추모를 놓는다. 그런 후 흙을 위에 덮어 다독인다. 이것을 반복하다 보니 속도가 붙었다. 하나만 더, 하나만 더 심다 보면 아프다는 말을 놓치게 된다. 그러다 정말 허리가 끊어질 듯 아파 오면 그때서야 어매들은 빈지래기 소리를 한다. 병이 났네 병이 났네~ 화랑기한테로 점하로 간께 꼬막 삼촌이 들었다고~[8]

입은 노랫가락을 따라 합창하면서도 손은 재빠르게 호미로 흙을 파고, 어린 배추를 넣고, 흙을 덮은 후 눌러 주는 동작이 눈 깜짝할 사이에 이루어진다. 한 고랑을 한 사람씩 맡아 심는다. 내가 제일 가장자리다. 제일 늦게 왔기 때문이다. 어매들은 벌써 긴 고랑 반을 넘게 심고 있었다. 난 이제 겨우 두 걸음 정도 심었는데 허리가 아파 왔다. 모두가 아파도 아프다는 말을 하지 않았다. 대신 노래를 더 크고 빠르게 불렀다. 노래가 지치면 말끝

8) 도지역 빈지래기 타령 일부

마다 염병을 크게 내뱉는다. 염병하네! 염병도 성에 안차는가 보다. 지랄은 더욱 더 컸다.

누구네 집 아들 오면 김치도 주지 말라는 말을 하면서 지랄 염병을 연달아 내뱉는다. 유독 컸다. 배추 모가 줄어들 때마다 흙 긁어대는 호미 소리와 지랄과 염병하네 소리를 목청껏 질러 댔다. 나는 시끄러워 귀가 다 아팠다. 온몸이 서서히 아파 왔다. 하지만 아프다는 말을 할 수 없었다. 그랬어도 어매들처럼 '염병하네' 이 소리를 따라 하지 못했다. 아버님은 내가 허리 펼 때를 알고 계셨는가 보다. 허리가 끊어질 만큼 아파 오자 아버님이 부르셨다.

"아가! 저기 양수기 모터를 잠그고 오너라."

"예."

아이구 소리가 나올 뻔한 입을 꽉 다물며 천천히 허리를 폈다. 펴지질 않았다. 허리를 꽉 잡고 한 걸음 한 걸음 내딛었다. 고개를 뒤로 젖혔다. 따갑고 마른 볕이 쏟아졌다. 밭 끝까지 가야 했다. 아버님 장화는 커서 걸을 때마다 저벅저벅거렸다. 걸음을 내디딜 때마다 물 호스는 원을 그리며 총을 쏘듯 물을 쏴댔다. 점점 물총에서 멀어졌다. 허리가 펴지고 있었다. 허리가 거의 다 펴지려 할 때 잠깐 고개를 숙였다. 순간 화들짝 눈이 휘둥

그래졌다. 시커먼 뱀이었다. 여태 보지 못한 뱀이었다. 눈앞이 깜깜해지면서 죽음이란 단어가 스쳤다. 미친 듯이 소리쳤다.

"어머나! 뱀이야! 뱀!"

나는 눈앞에 죽음을 직감했는데 등 뒤에서 걸쭉한 웃음소리가 들렸다. 어매들은 배꼽을 잡고 웃고 있었다. 죽음까지는 아닌가 싶어 정신을 가다듬었다. 다시 눈을 크게 뜨고 한 발짝 가까이 갔다. 아이 종아리만한 굵다랗고 시커먼 것이 늘어져 있었다. 또 한 발짝 다가섰다. 허리를 살짝 구부렸다. 순간 눈이 찔끔거렸다. 바늘 구멍만한 틈으로 터져 나온 물줄기가 눈덩이를 간질거렸다. 뱀이 아니었다. 물 호스가 샌 것이다. 덩달아 죽음도 물 건너갔다.

양수기 물을 잠그고 오면서 배추밭을 보았다. 어매들이 보이지 않았다. 밭이 밭을 심고 있다고 해야 될까. 그녀들 손이 밭이었다. 어매들은 여전히 배추를 심고 있었지만 흥농 모자만 고랑마다 움직이고 있을 뿐이다. 평생 아픔을 흥농 모자로 누르고, 흙으로 덮으며 어매들은 밭이 되어 가고 있었다. 호미 끝이 닳도록 뭉친 흙을 으깨어 어린 배추 모를 다독여 배추로 키워 낸 그녀들이지만 밭을 벗어나면 누구도 북돋아 줄 사람 없는 싸늘한 시집살이일 뿐이니까.

배추밭은 그녀들에게 자신의 아픔을 뭉개어 스스로 거름이 되어 뿌리는 곳이었다. 밭은 등골이 구부러져도 내뱉지도 못한 아픔이 녹아 흐르는 언어였다. 자신의 아픔을 스스로 호미 끝으로 뭉개며 식구들에게 거름이 된 언어가 바로 배추밭이었다.

사령 길에서는 배추밭이 보이지 않는다. 올 가을엔 배추를 심지 않을 거란 아버님 말이 뜬금없이 떠올랐다. 저번 어느 날인가 배추를 다 갈아엎었다는 소리도 들었다. 배추를 심으려면 한참 멀었는데 허리는 벌써 뱀처럼 구부러져 간다.

울돌 고풀이

이십여 년 전 바다를 간다고 남자를 따라 나선 적이 있다. 그때 '바다 구경'은 내게 그야말로 '꿈의 실현'이었다. 여행 준비를 하면서 바닷바람에 긴 머리 휘날리며 갈매기 소리를 꼭 듣고 오리라 꿈꾸었다.

긴 주름치마를 입고, 권총을 끼어 넣을 수 있는 모양의 허리띠를 둘렀다. 허리띠는 조일 수 있는 대로 꽉 조였다. 머리는 길게 풀어헤쳤다. 그리고 사뿐히 차에 올라탔다. 그때까지 차 안에서는 멋의 지속과 목적지 거리가 반비례한다는 것을 몰랐다. 가도 가도 고속도로였다. 이십 대의 삶이 한반도 허리 정도에서만 머무르던 나는, 이 나라가 이토록 길었던가를 연발하며 멀미를 재웠다. 조금만 가면 도착한다는 바다는 당최 보이질 않았다.

꿈과 현실 사이 괴리가 드러나고 있었다. 자고 일어나면 도착할까 싶어 자고 또 일어나기를 몇 번이나 했을까. 그래도 아직이라는 그 바다. 잠에 지치고, 멀미에 지쳐 그 바다가 아니라도 좋으니 물만 보이는 곳에서 멈춰 주길 바랐다. 얼마나 자야 될까. 아니, 얼마나 더 가야 할까. 오지도 않는 잠을 청하려고 목 받침대에 어찌나 비벼댔는지 긴 머리는 귀신처럼 엉클어졌다. 하이힐 뒤축이 푹 가라앉도록 구기면서 발을 동동거렸다. 화장실이 다급해졌다. 조금만 가면 다 간다는 소리는 백 번도 넘게 들은 것 같았는데 또 그 소리였다. 나는 참을 수 없었다. 당장 화장실을 만들어내라는 듯이 미간을 찌푸리며 화를 냈다. 남자는 긴 철골 다리를 건너자마자 차를 휴게실에 급히 댔다. 길게 참았던 오줌보를 움켜쥐고 앞도 보지 않고 죽어라 화장실로 뛰어갔다. 하이힐은 신는 둥 마는 둥 질질 끌었다. 뻔뻔스럽게 딸그락거렸다.

화장실을 나오면서 시원했다. 팔을 높이 들어 기지개를 켰다. 하늘은 새파란 것이 시원하다 못해 서늘해 보였다. 그때서야 낯선 것들이 하나씩 눈에 들어왔다. 진도대교 긴 다리가 그렇고, 짠 바다 냄새가 그렇고, 새파란 하늘이 그랬다. 웅웅대는 소리가 발끝에 감겨 왔다. 처음 듣는 소리에 긴장했다. 조심스럽고 호기심 찬 발걸음으로 소리를 쫓아갔다.

좀 전과 다른 사람처럼 걸었다. 하이힐 소리는 뻔뻔스러웠다. 물살은 원 안으로 감겨 들어가면서 더욱 으르렁거렸고, 바람까지 가만두지 않겠다는 듯 휙휙 빨아들이고 있었다. 으르렁. 산목숨은 절대 놓지 않겠다는 각오가 흐르는 울음이었다. 울부짖음이 서서히 내 발끝을 잡아당겼다. 소름이 돋았다. 처음 본 울돌은 그러했다.

이십여 년이 지나 다시 울돌과 마주했다. 그간 세월은 많은 것을 보게 했고, 겪게 했고, 변하게 했다. 나는 분명 변했다. 이제는 여행자가 아니라 지역 주민이 되었기 때문이다. 솔직히 그 동안 울돌의 울음소리가 그리웠다. 굵고 낮게 울리는 점잖은 울음은 나를 제압했다. 그런 울돌목에 서 있는데 겁이 나지 않았다. 아무런 전율도 일지 않았다. 더 뻔뻔해져서일까.

우우웅. 험난했던 전쟁의 역사 속에서 적을 휘감아 삼켜 버리겠다는 엄포가 된 그 울음. 울돌은 적군의 칼에 무명 흩저고리로 죽어간 영혼들의 피눈물이 삭혀진 소리다. 고작 몇 십 척의 배로 이 나라 방패막이 된 소리다. 그 소리는 보국의 소리였다. 휘몰아칠 때 바다 밑바닥에서부터 굵은 울음소리가 끌어 올라왔다. 뼈

속까지 할퀴는 굵직한 울음이 무뎌진 내 감각 세포를 날카롭게 베고 있었다. 발길을 뒤로 떼려 하자 바람은 칼날을 휘두르듯 내 발목을 휘감았다. 아직 저녁이 멀었건만 저만치 떠 있는 피섬에 맞닿은 하늘은 붓 끝에서 막 떨어진 먹물이 되어 멀리 보이는 달마산 하늘까지 묽은 먹물로 번져 갔다.

옅은 해무는 벽파진 앞바다에 너풀너풀 길게 흩어졌다. 과거의 죽음은 피울음을 내뱉으며 너, 그러면 안 된다고 단단히 경고하는 곳. 경고를 잘 들을 자의 죽음을 해무가 춤으로 맞이해 주는 곳, 그곳이 울돌이었다. 울돌의 울음이 더욱 크게 들렸다. 죽은 자가 아닌 산 자에게 더 크게 고풀이를 해 보라는 듯 그렇게 들렸다. 그래서 한 마디 내뱉었다.

'울돌이여! 이런 나를 삼켜라. 내 속에 숨어 있는 뻔뻔함을 낱낱이 삼켜라. 그래서 하늘 무서운 줄 모르게 뻗치고 있는 뻔뻔한 좀을 모두 삼켜 버려라'

낯선 것과 마주할 때에는 긴장해야 한다. 귓구멍에서 울리는 소리가 낯설다면 더욱 그래야 한다. 그 소리는 '좀'을 씹어 삼키는 소리이기 때문이다. 좀! 멀쩡한 것을 갉아먹는 뻔뻔함 말이다. 그런 좀은 낯설지 않을 수 있다. 나일 수 있고, 당신일 수 있고, 우리일 수 있고, 이 나라일 수 있다. 근래 짙은 우울함이 온통 나라를 뒤덮고 있다. 삼백 사 명의 고귀한 목숨을 팽목에서 잃었다. 그뿐이 아니다. 있어서도 안 될 일들로 온 나라가 시끄럽다. 뻔뻔한 말들이 온통 언론 매체에 감겨 떠나지 않고 있다. 답답했다. 한숨도 나왔다. 이 모든 '좀'을 회오리치는 저 물살에 박살 내고 싶었다.

울돌은 여전히 울고 있다. 애잔했다. 바닷물에 적처럼 뿌려진 좀들의 숨통을 죄이는 소리를 들으며 울음이 치솟았다. 한시도 멈추지 않고 울고 있는 울돌이었다. 얼마나 더 당신을 울게 해야 합니까. 당신은 피를 토할 울음으로, 아이들까지 촛불을 들어 보국하는 이 시국에 저는 그러지도 못하고 있습니다. 어설픈 문장이나마 보국에 쓰이길 바라나 그만한 주제도 되지 못하는 풀꺾인 글쟁이일 뿐입니다. 그나마 내어 줄 가슴은 있습니다. 가슴으로 목놓아 울고 있는 당신을 위로하고 싶습니다. 지금 제가 할 수 있는 거라곤 그렇습니다.

나는 울돌의 곡소리를 들으며 기도한다. 제발! 내 안에 나도 모르는 '좀'이 숨어 있다면 당신의 곡소리를 듣게 하소서. 당신의 울음으로 털끝 속에 숨어 있는 좀까지 벌벌 떨며 기어 나오게 하소서. 그래서 남김없이 씹어 삼켜 주소서. 혹여, 다음에라도 당신 앞에 서 있는 제 자신이 아니, 우리가, 이 나라가 뻔뻔함 같은 온전치 못한 좀을 보인다면 당장 남김없이 훑어가십시오. 남김없이 모두 다.

까막눈

무언가 달라붙을 때가 있다. 달라붙은 곳은 차츰 흐릿해진다. 끝도 잘 보이지 않는다. 하지만 그런 것은 사는 데 아무 문제되지 않는다. 무엇이 달라붙었는지도, 흐린지도 까맣게 모르고 있기 때문이다. 살다 보면 보이는 것들이 전과 같지 않음을 깨닫게 될 때가 있다. 흐릿했던 것이 또렷이 보일 때 말이다. 그때부터 보이는 것이 문제가 된다. 하지만 그것도 사는 데 아무 문제가 되지 않는다.

오늘은 하늘에 무언가 달라붙어 있는가 보다. 날이 훤한데도 어쩐지 흐리다. 하늘 끝도 잘 보이지 않는다. 눈이 오려는가 보다. 역시나 도서관으로 향했다. 오늘은 평소보다 두어 시간 늦었다. 계단을 세 칸씩 성큼성큼 밟으며 뛰어 올라갔다. 하지만 뛰어야 될 이유는 딱히 없었다. 늦었다 해도 외곽에 위치한 도서관이다 보니 자리 걱정도 필요 없었기 때문이다. 숨을 헐떡거리며 휴게실부터 들렀다. 휴게실에는 커피를 마실 수 있는 둥근 탁자가 대여섯 개 있었다. 하늘도 흐린 데에다 아직 오전 시간이라 어둑했다. 먼저 자판기에서 커피를 뽑았다.

어둑한 휴게실 구석. 탁자에서 무언가 열심히 쓰고 있는 할머니 한 분이 계셨다. 문해반 수업을 듣고 계신 할머니인 듯 했다. 커피를 뽑아 들었을 때 할머니와 눈을 마주쳤다. 할머니 주름은 굵었지만 나를 바라보는 눈빛은 또렷했다. 그 눈빛에서 명확하게 해야 할 말만 골라낼 수 있는 또렷한 무언가가 쏟아지고 있었다. 내가 먼저 인사했다.

"안녕하세요! 할머니, 무엇을 그렇게 열심히 쓰세요?"

할머니는 멋쩍은 표정으로 숙제를 하신다고 했다. 가만히 탁자 위에 펼쳐진 공책을 보았다. 막 초등학교에 입학한 아이들이 쓰는 큼직한 깍두기 국어 공책이었다. 손에는 짜리몽땅한 연필을 꼭 쥐고 계셨다. 할머니는 손주 보느라 숙제를 못했다고 하셨다. 그리고 늦게 무슨 공부냐고 편히 집에서 쉬라고 문해반 수업을 반대하는 큰딸 이야기, 적극 찬성한다는 둘째 딸 이야기를 하셨다. 특히 둘째 딸 칭찬을 또박또박한 어조로 많이 하셨다.

"우리 둘째 딸은 핵꾜서 공부를 그렇게 잘하더니 박사가 됐슈. 걔가 시집을 늦게 가서 그렇지 저번에는 제주도 여행도 시켜 줬슈. 걔가."

자분자분 하실 말씀을 다 하면서도 글씨를 쓰고 있는 할머니 집중력이 너무 놀라웠다. 할머니께 한글을 배운 뒤 무엇이 제일 좋으냐고 물었다. 그랬더니 평생 답답했던 세상이 시원히 보이더라는 것이다. 할머니 입 속에서 나오는 말들은 명확했다. 이렇게 이야기하다 숙제를 다 못 끝낼 것 같아 얼른 자리를 비켰다.

"할머니! 저 늦어서요. 그럼 숙제마저 하세요."

그러고는 부랴부랴 열람실로 올라왔다. 그새 들고 있던 커피는 차가워졌다. 나는 식은 커피를 마시며 생각했다. 평생 답답했던 세상을 시원히 해 준 글자라고! 나는 할머니보다 많은 글자를 알고 있다. 그런 글자가 시답지 않아서 껌 딱지라 여기고 있었다. 귀찮게 달라붙어서 보이는 것도 흐리게 하고, 생각도 흐리게 하는 것이라 여겼다. 그래서 떼 버리고 싶은 글자들인데 할머니에게는 세상을 시원히 보이게 하는 글자라니! 할머니는 글자를 모르는 세상을 어떻게 이해하고 계셨을까? 그것은, 그것은 세상을 온몸으로 느끼고, 받아들이고 있던 것이다. 세상을 느낌으로만 받아들이며 산다는 것은 어떤 것일까?

  도서관 안내 책자가 있는 책꽂이에 문해반 할머니들이 쓰신 작
품집이 놓여 있었다. 그중에서 눈에 들어오는 작품이 있었다. 삐
뚤거렸지만 정성을 느낄 수 있는 글씨였다. 나는 천천히 펼쳐 보
았다.

  눈

  보이지 않는 하늘 끝에서
  눈이 오네

  하얀 눈을 보면
  내마음도
  깨끗하지네

  80평생 보던 눈
  앞으로 얼마나 더 보려나
  눈이 녹듯이

나도 그렇게

사라지겠지 (이을우 할머니 글 전문)

글씨는 삐뚤고, 틀린 글자도 있었다. 나는 몇 번이고 시를 읊조
렸다. 삐뚤거리는 까만 글씨 사이사이로 환한 눈송이들이 또렷이
박히기 시작했다. 그 눈송이들은 다시 내 눈 속에 촘촘히 들어왔
다. 점점 눈이 되고 싶은 나! 눈처럼 사라질 나! 그래서 내 마음도
눈처럼 하얘지고 있는 나! 앞으로 그런 눈도 볼 날이 얼마 남지 않
은 나! 그런 할머니는 모든 것을 간절히 느끼고 있었다. 아! 간절
하게 들여다보는 세상은 얼마나 아름다운가!

과연 나도 세상을 간절하게 살고 있을까? 내게 너무 많은 글자
가 달라붙어 있다. 특히 그 글자들은 '나'를 읊아맸다. 보이는 것들
에 온통 '나'라는 말들이 보이는 것들을 가려 버린 것이다. 그런 속
좁은 심보로 이 넓은 세상을 담으려 했으니 제대로 보이는 것이 있
었겠는가!

나는 까막눈이다. 나! 그 잘난 '나'로 모든 것을 가려 버렸다. 보
아야 될 것을 제대로 보지 못했고, 느끼지 못했다. 늘 보이는 것에
'나'를 외쳐대며 누군가 나를 봐 주길 원했다. 외로운 나를! 괴로운

나를! 울고 싶은 나를! 그래서 그들 문을 두드려 보지만 그들도 역시 나처럼 '나'를 벗지 못하고 있었다. 그들은 나보다 더 많이 그들의 말에 귀기울여주길 내심 바랐다. 그들보다 더 괴로워하는 '나'지만 그들이 힘들어함을 나도 봐 줘야 했다. 나는 그런 그들을 지금도 여전히 보고 있다.

하지만 그들을 볼 날이 얼마 남지 않았다고 깨닫는 순간, 보이는 것은 더 이상 문제되지 않는다. 언젠가는 나도 그들처럼, 그들도 나처럼 사라질 것이기 때문이다. 괴로워하고 있는 그들 눈 속에 내가 보인다. 나는 그들이 되고 있다. 이제 '나'는 없는 거다. 점점 보이지 않던 하늘이 보이고 있다. 다음에 문해반 할머니를 만난다면 이 말을 꼭 하고 싶다. 지혜로운 자, 그대는 글자를 뛰어 넘어 있는 것을 느끼고 있는 바로 당신 입니다.

커피 잔 속에 문해반 할머니가 쏘아 주던 그 눈빛이 가득 담겼다. 한 모금 삼키면서 '나'를 생각했다. 그 눈빛은 껌 딱지처럼 달라붙어 있는 '나'를 지워주고 있었다. 내 뱉으려는 말들도 커피 잔 속에 녹아지고 있다. 이제부터 나는 눈(目)으로 느끼며 살고 싶다. 내 눈에 가득 보이는 하염없이 푸른 하늘을 느끼고, 차갑게 나뭇가지를 흔들고 있는 바람을 느끼면서 말이다.

난장(亂場)

밤은 난장(亂場)이었다. 어둠이 장막처럼 밤을 덮고 있다. 장막
이 꽤나 두터운가 보다. 낮 소리가 덮여 있는 듯 조용하다. 장막에
도 틈이란 게 있어 간혹 요란한 빛과 알아듣지 못할 언어들이 새어
나오곤 한다. 난장에서 통하는 말은 암호와 같다. 때때로 잘 알아
듣지 못해 웅성대는 소음처럼 들린다. 난장은 난장에서만 통하는
언어가 있기 마련이다.

언제인가 시끄러웠던 밤을 기억한다. 그날은 밤새도록 컴퓨터
작업을 한다고 설친 날이었다. 어둠은 짙었다. 불빛이 새어 나오
는 곳에서는 연기인지 알 수 없는 뿌연 공기가 뭉실하게 퍼져 있
다. 거리는 어둠 속에서 차분해 보였다. 편의점에서 두 명의 남자
가 나왔다. 손에 음료를 들고는 시끌벅적하게 떠들더니 각기 다른

골목길로 사라져 갔다. 황제 노래방 앞에는 이십 대쯤 보이는 남녀 네댓 명이 크게 웃고 있다. 그들은 '내일 세 시'라고 외쳤다. 조금 있자니 한 남자가 가로등에 이마를 대고 서 있다. 노래방 앞 신호등 앞에 태국어로 들리는 언어가 한 뭉치 몰려 있었다.

그들이 태국인인지, 베트남인인지 잘 모르겠지만 동남아인이었다. 그들은 옆 골목 오케이 인력사무소 간판 쪽으로 가고 있었다. 얼마 후 키 크고 얼굴에 털이 많은 남자들이 몰려왔다. 다리 전체에 화려한 장미꽃 문신한 남자가 눈에 띄었다. 러시아 아니면 동유럽에서 온 듯 했다. 영어가 아닌 언어로 말하고 있었다. 아마도 러시아어나 될 거 같다. 그들은 내가 있는 건물 바로 아래를 지나 길 건너 편의점 앞에서 누군가를 기다리는 듯 했다. 잠시 후 승용차가 멈췄다. 운전하던 친구가 알 수 없는 말로 뭐라 하더니 그들이 차에 올라탔다. 모두가 어디론가 사라졌다. 어둠도 차츰 사라져 갔다.

길 건너 노래방에서 불빛이 새어 나왔다. 역시 알아듣기 힘든 언어가 몰려 나왔다. 술 취한 목소리가 목젖 끝을 드러내며 거리에 내뱉어지고 있었다. 난장의 정점이었다. 혀가 말려 곧 입이 다 물어질 거 같은 발음이 주절주절 쏟아지고 있었다. 조금 시간이 지나자 말들은 도무지 이해하기 어려운 난장의 기호가 되어 갔다. 나는 바짝 창가로 다가가서 내려다보았다. 중국식 억양이 강한 여자 목소리가 서툰 한국말로 말하고 있었다.

"나, 너 찍었어. 나, 너 마음에 들어."

오십대 중반쯤 돼 보이는 여자가 머리 칠십이 넘어 보이는 머리 희끗한 남자에게 말했다. 중국식 억양이 강한 여자와 한국말이 제법인 여자 그리고 머리 희끗한 남자 둘은 휘청거렸다. 서로 팔짱끼면서 알아듣기 힘든 언어를 내뱉고는 낯 뜨거운 웃음소리로 거리를 빠져 나갔다. 그들의 웃음소리는 차분한 어둠을 걷어차고 있었다. 나는 언어보다 상황이 이해되지 않았다. 아버지뻘 되는 남자에게 내가 너를 찍었다고 말할 수 있을까.

아마 난장에서는 통할 수 있는 언어일 거다. 그녀는 처음 한국에 와서 막말을 해대는 남자들의 언어를 보았는가 보다. 그녀의 한국말은 난장판에서나 통하는 단어였다. 언어가 곧 사는 곳을 말해 주기도 하니까. 난 중국식 억양인 그녀가 어떤 이유로 이곳에까지 왔는지 모른다. 아마도 살던 곳이 지긋지긋한 난장이지 않았을까. 나름 짐작은 한다. 그녀에게 한국은 어떤 곳일까. 어디든 사는 것이 난장이긴 마찬가지다.

어둠속에서는 어둠만 보게 된다. 늘 어둠이기 때문이다. 술에 중독된 사람은 취해 있는 줄 모른다. 늘 술이기 때문이다. 우리는 난장이 싫어 도망친다. 그래도 어디를 가나 늘 난장이다. 우리가 난장이기 때문이다. 난장인 마음은 꺼진 촛불로 어질러진 방을 보는 것과 같다. 늘 난장 같은 마음을 달고 있는데 난장 아닌 곳이 어디 있겠는가. 난장은 집착하는 마음이다. 좋은 것, 난장 아닌 곳에 집착하는 것이다. 집착은 좋은 것과 나쁜 것과 같은 분별을 만들어내고, 분별로 부딪힘이 생긴다. 좋은 것을 갖고자 부딪치는 것이다. 부딪힘은 곧 난장이다.

우리가 어딘가로 떠나는 것도 집착에서 벗어나고 싶어서일 거다. 부딪치기 싫어서, 난장을 벗어나고자 떠난다. 난장은 난장 하나로만 존재하지 않는다. 집착도 집착 하나로만 존재하지 않는다. 모든 것은 여러 가지가 섞어 새로운 다른 하나가 생기는 변화를 겪는다. 누군가의 난장은 없어서 화가 나고, 누군가의 난장은 있어서 화가 날 것이고, 누군가의 난장은 멀리 있어 가까이 하려 하고, 누군가의 난장은 가까이 있어 멀어지고 싶을 테니까. 이렇게 복잡하게 얽혀 있는 난장 같은 세상을 뭐라 단정할 수 없다. 산다는 것은 오묘해서 언어로 풀 수 있는 영역이 아니기 때문이다.

어둠은 알 수 없는 언어들로 여전히 난장을 그려 내고 있다. 중국식 억양 한 뭉치가 저만치 멀어져 갔다. 거리에는 모를 언어들이 암호처럼 나뒹굴고 있다. 어둠이 난투의 팔을 휘두르고 있다. 밤이 빠르게 걷히고 있다. 조금씩 새벽빛이 거리에 새어 들어왔다.

남편이 전화를 했다. 나는 뒷정리를 마치고 청진동 해장국으로 향했다. 새벽은 새벽만의 언어가 있었다. 안개가 오늘 하루 거룩한 양식이 될 언어처럼 다가왔다. 차분히 걸었다. 오늘은 어떤 언어가 이 거리를 장막처럼 덮게 될까. 나는 오늘 하루 이 거리에서 또 다시 낯선 언어로 난장 같은 삶의 파편 조각을 끼워 맞추게 될 것이다. 어떤 이는 내가 난장처럼 흘려 버린 언어를 귀에 주워 담겠지. 이래저래 뭐라 말로 다하지 못하는 세상이 있어 좋다. 말로 하지 못해서 아름답다는 생각을 했다.

그새 안개는 짙어졌다. 식당에 들어섰다. 어디서 들어 본 듯한 여자 목소리가 났다. 중국식 억양의 서툰 한국말이 젊은 남자들 사이에 오가고 있었다.

홀로 눈물

나는 핸드폰이 어렵다. 잘 이해되지 않는 기호들이 움직이는 복잡한 기계일 뿐이다. 이 작은 기계 안에는 우주와 같은 세상이 떠돈다. 거대한 세상 하나를 손에 들고 다니는 거다. 요즘에는 핸드폰을 가운데 두고 세계 각지의 사람이 모일 수 있다. 아이들도 누구라 할 것 없이 핸드폰을 사용한다. 그야말로 핸드폰이 판치는 세상인 거다. 이런 핸드폰은 사람들과 사람들 목소리를 듣고 대화하던 것을 문자로 바꾸어 놓고 있다. 핸드폰이 대화 방식을 바꾸고 있다고 해야 될까.

대화 방식이 바뀌니 사람을 이해하는 방식도 달라지고 있다. 목소리를 들으며 상대의 감정을 온몸의 감각으로 이해했던 것에 비해 문자 소통은 화면에 쓰인 기호와 글자만 보고 전해진다. 그러다 보니 더러 서로 간 오해가 생기기도 한다. 오해가 많다 보니 더 많이 자신의 의견이나 감정을 드러내지 않게 된다.

그럴수록 우리는 홀로 외로운 섬이 되어 가고 있다. 외로운 섬
들은 핸드폰을 들고 인터넷 세상에서 부표처럼 떠 있다. 인터넷
을 떠도는 사람들은 좀처럼 속마음을 드러내지 않는다. 핸드폰 속
에서 자신을 짧게 드러낼 뿐이다. 마치 자신만의 기호로 속마음을
신호처럼 띄우고 있다. SNS. 무슨 SOS 구호 신호처럼 들렸다. 나
는 SNS를 모른다. SNS만의 방식이 있다는데 난 그 방식도 무슨 말
인지 잘 알아듣지도 못한다. 나는 심각한 기계치이기 때문이다.
세상을 살아가려면 이런 신호도 알아야 한다. 세상이 보내는 신호
이니까. 그래서 SNS가 궁금했다.

주변 사람들이 곧잘 페이스북에 관한 화제로 대화를 주고받는
다. 나는 멀뚱멀뚱 서서 뭔지 모를 말들을 엿듣는 입장이 된다. 그
곳에서는 사진과 글로 다양한 소식이 있다기에 보고 싶었다. 기계
나 전자기기 만지는 것에 꽤나 서툴다 보니 계정 만드는 것도 내
딴에는 복잡했다. 처음으로 몇 자 적고, 듣고 있던 음악을 링크 걸
어 올렸더니 어디선가 손가락이 홀연히 나타나 '좋아요'를 눌러 주
었다. 사람이 기계를 두고 이렇게도 살아지는구나 싶었다. 하나

둘 친구들이 생기기 시작했고, 그들이 올리는 게시물을 들여다보았다.

사람들은 설왕설래 글들로 믿음을 확인하고 있었다. 몇 줄 글과 사진으로 사람 전체를 볼 수 없다. 추측만 할 뿐이다. 그랬어도 믿어 주어야 했다. 친구라니까. 어떤 이가 울고 싶다는 글과 소주병 사진을 올리자 또, 어디선가 손가락이 나타나 너도나도 '좋아요'를 눌렀다. 신기했다. 손가락을 타고 믿음이 나타나는 거였다. 손가락과 믿음의 관계가 함수 같다고 해야 될까. 기계가 믿음을 불러 모은다는 게 이해되지 않는 수학 문제처럼 어려웠다.

도서관을 향해 걸으면서 손가락들이 보내는 믿음의 신호가 떠올랐다. 길에는 믿음이 보이지 않는다. 거리에 표정이 보이지 않은 지 오래다. 아까 페이스북에서 본 소주 병 사진이 자꾸만 길 위에 어른거린다. 어디선가 홀로 사람이 나타났다 또 사라진다. 그들의 얼굴은 보이지 않는다. 휴대폰을 실어 나르는 손과 발만 보인다. 눈으로는 '좋아요'를 누를 것이 없어서인가 그런 생각도 든다. 지나가는 사람은 네 손가락으로 휴대폰을 받치고 엄지손가락은 휴대폰 화면 위를 노 젓듯 훑으며, 고개를 약간 수그리면서 홀로 걷는다. 표정이 없는 거리는 횅하다.

나는 거리에 믿음의 표정이 떠돌길 원한다. 손가락이 아닌 발로 '좋아요'를 누르듯 걷고 싶다. 집으로 돌아오면서 흐려진 어둠만 밟고 서 있다. 신호등 앞에서 한 여자가 가방을 뒤적인다. 휴대폰을 꺼내 쓱 옷소매로 닦고 있다. 나는 그것이 눈물을 훔치는 것처럼 보였다. 까만 어둠도 힘을 잃어가고 있는지. 흐리다. 홀로여서일까. 그래 그게 맞을 거 같다. 우리는 각자 혼자다. 어둠도 나도. 걸으면서 휴대폰을 찾던 그녀를 생각했다. 그녀도 울고 싶을까.

사람들은 자기만의 기호를 알아봐 주는 사람들을 알아본다. 저마다 자신을 알아줄 사람을 찾아 신호를 띄운다. 우리는 어쩌면 핸드폰이라는 외로움이 떠도는 별에 갇혀 신호를 띄우며 누군가 찾아와 주길 기다리고 있는지 모른다. 사람은 사람들 속에서 외롭다. 외로워 사람에 기대고 싶어도 사람을 두려워하고 있다. 사람 때문에 지치게 될 것이라는 것을 너무 잘 알고 있다. 우리는 서로에게 지쳐 가고 있다. 말에 지치고, 뭐라 설명할 수 없는 미묘한 감정의 차이에 지쳐 서로를 두려워하고 있다. 우리는 서로에게 두려움의 벽이 되어 가고 있다. 벽은 외로움이 떠도는 핸드폰의 별에서 더욱 높아만 가고 있다.

언제인가 누군가의 속 깊은 이야기를 페이스북에서 읽었다. 아이들이 어릴 때 부인은 병을 얻어 사별을 했고 그때 간병인과 재혼을 했다는 사람, 그 사람 속을 누군가에게 말하고 싶어도 들어 줄 사람이 없어 낚시를 한다는 사람, 또 누군가도 말하고 싶어도 사람이 없어 산을 찾는다고 했다. 또 누군가는 산도, 낚시도 할 수 없는 사람은 SNS에 미치도록 하고 싶은 말을 쓴다고 한다. 우린 기대고 싶은 누군가를 옆에서 찾지 못해 SNS를 떠우고 있다. 울고 싶어도 울음을 받아 달라고 하면서.

요즘 아이들에게 문방구에서 제일 인기 있는 것이 뿍뿍이다. 말랑말랑한 고무로 되어 뿍뿍 소리가 나도록 손가락으로 누르며 노는 장난감이다. 아이들이 이것으로 스트레스도 푼단다. 핸드폰을 만지지 못하면 불안해지니까 이런 장난감으로 핸드폰 누르듯 누르며 불안감을 푸는 것이다. 손으로 조물조물 누르며 외롭다는 신호를 보내는 거다. 아이들도 자신의 속마음을 받아 줄 친구가 없는 것이다. 혼자 학원가고, 혼자 집에 가니까. 왜 우리는 서로를 받아주지 못하고 있는가. 왜 우리는 서로에게 벽이 되어 가고 있는가. 왜 우리는 외로운 별이 되어 홀로 SNS에 떠다녀야 하는가.

혼자 집으로 와서 맥주 한 캔을 꺼냈다. 자꾸 핸드폰을 만지작거리던 손이 떠오른다. 가로등이 어둠 속에 잠들어 가는 믿음을 밝히고 있다. 나는 소주 병 아래 이렇게 댓글을 남기고 싶었다.

그대, 홀로 울지 말지어다
내 그대 위한 손가락 되어
그대 눈물 다 품어 가리니
그대, 부디 홀로 울지 말지어다.

Ⅲ
남문길 34

비선실세(秘線實勢)

- 시제

　시댁은 정종의 후손이 모여 사는 이씨 씨족부락이다. 왕위를 잇지 못한 후손이지만 해마다 조상님의 위패를 모셔 놓은 영모사에서 시제(時祭)를 지내오고 있으며, 제(祭)를 집도하는 종가 어르신은 궁중식 면류관과 장복을 입을 만큼 가문의 예(禮)를 중시하고, 나이가 어리다 해도 촌수가 높으면 함부로 말을 낮추지 않을 만큼 위계질서 또한 엄격하다. 이런 시댁으로 들어가 산다고 했을 때 주위 분들의 반응이 극명하게 둘로 갈렸다. 남자 선생님들은 하나같이 글이 좋아질 거라 하셨고, 여자 선생님들은 혀를 차며 걱정하셨다.

　시댁이란 말만 들어도 며느리를 움츠러들게 하는 권력의 힘이 뻗치고 있기 때문이다. 솔직히 시댁 가까이서 산다는 것이 두려웠던 건 사실이다. 억센 전라도 사투리와 비릿한 생선, 젓갈 많은 김치가 쉽지 않았기 때문이다. 그런데 막상 살아 보니 그렇게 어려운 것만도 아니었다. 실세의 힘이 어디서 나오는지 안다면 말이다.

오늘은 문중 시제다. 제사는 며느리로서 일 년 큰일 중 큰일이기도 하다. 어떻게 해서든 오늘을 잘 넘겨야 일 년이 편하기도 하다. 어머니는 연초부터 꼬박꼬박 이날 설거지를 당부했다. 막상 시제 날이 되고 보니 눈을 뜨자마자 팔·다리·어깨가 뻣뻣해지는 거 같았다. 일단 커피부터 찾았다. 커피를 찬물 마시듯 벌컥 들이켰다. 싱크대를 둘러보았다. 고무장갑이 보이지 않는다. 사실 바로 코앞에 있었다. 앞치마를 걸치고 아버님 장화까지 신었다.

이제 준비는 다 되었다. 문을 열고 나가기만 하면 된다. 갑자기 잘 열리던 현관문까지 열리지 않았다. 어찌 되었든 난 입은 잽싸고, 다리는 뭉그적거리며 문중 사당 대문 안으로 들어갔다. 사당 정원에는 분홍 동백이 얌전히 피어 있었다. 일 년 동안 닫혀 있던 팔각 창호지문살도 활짝 젖혀 있었다. 툇마루 아래에는 어르신 신발이 빽빽하다.

문중 시제는 영모사라고 현판이 걸린 본채에서 모신다. 사당은 정원을 가운데 두고 ㄴ자형으로 배치되어 있다. 대문에는 군조대문(君朝大門)이라 현판이 걸려 있고, 대문 옆에는 영모사 사무실 겸 부엌이 딸린 사랑채가 있다. 사이에 정원이 있고, 지붕 두 개 나란히 있는데 그 사이에 우물이 있다. 맨 왼쪽부터 제일 손위 조상님을 모시는 사당이다. 나는 내가 있어야 할 곳을 잘 알고 있었다. 대문을 열고 들어와 곧장 사랑채 뒤쪽 설거지통을 줄 서 있을 곳으로 향했다. 그래도 젊다는 집이 동네에서 딸랑 두 집이다. 은서 형님네랑 우리 집. 은서 형님이 보이지 않는다. 은서 형님은 파 작업 때문에 참석을 못한단다. 부엌문을 슬그머니 열었다. 앞치마를 두르고, 고무장갑을 단단히 두 손에 끼었다. 이제 나는 본격적인 설거지계의 실세가 된다. 실세라 봐야 설거지는 어차피 나 혼자다.

　문중 시제라 곳곳에 흩어져 있던 집안 분이 모여드는 만큼 설거지통에도 그릇이 모인다. 동네 함지박이 사랑채 부엌으로 집합한다. 역시나 3열종대로 수도꼭지에서부터 부엌 끝까지 줄을 서 있었다. 신발도 아버님 장화로 바꿔 신었다. 함지박 한가득 담겨진 그릇들을 보며 크게 숨을 들이마시고 허리가 덜 아픈 자세로 고쳐 앉았다. 설거지 할 때에는 고개를 들지 않아야 한다. 그래야 허리가 아프지 않기 때문이다. 나도 이젠 많은 설거지를 빠르게, 오랫동안 할 수 있는 요령을 나름 터득하고 있었다.

함지박 그릇들을 몇 번이나 비웠을까. 허리가 펴지질 않았다. 커피 한 잔 가져왔다. 그 사이 빈 그릇이 수북이 쌓였다. 다시 고개를 숙였다. 이번에는 허리를 뒤로 빼고 더 깊숙이 숙였다. 씻은 그릇들이 한쪽에 제법 쌓여 가고 있었다. 머리 희끗한 형님들이 빈 접시를 설거지통에 넣으며 고생한다며 인사를 했다. 거들 수 없음을 미안해하고 있는 것이다. 빨간 함지박통 물을 몇 번이나 비웠을까. 허리가 끊어질 정도로 아파왔다.

난 설거지가 싫은 게 아니다. 사실 나이 지긋한 형님들의 고생한다는 말 뒤에는 설거지라도 할 수 있는 젊은 몸을 부러워하고 있음을 안다. 남자들은 집 밖에서 일을 통해 힘이라는 것을 얻는다. 그 힘은 조직과 사회 속에서 권력이 되고, 그것을 통해 자신의 존재감을 밖으로 뻗쳐 나간다. 집 안에서 살림을 하는 여자들의 경우 자신의 존재감을 드러낼 수 있는 일이란 특별한 것이 아니다. 그런데 정말 생각지도 않은 곳에서 집안을 움직이는 막강한 힘이 생기기도 한다. 바로 설거지다.

아무런 대가도 없는 궂은 일, 설거지가 집안의 권력을 가져다 준다고 한다면 믿을까. 집안에서의 권력은 선두에서 드러나지 않지만 그 힘은 막강하다. 설거지가 거의 끝나고 있다. 이장님이 와서 인사하고 가셨다. 군수님이 와서 수고한다는 말을 하고 가셨다. 고무장갑 낀 설거지 손으로 인사를 할 수 없어 눈으로만 인사를 했다. 아버님 웃음소리가 설거지 부엌까지 들린다. 막걸리를 한잔하고 계신가 보다. 이제 설거지도 끝물이다.

비선실세의 힘은 전혀 생각지도 않은 곳에 있다. 주고받기도 은밀해야 비선실세답다고 해야 할까. 그래서 비밀스럽게 가진 힘을 지켜내는 것인지도 모른다. 그 힘이 넘치기 시작하면 보이지 않는 곳에 권력이 꼬여든다. 제대로 쓰일 권력이라면 전혀 생각지도 않은 곳에 생길 수 있다. 그것이 비선실세의 매력이기도 하다. 자기 실체를 드러내지 않는 힘이 클수록 휘두를 수 있는 폭도 넓어진다. 그것이 큰 실체 자기 스스로가 자리를 지켜내는 비법일 수 있다. 비선실세는 그 힘으로 큰소리를 내지 않아도 된다. 큰돈을 쓰지 않아도 된다. 그저 설거지 물소리와 국자 몇 번 휘젓는 것으로 집안 머리 희끗한 어르신들까지 와서 인사를 할 정도면 그 힘이 제법 크지 않은가.

지금도 어느 집 부엌 설거지통에는 물 흐르는 소리가 나고 있을 것이다. 아픈 허리에도 말도 못하고 서럽게 설거지하고 있는 며느리가 당신이라면 나는 조금 더 참으라고 말해 주고 싶다. 조금만 더 참고 설거지하라. 그러면 나이, 지위 고하 불문하고 집안 사람 모두가 그대 설거지 물소리 앞에 무릎 꿇을 날이 멀지 않으리니. 그대에게는 국자를 휘두르며 집안을 진두지휘할 막강한 권력의 서광이 비출 것이다. 그저 참고 견뎌라.

겉

폭염 특보다. 밖에 나갈 엄두가 나지 않았다. 누워 책장을 끄적거리자니 열이 올라왔다. 확성기 소리가 밖에서 크게 들렸다. "수박 만 원! 더워서 시원히 깎아 반 값! 지금 나오면 반 값 오천 원." 더워서 떨이라니! 그것도 지금 당장 나오면 오천 원이란다. 솔깃했다. 후딱 지갑을 들고 숨이 차도록 뛰었다.

수박 트럭 앞에 헐근대며 섰다. 맨 앞줄에 오천 원짜리라는 수박이 일렬로 서 있었다. 눈에 들어오지 않았다. 겉이 물러보였다. 뒷줄에 한 아름되는 수박을 눈여겨보았다. 제법 단단했다. 몇 번 두드려 보았다. 통통 튀어 오르는 소리가 경쾌하면서 컸다. 분명 잘 익었을 것 같았다. 너무 컸다. 앞줄 것에 비해 두 배로 컸고, 값은 곱 절로 비쌌다. 망설이고 있는 사이 수박장수가 흥정을 해 온다. 오천 원 깎아 줄 테니 큰 것을 가져가란다. 자신이 없었다.

내 힘을 저렇게 큰 수박과 겨뤄 본 적이 없었다. 눈 딱 감고 수박장수한테 퍼런 종이돈을 건넸다. 오천 원에 속이 바뀐 것이다. 아기를 품안에 안듯이 수박을 안았다. 한 걸음 내딛자 묵직한 무게에 몸 전체가 앞으로 축 쳐졌다. 걸을수록 팔이 저려왔고, 얼굴은 화끈거렸다. 집에 가까울수록 수박장수가 원망스러웠다. '괜히 값을 깎아 준다 해서...'

걷다 멈춰 쉬기를 반복하며 걸었다. 땀이 등에서 물줄기처럼 흘렀다. 숨까지 가빠졌다. 수박을 동여맨 끈이 닿은 손바닥이 뻘겋다. 그것은 피가 모여 있다는 증거이기도 했다. 겉이 단단한 수박 한 통 탓에 꽤나 곤혹스러움을 겪고 있는 것이다. 집에 오자마자 냉장고 안에 휙 넣었다. 일단 헐떡이는 숨을 돌리고 싶었다. 방바닥에 벌러덩 대자로 뻗었다.

베토벤 소나타를 틀었다. 피아노 선율이 흘렀다. 잔잔한 바람을 타고 작은 나비 한 마리가 사랑스럽게 내 곁을 주물렀다. 점점 손바닥에서 전율이 일었다. 헐떡거림이 가라앉고 있었다. 음악은 어둠속에서 괴로워하는 번민으로 이어졌다. 베토벤이 그려 주는 음률을 따라 내 곁이 점점 느슨해져 갔다. 나만의 방식으로 그의 음악에 대해 한마디 한다면 그의 손을 타고 헐떡이는 번민이 선율 속에 고여 있었다. 베토벤의 번민이 아름다운 이유는 번민을 거부하지 않았다는 것이다. 그의 음악에서는 번민의 괴로움과 평안함이 함께 느껴진다. 그는 음악으로 불행과 행복을 떠나 있음을 말하고 싶었는지 모르겠다. 더욱이 베토벤은 마구 솟구치는 느낌으로 헐떡이지 않았다. 적어도 내가 보기에는 그랬다.

마음에도 헐떡거림이 있다. 헐떡거림은 먼저 번뇌가 일어나서 물방울이 되어 쏟아지기 시작한다. 그 물방울이 모여 바다를 이루고, 바다에 욕망이라는 바람이 불면 물결이 일어 그 속에 잠자고 있던 무지라는 용이 놀라서 헐떡거리는 것이다. 이 헐떡거림을 없애려면 번뇌에 얽매임이 없어야겠지만 그게 어디 나 같은 범부에게 쉬운 것인가. 헐떡거림은 다듬지 않은 옥과 같다. 아름다운 빛깔의 옥이라 할지라도 다듬지 않으면 돌덩이에 불과하다.

그래서 〈금강삼매경론〉[9]에서는 헐떡이는 마음을 가라앉히기 위해서 먼저 마음에서 일어나는 모양을 진실하게 관찰하라고 한다. 잘 보아서 알게 되는 것도 있기 때문이다. 병도 원인을 알게 되는 것만으로 절반은 낫는다고 하지 않는가. 그래서 아무런 욕심

9) 원효, 조용길·정통규 옮김, 금강삼매경론, 동국대출판부, 2007.

이나 거짓 없이 헐떡거림을 잘 바라보는 것만으로 번민이 가라앉는다는 것이다. 그런 관찰은 옥으로 다듬는 과정이기도 하다. 어찌 되었든 베토벤은 헐떡거리는 속을 다스려 음악이라는 옥으로 드러냈다.

가만히 베토벤이 주는 피아노 선율을 들으면서 내 자신을 들여다보았다. 고작 수박 한 통으로 뒤집어지고 마는 속이 허한 사람이었다. 그것도 큰돈도 아닌 오천 원으로 흔들리는 물러빠진 사람. 나는 속이 단단하지 못한 것이다. 부끄러웠다. 점점 피아노 음률은 공격적인 묵직함과 느긋한 편안함을 오가고 있었다. 이런 폭넓은 느낌을 담으려면 잡생각으로 속이 흔들리지 않아야 하고, 겉은 그런 속을 단단히 잡고 있어야 한다. 그런 베토벤이었기에 혁명에 가까운 자신만의 겉옷을 만들어 음악에 입힌 것이다. 베토벤의 겉은 과감했다. 그것도 주눅 들지 않는 과감함이었다. 어디 이런 표현 방법이 음악가에만 해당하겠는가.

명나라 유협의 〈문심조룡〉[10]에서는 자신의 속을 글로 드러내는 데에도 규칙이 있다고 말한다. 자신의 생각을 잘 정돈하여 글의 틀을 짜고, 틀 속에 펼쳐질 기운이 모여들기를 기다린 후에 써

10) 유협, 성기옥 옮김, 문심조룡, 지식을 만드는 지식, 2012.

야 된다고 한다. 붓을 들었다고 아무 때나 속엣 것을 드러내지 말라는 것이다. 먼저 단어들 사이에 느낌을 가두어 진액처럼 말이 고이게 하려면 적어도 속에서 마구 솟구치는 느낌을 다스려야 한다. 다스린다는 것은 억지로 누르거나 깎아내는 것이 아니다. 속을 고요히 가라앉히는 것이다.

음악이든 문학이든 표현하고자 하는 예술적 상상력도 작가의 사색 활동으로 만들어진다. 사색은 집중하는 마음결에 따라 천년의 시간을 만날 수 있고, 마음에서 일어나는 변화를 잘 관찰하느냐에 따라 만 리까지 볼 수 있다는 옛말이 있다. 이때 중요한 것이 작가의 의지다. 작가의 의지가 깊어 표현하고자 하는 것을 확고히 잡고 있는 것을 '허정(虛靜)'이라 한다. 즉 허정은 대상 하나만 바라보는 고요한 마음이다. 그 상태에서 쓴 문장과 문장 사이에는 물 흐르듯 허정이 굽이치게 된다. 즉 속엣 것이 아름다운 옥이 되어 글이라는 겉옷을 입게 되는 것이다.

나도 종종 번민한다. 일렁이는 욕망의 물결이 무지의 용을 놀라게 한다. 당장 오늘은 이 작은 수박 한 통에 큰 물결이 일어 어찌 할 줄 모르고 누워 버렸다. 더우면 땀나는 게 당연하고, 무거우면 손이 아픈 게 당연한 것이다. 헐떡거릴 필요가 없었다. 정작 헐떡거림은 수박 때문이 아니었다. 실은 원고지에 있었다. 원고 마감 날짜에 마음이 다급해 수박에 화를 낸 것이다. 나는 아름답게 쓰고 싶은 갈망이 크다. 아름다움은 아름다운 것만 품지 않는다. 아름다울수록 번민이 주는 고통이 흐르고 있다. 고통을 딛고 서야 아름다움이 고이기 때문이다. 이것이 괴로움이나 고통을 피해선 안 되는 이유다. 이렇게 머리로는 알고 있는데 속은 이 작은 고통을 잘 다스리지 못하고 짜증을 확 내 버린 것이다.

냉장고에서 수박을 꺼냈다. 칼이 단단한 겉 때문인지 제대로 들어가지 않았다. 몇 차례 칼 꽂기를 시도한 끝에 빨간 속이 드러났다. 한 입 베어 물었다. 단맛이 속에 퍼졌다. 시원했다. 수박을 입에 넣으며 생각했다. 나도 시원한 글을 쓰고 싶다. 수박처럼 단맛이 고이는 그런 글을 쓰고 싶다. 간절히 쓰고 싶다. 겉으로는 덤덤히 수박을 먹고 있지만 속은 여러 생각으로 복잡해지고 있었다. 어떻게 해야 될까.

다시 음악은 웅장한 교향곡으로 바뀌었다. 베토벤 교향곡 5번이 흐르고 있다. 베토벤이 속삭이고 있다. '자네 속에서 울리는 문 두드리는 소리를 잘 듣거나. 겉을 시험하는 운명의 소리를...'

물을 대다

밖이 물 대는 소리로 요란하다. 비가 쏟아지고 있다. 이른 못비가 마른 땅에 물을 대고 있다. 아이가 물을 받을 때에도 요란했었다. 아이는 할아버지와 단 둘이 살고 있는 중학생 남자 아이다. 아이를 만난 건 봉사활동을 통해서다. 아이는 내 멘티다.

언제인가 아이 집을 방문할 때였다. 담장이 힘없이 주저앉은 집에 휑한 마당에 새파란 은행잎이 도드라져 보였다. 늙은 은행나무가 대문처럼 서 있었는데, 창고에는 구석에서 오래도록 손을 보지 않았는지 까맣게 곰팡이와 이끼가 올라와 있었다. 안채 마루는 여닫이 유리창을 내었다. 아이 이름을 부르며 여닫이문을 열자 담배 냄새가 얼굴을 확 덮었다. 순간 머리가 지끈거렸다. 할아버지가 안방 문을 빼꼼히 열며 고개를 내밀었다. 할아버지는 가래 끓는 기침을 하며 한 손엔 담배를 잡고, 다른 한 손으로 방문을 가리켰다.

아이 방문을 열자 찌든 땀 냄새가 올라왔다. 침대 양끝 모서리는 아이 키에 묻혀 보이지 않았다. 아이는 모로 누워 핸드폰 게임을 하고 있었다. 학교 다녀오면 늘 그 자세로 게임을 한다고 했다. 중학생이건만 혼자 밥통에 밥을 퍼서 먹거나 가방 정리는 하지 않았다. 아니 못했다. 설마 그런 거 하나도 못하겠냐 하겠지만 정말 그랬다. 세탁기는 세제를 넣고 버튼 하나만 누르면 되는데 그것도 하지 않았다. 체육복과 교복에서 냄새가 심하게 나자 아이의 담임 선생님이 생활지도를 부탁했었다.

난 체육복과 운동화 빠는 것을 알려 주고 싶었다. 아이는 체육복을, 나는 운동화를 들고 세면실로 갔다. 수도꼭지 아래 세숫대야를 놓았다. 수도꼭지를 틀자 물이 쏴 소리를 내며 터져 나왔다. 옷을 담갔다. 옷이 젖어들수록 물은 까매졌다. 젖은 옷을 바닥에 놓고 비누칠을 하고 비볐다. 아이에게 이렇게 하면 거품이 나오고, 많이 비빌수록 때가 잘 빠지는 거라고 알려 주었다. 아이는 바지를, 나는 윗옷을 바닥에 놓고 주물렀다. 시커먼 거품이 나왔다. 아이는 몇 번 주무르지도 않았는데 허리가 아프다고 나가 버렸다.

결국 나 혼자 빨았다. 내가 원하는 건 이게 아니었다. 난 물을 대어 시커먼 거품이 맑아지는 것을 보여 주고 싶었다.

그 흔한 것도 혼자만 없을 때엔 서글프다. 흔한 것조차 자신을 피하는가 싶어서다. 물이 흔하다 해도 없으면 시커멓게 타들어 가듯이 누구나 다 있는 것이 없는 서글픔은 가슴을 태운다. 서글픔이라는 것의 근본은 어리석음이라는 것이 불씨가 되어 마음이라는 아궁이에 정이라는 것이 고여 있다가 어느 순간 욕심에 불이 옮겨 그 불이 잘 지펴지지 않고 가슴을 까맣게 그을려 놓은 그을림이 되는 것이다. 서글픔이라는 그을림은 좀처럼 지워지지 않는다. 아이 부모는 돌도 채 지나지 않아 이혼을 했고, 지금은 각자 재혼을 했다고 한다. 이제껏 할아버지가 연로하고 지병이 깊은 몸으로 아이에게 물을 대어 왔다. 할아버지는 부모 정이 빠르게 말라 가는 아이를 위해 당신 손으로 물을 퍼 날라 주었을 것이다. 급하다 보니 그랬을 것이지만 정작 아이는 물이 뭔지도, 물을 대 주고 있는 줄도 모르고 있었다. 학교와 지역 여러 봉사단체에서도 관심을 갖고 도움을 주고 있었지만 이를 흔한 것쯤으로 여기고 있었다. 이쯤이면 마냥 퍼 주는 것이 능사가 아니었다. 난 까만 거품이 일고 있는 아이 마음에 뭐라도 덧대어 주고 싶었다. 어디서부터 어떻게 해야 될지 생각이 많았다. 아무리 생각해도 내가 할 수 있는 범위가 아닌 거 같았다. 당장 할아버지는 손주 손에 물 묻히게 한다고 역정을 내셨기 때문이다.

세상에 젖지 않는 것이 있을까. 세상 어디라도, 무엇이라도 다들 젖는 그만큼 젖고 또, 마르기도 한다. 젖을 만한 때가 되면 다 젖는다. 너무 과하게 젖을 때에도 문제가 되겠지만 때를 놓쳐 물기가 바짝 말라 버렸을 때에는 어찌할 방도가 없기 때문이다. 물은 물을 타고 움직인다고 해야 될까. 말라가는 뿌리라도 물빛이 있다면 살아날 수 있다. 아예 말라비틀어진 뿌리는 물을 들이부어도 소용없다. 이미 까맣게 죽었기 때문이다. 아이의 의욕이 녹아진 물빛은 거의 말라가고 없었다. 손가락으로 핸드폰을 만지작거리는 거 외에는 딱히 움직이려 하지 않았다. 난 이해했다.

한창 부모에게 투정부리며 부모 속 긁어 대며 존재의 싹을 띄워 싹이 자라도 훌쩍 자라고 있는 나이지 않은가. 할아버지는 아이가 부모 없는 그늘에 젖어들까 노심초사였고, 아이는 남들 다 있는 그 흔한 부모 품을 서럽도록 그리워했는가 보다. 지금은 서러움조차 까맣게 타 버려 얼마 남지 않은 자존심만으로 버티고 있는 거 같았다. 남 이야기하듯 엄마, 아빠 얼굴도 기억나지 않는다고 했으니까.

한나절이 되니 논에 물이 자작자작하다. 못비가 마른 흙이 그리웠나 보다. 덩어리진 흙을 쪽을 내어 부수더니 반죽하려 한다. 오후 내내 비는 그렇게 내렸다. 자꾸만 그 아이가 담그던 세숫대야가 떠오른다. 물을 대던 세숫대야 가장자리는 까맣게 땟국이 묻어 있었다. 무엇이든 빡빡 문질러 대고 싶었다. 아이가 밟아 왔던 거친 시간이 묻은 운동화를 문지르고 싶었다. 눈물 알갱이가 응어리진 가슴에서 흘러나온 체액이 묻은 체육복을 문지르고 싶었다.

하지만 이쯤이면 제일 좋은 방법은 누군가의 도움보다 아이 손으로 스스로 하는 것이 가장 좋을 것이다. 가슴이 타들어가 오므라지고 있을 때엔 혼자서 물을 대주는 것이 속 편하고 좋으니까. 혼자서 천천히 옆 사람에게 튀지도 않게 울컥했던 마음을 들이키는 숨에 느끼고, 내뱉는 숨에 그래도 태어나 부모 품에서 웃음 짓던 때를 떠올리면 덩어리진 시간도 쪼개기 쉬워질 테니까.

아이는 지금 무엇을 하고 있을까. 사춘기라 작년에 비해 감정 폭발이 잦다고 들었다. 올해에도 미약한 낙숫물이나마 대주길 바랐다. 그러지 못하고 있다. 담당 멘토 선생님이 바뀌었기 때문이다. 나는 아이가 누굴 만나든 조금씩 자신 스스로 물을 대는 방법을 배웠으면 한다. 남이 대주는 물길을 밖으로 내보내지 말고 자신 가슴속에 고이는 방법을 터득하길 바란다. 그것이 새지 않는 참다운 물 대는 방법일 거 같다.

비가 멎었다. 물 댄 논에 그을음 같았던 먹구름이 스멀스멀 멀어져가고, 붉은 노을빛이 번진 하늘엔 두루마리 같은 구름이 몽글몽글 피기 시작했다. 올 봄, 못비는 이만치 오려는가 보다. 이만치라도 물 댄 것이 어디인가. 논바닥 푸석푸석하지 않게 물 대었으면 족한 게지. 다음에 또 물 댈 날은 올 테니까. 그나마 비가 늦지 않게 와서 다행이다.

애술하십시오

아침부터 빨랫감을 들고 세탁실로 갔다. 일단 속옷과 색깔이 있는 겉옷으로 나눈 뒤 세제를 넣었다. 때가 잘 빠지라고 물까지 뜨듯하게 데워 빨래통에 부었다. 그런데 하필 새로 산 것에서 물이 빠진 것이다. 요즘 시대가 어떤 시대인데 염색물이 빠지겠냐 하겠지만 이번이 처음이 아니었다.

애들이 고등학생이 되면서부터 옷을 직접 사기 시작했다. 용돈을 주면 인터넷으로 구매한다. 컴퓨터 화면만 들여다보면서 선택하다 보니 더러 문제가 생겼다. 사는 옷 마다 무겁고 물 빠짐이 심했다. 옷을 살 때에는 물이 빠지지 않는 소재인지 확인하라고 누누이 당부했다. 아니나 다를까 이번에도 물이 빠진 것을 보자 불끈 화가 난 것이다.

한 번 물이 빠진 옷은 옷감이든, 색감이든 처음처럼 되질 않는다. 시간을 들이고, 공력을 들여도 때깔은 고사하고 더 구질구질해져 애들은 입지도 않고, 난 아까워 버리지도 못한다. 어찌 되었든 나는 물든 옷을 처음으로 되돌려야 했다. 대야에 뻘겋게 물든 티셔츠를 넣고 표백제 한 주먹, 색깔이 선명해진다는 액체 세제 한 뚜껑, 대야 반 정도 물을 붓고 담가 두었다. 색깔이 빠지든 안 빠지든 이제부터 세제가 알아서 할 일이다. 나는 일단 담갔다. 그때 낯익은 목소리가 천장에서 울려 퍼졌다. 아파트 관리소장이었다.

남편은 청소하고 있었다. 윙윙 돌아가는 청소기 소리에 무슨 말인지 들리지 않았다. 우리는 가만히 집중했다. 언뜻 뭘 한다는 거 같았는데 목소리는 웅얼웅얼 거렸다. 일제히 모든 움직임을 멈추고 방송 목소리에 귀를 더욱 바짝 대었다.

"에에. 주민 여러분 애술한답니다. 보일러에서 나왔다고 하니 어서들 애술하시길 바랍니다."

애술하라니! 혹시 예술인가. 그런데 왜 보일러를 예술하라고 하나. 도무지 무슨 말인지 감이 잡히지 않았다. 남편에게 물었다. 남편도 잘 모르겠다고만 하고 크게 신경 쓰지 않았다. 그랬어도 나는 궁금했다. 애술이라는 단어를 처음 들었기 때문이다. 인터넷

검색을 하고, 사전을 찾아도 애술은 없었다. 나는 무척 답답했다. 관리실에 전화를 걸어볼까. 온통 머릿속은 애술이란 단어 풀이에 집중되었다. 저녁때가 다 되어 밥 수저를 들면서 조금씩 감이 왔다. 드디어 웃음이 폭발했다. 아! 그 애술.

작년에 갓 지은 아파트로 이사했다. 고목나무에 돋은 어린잎을 바라보는 것처럼 새 집 둘러보기를 즐겼다. 새 것이 주는 기분도 잠깐일 뿐 시간이 지날수록 불편한 것들이 눈에 들어왔다. 우리 집은 비가 내리면 벽과 천정에 물이 스며들어 하자보수 신청을 했었다. 몇 집이 추워지면서 보일러 AS 문의가 많았나 보다. 그 방송을 한 것이다. 보일러 에이에스를 하라고 한 것을 관리소장이 애술하라고 한 것이다. 애술하십시오, 애술은 하루 종일 내 모든 움직임을 물들였다.

청소를 하면서도 이게 애술일까. 뻘겋게 물든 옷을 문지르면서도 애술이 무엇일까. 냄비에 된장을 풀면서도 도대체 애술이 무엇일까. 혹시 예술하라는 말이 아닐까. 내가 모르는 전라도 사투리일까. 온통 그 생각만 했다. 관리소장의 애꿎던 애술은 보일러 수리였다. 그 뜻을 알게 된 후 혼자 박장대소했다. 에이에스(AS) 라는 것이 물건, 특히 전자 제품이 공장에서 막 나와 사람 손을 덜 타게 되었을 때 처음으로 되돌려 주는 것이다. 물건을 만든 회사 입장에서 고객에 대한 사후관리 차원이라고 하지만 쉽게 말하면 사람들에게 물이 덜 들었을 때 물을 빼 주는 것이다.

요즘 앉아서 세상 곳곳의 온갖 일을 볼 수 있는 시대가 되었다. 인터넷에서는 상상하기도 힘든 것을 잠깐 넘어가는 화면에서도 쉽게 볼 수 있다. 한번은 작은 애가 신기한 것이라며 영상 하나를 보여 준 적이 있었다. 영상에서는 한 외국인이 정글에서 살아남기 위해 피가 뚝뚝 떨어지는 것을 먹고 있었다. 야생 동물을 잡는 것도 잔인하기 그지없다. 뉴스와 시사채널에서 텔레그램 n번방 사전으로 시끄럽다. 어린 여중생들에게 돈을 주고 영상을 찍게 하고, 그것을 즐길 남성을 돈을 받고 회원으로 모집했단다. 영상은 차마 입에 담을 수 없을 정도란다. 여학생을 사람으로 보지 않고 그저 돈을 주고 부리는 노예로 취급했단다. 범인을 잡고 보니 아직 솜털이 가시지 않은 애송이다.

애송이가 있다. 애송이는 막 돋은 솜털에서 풋풋함을 풍긴다. 풋내는 덜 마른 물 냄새다. 물이 물을 찾아다닌다고 해야 될까. 그래서 애송이 시절에는 쉬이 물이 잘 든다. 어디 물이 옷만 들겠는

가. 사람도 보고, 듣고, 맛보는 것으로 물이 든다. 물이 든다는 것이 한마디로 감각의 부딪침이다. 감각의 부딪침은 생각을 일으키고, 생각은 말이 되어 마음에 기록된다. 곧 보고, 듣고, 맛보는 대상은 말이 되어 마음을 물들이고, 말은 마음의 기록이 되는 것이다. 감각적이고 폭력적인 대상을 보면 빠르고 자극적인 생각을 일으키고 거친 말이 되어 마음을 거칠게 물들여 상처를 남긴다.

곧 마음의 기록이 상처로 저장되고 거칠고 난폭하게 물들여지는 것이다. 반대로 천천히 책장을 넘기며 단어와 단어, 행간과 행간 사이에 내뱉은 숨과 함께 고인 생각은 순하고 고운 말로 마음을 순한 색으로 물들여 상처를 남기지 않는다. 곧 병이 나지 않는다. 마음의 기록도 곱게 물들이게 된다.

오후 내내 애슐에만 집중했다. 막, 원고지에 펜을 들어 쓰는 것에 애송이던-지금도 애송이지만- 마음이 떠올랐다. 그때에는 글쓰기에 미치도록 매달렸다. 하루 종일 앉아서 밥 먹는 것도 잊고 오로지 원고지를 채워 가는 것, 하나로 그렇게 행복했다. 쓸 수 있어서 행복했고, 쓰기만 할 수 있는 시간이 있어서 행복했다. 애슐에 집중한 오늘 하루도 애송이, 그때처럼 행복했다.

행복은 마음을 한곳에 집중해야 만날 수 있다. 요즘에는 집중을 흩트리는 것이 많다. 곁눈질 할 요깃거리가 너무 쉽게 가까이서 유혹의 물을 뿌리고 있다. 집중해서 좀 쓰다가도 컴퓨터 화면에서는 광고 영상이나 사진이 마구 뜬다. 이게 뭘까 싶어 손가락으로 버튼 누르다 보면 어느 새 한두 시간이 훌쩍 가 버린다. 집중하던 마음이 흩어지고 만다.

나는 이쯤에서 막 물들려 하는 순간 처음으로 되돌리려는 마음가짐을 애술이라 정하고 싶다. 나는 때때로 물이 들려 할 때 오늘처럼 애술하고 싶다.

3313

요즘 어떤 세상은 비밀번호로 태어난다. 세상은 알처럼 비밀번호를 품고 있다가 또 다른 세상을 낳는다고 해야 될까. 어찌 생각하면 단순할지도 모른다. 숫자의 조합만으로 또 다른 세상을 만날 수 있으니까.

컴퓨터 세계에서는 자기만 아는 비밀번호가 있어야 한다. 인터넷을 사용하다 보면 사이트마다 회원가입을 하게 되고 비밀번호란 것을 만들어 들어오라고 명령한다. 명령을 따라 만들다 보니 비밀번호도 여러 개 되었다. 비밀번호는 여러 날이 지나면 바꿔줘야 한다. 가뜩이나 여기저기 설정한 숫자의 조합을 기억이 감당하기 벅차질 때가 되면 다른 번호로 바꿔야 한다. 어떨 때에는 이 번호가 이 사이트 번호 맞나 헷갈린다. 그러다 보면 나만 알고 있어야 되는 비밀번호는 아예 나도 모를 번호가 된다. 이 번호, 저 번호 비밀번호 찾는 것도 번거로워 적어 놓아도 소용없다. 그래서 아예 하나로 통합해 놓았는데 그 번호가 3313이다. 3313은 비밀번호다. 사실 3313은 잘 쓰지 않는 숫자들의 조합이다. 이 번호를 만난 건 순전히 아버님 때문이었다.

막 시댁으로 이사를 한 해 가을 무렵이던가. 아버님은 어느 곳 임시직을 알아보고 계셨다. 그 이유를 나중에 알게 되었는데 모두 나 때문이었다. 동네 어르신들이 모이는 마을회관이나 정자 앞에서 내 흉을 들으셨는가 보다. 밭일도 안하고, 책가방 둘러메고 읍내로 차 끌고 나가는 나를 두고 바람이 날 거라는 패, 뭔 이유가 있응께 가만 두라는 패로 나눠 또 싸우셨단다. 매일 동네사람들의 언쟁을 듣다 못한 아버님이 내린 결정은 취직이었다. 어느 날 저녁상에서 아버님이 말씀하셨다.

"아가 너, 저어기 밑에 집 이바[11] 아냐? 걔가 면사무소 다녀야. 또, 이장 아들 알재? 그 집 며느리는 농협 다녀야. 니는 군청이 좋냐, 농협이 좋냐?"

"저는 둘 다 싫은데요."

아버님 입술이 움직이지 않았다. 아버님은 몇 달을 내 눈치 보

11) 둘째 아들, 진도 사투리

142

고 말을 꺼냈을 것인데 나는 너무 단호했다. 그랬어도 정말 싫었다. 아무리 말단 임시직이라고 해도 조직 문화는 나와는 맞지 않았다. 오십이 가까운 나이에 또 다시 새로운 세계에서 허우적거리기는 더욱 싫었다. 지금 내 나이는 모르는 세계를 찾아다니며 모험하기보다 밟아온 세계의 일을 깊이 있게 다져야 된다고 판단했다. 아버님이 이렇게 나서지 않아도 다 알아서 한다고 말하고 싶었다. 진도에서는 특히 육지에서 온 며느리는 시시콜콜 감시와 잔소리의 대상이다. 다른 세계 사람이라서 그럴까.

결국 출근이란 걸 하게 되었다. 또 다른 세계의 문을 열게 된 것이다. 또 다른 세계는 건물의 꼭대기 층에서 나를 반겨 주었다. 첫날 사무실 비밀번호를 눌렀다. 문고리를 잡고 돌리자 서서히 다른 세계가 눈에 들어왔다. 두껍게 묶어 놓은 문서가 많았다. 책상은 세 개가 나란히 있었고, 사람이 잘 오고가지 않는 곳이었다. 업무도 어렵지 않았다. 무엇보다 마음에 드는 건 혼자 근무한다는 거였다. 책상이 세 개인 만큼 컴퓨터도 3대였다. 나는 제일 창가에서 가까운 자리에 앉았다. 전화기 손잡이에 3313라 적혀 있었다. 업무용 컴퓨터이므로 비밀번호를 설정하라고 해서 바로 앞에 있는 전화번호 3313으로 설정했다.

매일 출근 하자마자 컴퓨터를 켜고, 까만 화면에 비밀번호를 누르라고 창이 뜨면 3313을 눌렀다. 이것이 3313으로 열리는 또 다른 세계에서 해야 할 일의 시작이었다. 일은 컴퓨터 안에서 떠오르는 숫자들의 조합을 읽어야 했다. 숫자로 일을 처리해야 했으니까. 또 다른 세계가 그렇듯이 모든 것이 낯설어도 마음에 들었다. 사무실도 마음에 들었다. 또 다른 세계에서 혼자만 있다면 일이 아무리 많고 힘들어도 얼마든지 해낼 수 있을 거 같았다. 아버님을 향한 서운함도 이해로 채워졌다. 이렇게 매일 열리는 또 다른 세계는 없던 호기심으로 하루를 일렁이게 했다. 하루하루가 새로웠다. 내일은 또 어떤 다른 세계일까. 3313으로 열리는 또 다른 세계의 일도 익숙해졌다. 겨울이 다가오고 있었다. 왠지 지금 상황이 오래 가지 않을 거라는 알 수 없는 예감이 들었다.

예감처럼 나는 겨울이 가기 전에 어찌어찌하여 또 다른 세계의 문을 더는 열지 못했다. 세상은 알 수 없음의 천지다. 세상 지식을 아무리 많이 안다 해도 내일 일은 알 수 없다. 수시로 변하는 것이 세상이기도 하니까. 알 수 없는 세계를 다 휘젓고 다닐 수 없다. 그런다 해도 비밀번호 하나로 들락거림을 허락한 또 다른 세계는 아주 잠깐이지만 나를 비밀스럽게 가둬둘 수 있다. 비밀번호가 보호를 해 준다고 해야 할까. 3313으로 열던 사무실과 일을 하는 동안은 시댁과 마을회관, 동네 사람들로부터 벗어날 수 있는 공간이었다. 그때에는 한창 작품 마무리로 신경을 곤두섰던 시기였다. 갑작스런 환경 변화로 작품이 잘 되질 않는다.

이래저래 어디를 가던, 무슨 일을 하던 며느리에게 말 많은 시집살이에서 도망치고 싶었다. 사무실은 마을회관으로부터 결정되는 동네 어르신들의 소소한 참견을 잠시 잊게 해 주었고, 작품에 집중할 수 있도록 은신처가 되어 주었다. 집에서 컴퓨터 작업을 해도 불안하고, 도서관을 나가도 불안했다. 이런 때에는 사무실 핑계를 댔다. 시부모님들은 사무실 일이 있다고 하면 두말하지 않고 어서 가라고 등을 떠밀어 주시니까.

나는 매일 출근하면서 컴퓨터를 켜고 기도하듯 경건하게 3313을 눌렀다. 오늘 해야 할 일 빨리 끝내고 작품 쓸 수 있는 시간을 갖게 해 달라고 주문처럼 중얼거렸다. 3313은 내게는 작품을 위해 또 다른 세계를 낳았다고 해야 될까. 작품 한 권을 무리 없이 끝낼 수 있게 해 준 더없이 고마운 또 다른 세계를 만날 수 있게 해 준 숫자였다. 3313으로 허락받은 또 다른 세계 속에 있었던 몇 달 동안은 정말 행복했다. 만약 그곳이 없었다면 어땠을까. 아마 앞으로도 더는 그런 환경에서 일할 수 있는 곳은 없을 것이다.

사사로움이 반복되고 있는 생활 속에 갇힌 작은 틀을 벗어난 것을 표현하고자 하는 욕구는 갈수록 강해지고 있다. 그럴수록 숨을 곳을 찾는다. 지금 내가 펼치고자 하는 이상을 꿈꾼다는 것이 옳은 것인지도 혼란스럽다. 하지만 내게도 숙명처럼 해야 할 일이라는 것이 있는데 늘 내 일을 뒷전이었다. 시댁과 남편과 아이들에게 가장 시급한 현실이었으니까. 다행인지 그들에게서 나는 점점 뒷전이 되고 있다. 이쯤이면 나도 또 다른 세계가 아닌 내 세계 속에 들어앉고 싶다. 이제는 그래도 되지 않겠는가. 오늘도 컴퓨터를 켜고 비밀번호를 눌렀다. 책상 앞에 있는 생각이 달아나지 않게 해 달라고 경건하게 눌렀다. 3.3.1.3.

거북손

주말 아침에는 느긋함이 이어지길 바란다. 모처럼 늦잠으로 쉬고 싶은 아침이지만 전화 소리에 잠이 깼다. 옆지기 남자가 여러 통의 전화를 하더니 배낭을 챙겨 나간다. 얼마 후 남자 셋이 우리 집 주차장에 모였다. 남자들은 고향 친구다. 각자의 짐을 한 차로 옮겨 싣고서 떠났다. 언제부터인지 셋은 이렇게 주말이면 모인다. 운동 겸, 산책 겸, 쉴 겸, 친구들과 함께할 겸, 집에 있는 것보다 낫다는 것이 모이는 이유다. 오늘은 거북손을 따러 간단다. 나는 거북손을 모른다.

남자1은 키가 훤칠하며, 굴포에 산다. 남자2는 중간키에 본가는 송월이다. 남자3은 키가 작고, 읍에 살고 있으며 처가가 지산이다. 셋은 하는 일에서 삼십 년 넘는 각자 분야의 고수이다. 내가 말

할 수 있는 그들의 정보는 그렇다. 남자 셋이 모이는 건 남자1의
입김이 제일 크다. 남자1에게는 당뇨가 있다. 남자2는 관절이 안
좋다. 남자3은 직장 생활로 피곤이 잦다. 나이가 백의 절반이 넘어
가면서 늙음의 징후가 몸 여러 군데서 나타나고 있었다. 어두워지
자 옆지기 남자2에게 전화가 왔다. 취기가 얼근하다. 남자1의 집
으로 얼른 오란다. 가고 있다.

어둠이 길 위에서 어슬렁거리고 있었다. 어둠이 짙어서일까.
해가 진 길은 과묵하다. 길은 어둠에 툭 잘려 보이지 않다가 다시
가로등에서 이어졌다. 십일시를 지나 굴포로 들어섰다. 마을회관
을 돌아 파 밭길로 들어섰다. 저만치 익숙한 남자의 뒷모습이 보
였다. 남자2였다. 밤길이 어두운 나를 염려한 배려다. 남자1의 집
마당에도 어둠은 무거웠다. 현관문을 열었다. 짠내 섞인 비릿한
풀냄새가 수증기가 되어 날리고 있었다. 남자2, 남자3은 고기를
구우며 먹고 있었다. 남자1은 가스 불에서 냄비를 들더니 채반에
쏟아 부었다. 남자3이 말했다.
"제수씨 거 좀 드세요. 막 삶았응께."

뜨거운 김이 천정으로 올라갔다. 가운데 손가락을 기준으로 양

옆에 검지, 약지 세 손가락이 펼쳐진 모양 같았고, 몸통 쪽 겉은 바위에 긴 푸른 이끼 같았고 누르면 그다지 딱딱하지 않았다. 길이는 손가락만 하다. 긴 것은 가운데 손가락보다 약간 길기도 하고, 작은 것은 엄지손가락만 했다. 어디서 본 듯했다. 맞았다. 물이 써는 바위에 달라붙었던 것을 봤었다.

"제수씨 이게 뭔 줄 아쇼?"

남자1이 거북손이라고 했다. 삐죽한 세 손가락이 거북이 손을 닮았는가 보다. 나는 이것을 어떻게 먹어야 될지 궁금했다. 고동은 바늘로 까면 되는데 이것은 도대체 어떻게 까는 것인지 감이 오지 않았다. 남자3이 까는 법을 알려 주었다. 딱딱한 손가락과 몸통 경계 끝을 살짝 잡아 뜯으면 두 부분으로 나누어지면서 몸통 쪽에 기다란 살이 손 쪽에 뿌리를 두고 있었다. 살을 잡아 빼면 풀뿌리가 뽑히듯 뽑혔다. 몸통 겉이 실로 짠 목장갑 같은 것이 비늘 모양의 갑옷 옷감 같기도 했다. 잡아 뗄 때에는 올을 뜯어내는 것 같았다.

거북손을 펼쳐놓고 보니 키 큰 남자1이 가운데, 남자2, 3이 양옆에 서 있는 모양이다. 세 남자가 거북손 따기까지 풍경을 풀어 놓았다. 바람은 세차게 불어오고, 어쩌나 단단히 붙어 있는지 드라이버로 몇 번을 힘을 주어야 떨어지더란다. 그래도 안 떨어지

는 것은 망치로 두드려 어깨가 부서지는구나 하니 한 포대가 채워
지더란다. 무겁기는 왜 그리 무거운지 바위를 오르려 해도 다리가
후들거려 서로 잡아끌어 주며 뒷산을 넘어 왔단다. 웃음이 빨갛
다. 바위를 깨부수는 파도의 힘을 깼는데 어찌 힘들지 않겠는가.
파도를 일으키는 바람의 무게를 들고 왔는데 어찌 무겁지 않겠는
가. 바람과 파도를 이겨 내고 살아난 거북손인데 어찌 귀하지 않
겠는가. 그런 귀한 손님 같은 손을 만나는데 어찌 행복하지 않겠
는가.

거북손! 막 삶은 거북손을 하나 집어 들었다. 몸통과 손 경계
끝을 손톱으로 잡아떼니 갑옷 같은 몸통 겉이 벗겨지면서 속에서
물이 떨어졌다. 뜨거웠다. 입을 벌렸다. 혀 위에 바위 냄새가 싸하
게 번졌다. 거북손 살에 초장을 찍었다. 오물오물 씹으니 찰랑이
며 넘어갔다. 입안이 시원하다. 남자들은 학창 시절 이야기를 하
고 있었다. 남자2가 말했다.

"야! 걔 아냐? 목포서 전학 온, 우리보다 한 살 많고, 그때 내가
한 주먹에 날렸잖냐. 갸를 작년 추석 때 못 알아봤어야. 많이 늙었
더라."

남자들은 거북손 껍질 위로 잔을 내밀었다. 얼굴은 서로 보지

않는다. 그들은 거북손을 먹지 않았다.

거북손! 거북손이라 하니 굼뜨다 여길 것이다. 거북이가 오래
사는 것은 무거운 몸을 받쳐 주는 손이 있어서다. 몸은 무겁다 해
도 손은 가볍게 움직여 육지건 바다건 유유히 자신을 펼쳐 놓는
다. 거북손은 어떠한가. 거북손은 바위 위에 산다. 거북손의 손은
석회질 막으로 바위 같다. 오랜 시간 동안 부딪힘을 맞으며 스스
로 바위가 된 것이다. 바위에 솜털 같은 미물이 생명이라는 거대
한 부딪힘을 받아들이기 위해서는 무거움에 짓눌리지 않는 거였
다. 때로는 파도가, 때로는 바람이, 무겁게 짓눌러도 이겨 내야 했
다. 그래야 살아남으니까.

남자들의 손을 본다. 잡고 놓는 움직임이 묵직하다. 그들이 부
딪혀 온 것들도 묵직했을 것이다. 한 가장으로 부딪혀 온 것들이
어찌 묵직하기만 했겠는가. 때로는 날카로운 것으로 가슴 깊숙이
찔렸을 것이고, 때로는 반들반들한 것으로 일어나지도 못하게 미
끄러져 넘어지기도 했을 것이다. 이 모든 것이 무거워서 가정을
포기하고, 자신의 생을 잇는 일터를 포기하고, 삶을 포기하고 싶을
때 어디다 마음 편히 내뱉을 곳이 있었겠는가.

정신없이 부딪힘을 맞서다 보면 자신을 잊는다. 무뚝뚝하고 투박하지만 그 손으로 자신이 아닌 식구들을 위해 부딪힘을 막아 주었다. 정작 그들의 부딪힘을 막아 주는 것은 이렇게 남자들끼리 부딪히는 술잔이다. 혼자 넘기던 술잔도 지쳐 갈 때면 친구들끼리 부딪히는 술잔이 스스로 부딪힘을 막아 내는 힘을 얻는 거였다. 오늘 따온 거북손은 어쩔 수 없이 스스로 바위가 되어 가는 거북손을 닮은 남자들의 손을 보게 했다. 피로 회복에 좋다고 외치는 남자들 표정에서 어린 장난기를 본다. 거북손은 반백의 나이를 멈춰 학창시절로 되돌아가게 한 불로초가 되었다.

나는 귀한 거북손을 까며 감로수 같은 물을 받아 마셨다. 남자1이 거북손 자루를 들어 보인다.

"제수씨 이거 따느라 고생 빡세게 했어라."

거북손은 차 안에 고이 모셔졌다. 아마 지금쯤 집집마다 삶아 까고 있을 것이다. 해맑은 궂은 아이 표정을 하면서. 어둠이 야트막한 밤이다.

마을잔치
- 비선실세 2

아직도 토론 중이다. 벌써 몇 시간째인가. 고기 접시와 막걸리 대접을 가운데 놓고 삥 둘러 머리를 맞대고 있다. 동네 어르신들이 거의 다 모였다. 정렬 씨가 말했다. 이장님은 남편과는 먼 작은 아버지가 되니 정렬 씨는 먼 시동생이 된다.

"긍께, 내가 뭐라 했슈. 작년처럼 해 붕당께."

큰시숙이 말했다.

"긍께. 그게 아녀...어. 내 말대로 혀...어. 그까짓께 얼마나 헌다구. 그게 뭔 뱁이래."

환갑이 넘은 부녀회장 형님이 말했다.

"아이구, 뭘 그런데유. 그냥 받아서 쓰지 뭐."

옆에 있던 작은 시숙이 막걸리 잔을 들이켰다.

타지에 사는 자식들이 보내온 찬조금을 받아야 될지 말지를 두고 정오가 다되도록 토론 중이다. 아마 마을회관 문을 열자마자 시작되었을 것이다. 사실 오늘은 경로잔치다. 이런 날엔 거하게 한 상 차린 음식이나 들며, 담소나 나누면 될 것을 모두 심각하다. 우리 마을은 석보군 후손이 모여 사는 씨족마을이다. 마을 사람이라 해 봐야 따지고 보면 작은아버지고, 형님이고, 그렇다. 비록 왕위를 잊지 못한 조선 왕족이지만 기세등등한 자존심만은 피에서 피로 이어받고 있었다. 마을회관에 모였다 하면 국회 청문회장 못지않다. 작은 시숙이 목이 타는가 보다. 연거푸 술을 따라 마신다. 시숙은 칠십이 가까운 나이로 술을 즐기며 자식이 없다고 들었다. 작은 시숙이 말했다.

"질부, 괴기[12] 좀 한 접시 가져다주시게."
"예."

나는 이런 자리에선 낯선 객이 된다. 육지 것인 데에다 시댁 밥상에 수저도 같이 올리기도 민망한 며느리이기 때문이다. 오히려 심부름꾼이고, 설거지꾼을 자청하면 마음이 편해진다. 어르신들

12) 고기 (사투리)

목소리가 높아진 것이 곧 싸움이라도 날 거 같았다. 서둘러 부엌으로 갔다. 참기름 냄새가 뜨거운 김에 섞여 확 올라왔다. 일찍 오신 형님들이 잡채에 쓸 야채를 썰고 있었다.

"자네 왔는감. 이것 좀 썰게."

"예."

자, 이제부터 시작이다. 당근과 양파를 채 썰어 볶고, 계란 지단을 부쳤다. 시금치도 삶아 간장으로 간을 해 놓았다. 부엌 밖에서는 작숙이 돼지고기를 삶고 있었다. 부녀회장 형님은 솥에 무를 썰어 넣더니, 국자로 저어가며 간을 보고 있다. 난 막 물이 끓는 냄비에 당면을 넣었다. 젓가락으로 둥글게 원을 그리며 휘익 저었다. 찬물을 한 대접 붓고 뚜껑을 닫았다. 한 번 더 김이 올라왔다. 널찍한 채를 싱크대 위에 놓고 당면만 받쳐 냈다. 이제 야채와 양념을 넣고 버무리기만 하면 된다. 당면은 식지 않았다.

뜨거움을 얼마나 잘 섞느냐는 곧 부엌에서의 실력자임을 말해 준다. 진정한 실력자는 뜨거워도 입으로 후후 내뱉으며 상황에 어울리는 균형을 잡는다. 뜨거운 상황이 사람간의 일이라면 부엌에서 화해를 이루어 웃음소리가 나며, 음식이라면 기가 막히게 양념간의 조화를 이뤄 혀 위에서 탄성을 부른다. 잔칫날 잡채라면 당면이 아무리 뜨거워도 후후 내뱉으며 아무렇지도 않게 양념이 배이게 하고, 알록달록한 빛깔의 야채와 어우러진 잡채가 된다.

그렇게 한 접시 담아낸 잡채는 젓가락을 잡은 손이 누구든 줄 서게 하는 권력을 휘두른다. 그렇게 뜨거움을 잘 주무르는 자는 곧 집안에서 보이지 않게 막강한 실세가 된다. 부엌의 실세는 뜨거움이 물처럼 고여 접시에 달 담아내 세치 혀로 탄복을 부르며, 젓가락 끝에서 존경을 불러일으키니 그 위세가 어찌 크다 하지 않겠는가.

시집살이란 것이 뜨거운 잡채를 버무려 접시에 담아 낸다고 생각하면 쉬워진다. 따갑고, 서럽고, 화가 솟구치고, 모든 것이 다 소용없다 싶어 허망하고, 그래도 살 만하여 흐뭇한 온갖 감정을 뜨겁게 올라오는 김 속에서 후후 불며 버무리다 보면 아무것도 아니라는 생각에 이른다. 시집살이도 연식이 쌓이다 보면 그냥 아무렇지도 않게 자연스럽게 살아지게 된다. 당장 누군가 먹여야 될 입이 아우성일 때에는 이것저것 생각할 겨를이 없다. 생각 없이 다가오는 대로 살면 되는 것이다. 인생의 맛이 어디 한 가지 맛만 나겠냐마는 다가오는 상황에 맞게 내 자신을 버무리기만 하면 된다.

부녀회장 형님이 과일을 깎으라 한다. 깎았다. 솥을 닦으라 한다. 닦았다. 밖에 술상을 봐 달라 한다. 봤다. 국수를 몇 그릇 담아 달라고 한다. 담았다. 이제 본격적으로 잔칫상이 차려지고 있었다. 내 손은 쟁반에 국수와 잡채를 부지런히 담아 냈다. 회관 밖에는 정렬 씨와 형욱 씨가 야외용 상을 폈다. 의자도 가져 왔다. 이제 상을 놓으면 된다. 열띤 토론 소리가 조용하다.

아마 밖에 상이 다 차려지면 또 다시 시작될 것이다. 그래도 신경 쓰지 않는다. 내 영역이 아닌 걸 알기 때문이다. 중학생인 은수와 경미가 한복을 차려입고 노래를 불렀다. 이장님이 마이크를 잡더니 오늘 하루 즐겁게 드시고, 건강하게 오래사시라고 한마디 했다. 토론 결론은 말하지 않았다. 마이크를 더욱 꽉 잡더니 노래를 부른다. 모두 박자에 맞춰 손뼉을 쳤다. 토론은 그렇게 없던 일처럼 되고 있었다. 노랫가락과 박수소리는 더욱 뜨거워졌다.

이 낯선 객에게도 권력의 그림자가 서서히 드리우고 있었다. 부엌에는 부녀회장의 허락이 떨어져야 음식 한 접시 들고 갈 수 있는 엄한 위계질서가 보이지 않게 흐르고 있었다. 부녀회장 형님은 마을회관 부엌에서는 뜨거운 실세였다. 누가 고기 접시 들고 가

나, 술병을 빼 가나 매의 눈으로 감시를 하며, 아무리 이장님과 어르신들이 토론을 몇 시간 했어도 부녀회장의 통과를 받아야 최종 결정이 될 정도다.

그런데 어찌된 일인가. 날카로운 매의 눈과 어떤 뜨거움도 베어 버릴 듯한 칼칼한 목소리의 부녀회장 형님이 고기 쟁반 앞을 지나가자 한마디 했다.

-어이, 동서! 상어 고기 겁나게 가져가 부러.

순간 얼었다. 그럴 리가 없는데 이건 뭐지? 아무래도 뭔가 잘못 있는 거 같기도 하고 기분이 묘했다. 나는 그렇게 고기 접시를 받아 들고 집으로 왔다. 오늘이 잔칫날이긴 한데 나에겐 너무 힘든 하루였다. 그래도 상어 고기 한 접시에 기분이 조금 풀렸다.

아버님이 저녁상에서 말씀하셨다. 추석 즈음 문중시제 장부를 물려준다고.

-아! 아버님, 그런 건 천천히 물려주셔도 되는데. 아니, 아예 안 주셔도 좋은데.

나는 알고 있다. 진짜 권력은 장부에서 나오지 않는다는 것을.

흰 띠

남편은 태권도 지도자다. 늘 흰 도복에 까만 띠를 맨다. 까만 띠지만 천이 닳고 닳아 너덜거려 허옇다. 그 허연 띠 앞에서 태권도를 좀 한다는 수련생들은 차렷 자세다. 하지만 막 입문하는 수련생들은 까만 띠가 뭔지도 모르고 그저 '띠가 왜 이래요?' 하며 까르륵거린다. 새 물건에 익숙한 요즘 아이들은 낡았다는 의미를 잘 모른다. 내 눈에도 저 띠 저게 도대체 뭔지 모르겠다. 내가 보기엔 너덜거리는 기다란 헝겊 조각일 뿐이다. 난 그런 까만 띠 앞에서 코웃음이 나오곤 한다. 저게 뭐라고.

꽤 오래전부터 태권도를 배우고 싶었다. 남편이 지도하다 보니 배운다는 것을 너무 쉽게 여겼다. 언제고 시작할 수 있는 것이 태권도라 생각했으니까. 그래서 이십여 년간 난 흰 띠다. 조금하다 무슨 일이 생겨 건너뛰고, 또 다시 마음먹으면 더운 여름이 되고, 빈혈이 심하니 선선해지면 해야지 그러다 보면 찬바람 쌩쌩 부는 겨울이 된다. 추우니 봄에 시작하지. 그러길 벌써 몇 해였나.

올해에는 단단히 마음먹으며 흰 띠를 매었다. 절대로 빠지지 말고 운동하자. 이제부터 남편이 아니라 관장님이라고 주문처럼 외우며 남편의 지도를 따르기로 했다. 난 운동을 그리 좋아하지 않는다. 늘 앉아 있어서인가 다리 근육이 약한 편이다. 단련해야 될 근육이 하체이다 보니 고관절에 좋다는 운동인 태권도를 더 열심히 해야 할 나이가 되었다. 이제는 늦춰서는 안 되는 태권도가 절실히 필요하게 된 것이다. 열심히 발차기를 하련다고 도복까지 받아 깨끗이 빨아 챙겼다.

태권도장에는 늘 소리로 가득차 있다. 여기저기서 대여섯 개의 공이 뺑뺑 소리와 함께 순식간에 날아다닌다. 껄껄대며 숨넘어가듯 웃는 소리, 물 마시는 소리, 목청껏 높여 말하는 소리, 책가방 던지는 소리, 딱지 치는 소리, 줄넘기 소리 온갖 소리로 가득 차 넘쳐날 지경이다. 어느 분들은 정신없었다고 싫어하지만 난 이미 익숙해 있다. 태권도장에 오면 기운이 펄펄 난다. 도복으로 갈아입고 나왔다. 나는 아이들 앞에서 살살 기듯 걸었다. 아이들이 내 모습을 보자 까르륵 웃음보를 터트렸다. 흰 띠를 받아 허리춤에 묶었다. 아이들이 더 크게 웃어 주었다.

왜 태권도장에서는 처음은 흰색이어야 할까. 옛날 태양 앞에서 세상을 향해 납작 엎드릴 준비가 되어 있다는 의미에서 흰색일까. 아니면 이편저편 다 내 편처럼 생각하며 살겠다는 의미에서 흰색일까. 어찌 되었건 나는 오늘부터 흰 띠다. 아이들은 움직일 때마다 배를 쥐고 웃었다. 처음 들어보는 다른 은하계 언어 수준의 단어들에 당황스러웠다.

나는 그냥 쳐다만 보았다. 준비, 차례, 기본 서기 시작! 앞서기, 나란히 서기, 옆서기, 주춤서기, 뒷서기, 모아서기, 꼬아서기, 범서기, 주춤서기, 학다리서기, 곁다리 서기, 오금서기, 태권. 기본막기 동작 시작! 아래막기, 몸통막기, 얼굴막기, 몸통바깥막기, 손날막기, 등주먹 앞치기, 제비품목치기, 멍애치기, 메주먹, 고주먹, 태권!

이튿날. 맨 뒷줄에 섰다. 앞줄에는 노란 띠 서너 명이 섰다. 그중 한 녀석의 나를 노려보는 눈빛이 유독 번뜩였다. 배지후였다.

녀석은 작은 몸집이었지만 꽉 다문 입이 꽤나 야무졌다. 요 노란 띠 배지후가 고참 노릇을 하려 한다. 녀석이 뭔가를 애지중지 한 아름 안고서 성큼성큼 걸어왔다. 내 앞에 떡 하니 내밀었다. 딱지였다.

"자, 이거 도복 갈아입고 올 테니 잘 가지고 있어요"

순간 나는 아무것도 아니라는 생각이 번쩍 들었다. 난 그저 신참 흰 띠가 되면 되는 것이다. 내가 뭐라는 게 무슨 대수인가. 딱지만 잘 지키고 있으면 되는 것이다. 무상, 고, 무아를 체득하기 위해 보았던 그 많은 책이 지금 딱지 앞에 너무 쉽게 무너지고 있었다. 헤겔이고, 니체고 뭐고 프란츠 카프카의 〈변신〉에 나오는 바퀴벌레를 어렵게 논하지 않아도 나는 지금 당장 딱지 앞에 납작 엎드려 흰 띠가 되어야 했다. 배지후가 도복에 노란 띠를 힘껏 잡아당기며 눈을 크게 치켜떴다.

'이 녀석 봐라! 너, 내가 누군 줄 아냐? 우리 집에 가면 너보다 몇 배 큰 아들 둘을 키운 사람이야' 그래도 이 배지후 눈에는 발차기 하나 제대로 못하는 웃긴 흰 띠일 뿐일 것이다. 배지후가 딱지를 자기 앞에 펼쳐 놓더니 털썩 앉았다. 어깨에 힘 좀 주며 말한다.

"딱지치기 할 줄 알아요?"

아니, 요 녀석이! 내가 우리 아들이 너만 할 때에도 딱지치기 안해 줬어. 요 녀석아! 하지만 나는 주문처럼 나는 흰 띠라고 되뇌었다. 나는 흰 띠, 흰 띠, 흰 띠다. 내가 대답을 주저하자 배지후가 말했다.

"못해요?"

"아니, 그게 아니라..."

순간 기죽었다. 딱지, 도무지 이해가 안 되는 이 놀이를 왜 해야 되는가. 나는 딱지치기가 싫었다. 하지만 싫다고 말할 수 없었다. 지금 이 순간은 흰 띠이기 때문이다. 망설일 것도 없이 이미 배지후와 한편이 되었다. 배지후가 이렇게 해야 된다고 가르쳐 주었다. 제 딴에는 열변을 토하며 설명을 한 거 같았는데 난 못 알아들었다. 배지후가 딱지를 쳤다. 다음은 내 차례다. 일단 집중하고 차분히 내리쳤다.

"앗!"

배지후 표정이 일그러질 대로 일그러졌다.

"아니, 이것도 못해요?"

순간 사방이 하얘졌다.

'아니, 요 쬐끄만 녀석이! 너 지금 나한테 실수한 거야. 너, 우리 아들이 누군 줄 아냐? 왕년에 동네 딱지 따느라 내 속 무지 긁은 애

야 개가. 너, 배지후 기억하마. 나, 좀 예민하거든!'

흰 띠란 그런 것이다. 노란 띠에게 일그러질지언정 노란 띠까지 품으며 사는 것이다. 그렇게 세상을 품으며 사는 것이 흰 띠인 것이다. 당분간 세상은 내겐 온통 흰색일 거 같다.

고집(固執)

　오늘은 꾸물거렸다. 정해진 시간에, 정해진 곳을 일정한 간격을 두고 오고 갈 때에는 긴장한다. 행동을 간격에 맞춰야 된다는 것이 고집 같아서다. 오늘은 보던 책을 놓고 싶지 않아 고집을 부렸다. 2학기가 시작되면서부터 인근 초등학교에서 수업을 하게 되었다. 수업을 한 지 일주일이 되었다. 가뜩이나 늦었는데 출발하기 전 사탕 봉지를 찾다가 더 늦게 되었다.

　난 긴 복도를 사탕가방과 책가방을 들고 냅다 뛰었다. 시멘트 복도가 울렸다. 뭔가 정신없어 보였지만 조용함이 고집 같았던 학교에 생기가 더해지는 것 같았다. 시골 학교라 한 반이 고작 다섯 명을 넘지 않는다. 수가 적다 보니 아이들마다 독특한 고집과 맞닿게 된다.

눈이 큰 민석이는 교탁 위에 놓인 종을 가지고 장난을 한다. 보이지 않게 치워도 기어코 찾아내 땡 땡 몇 번 종을 쳐 대고, 난 하지 말라는 주의를 해야 자리에 앉는다. 또 마르고 키 작은 종규는 번번이 옆 친구 공책에 낙서를 해서 아예 책상을 멀찍이 떨어뜨려 놨다. 규칙 지키기는 나와 상대를 위한 배려다. 아이들은 학습보다 배려가 준비되어 있지 않았다. 규칙을 지킨다는 것이 개성 존중을 무시하는 것은 아니다.

여럿을 위하는 배려 앞에서 고집을 내세우면 안 된다. 갈수록 학생보다 교사에 대한 배려가 없어지고 있어 안타까웠다. 나는 아이들에게 배려가 주는 달콤함을 맛보게 해 주고 싶었다. 그래서 사탕을 준비했다. 규칙을 잘 지킨 아이들에게 수업이 끝나면 사탕을 한 개씩 준다고 했더니 민석이가 자세를 반듯하게 고쳐 앉았다. 종규도 두 눈을 반짝이며 내 눈과 입을 바라봐 주었다. 아이들 고집이 사탕처럼 달콤했다.

돌아오는 길은 시원했다. 창문을 열자 머리카락이 눈을 따갑게 간질거렸다. 뒤로 넘겨도 눈을 가렸다. 고집 있게 가렸다. 민하가 생각났다. 민하는 고집이 세다. 지난여름 내내 머리 묶으라는 말로 싸우다시피 했다. 민하 머리카락은 허리까지 내려왔다. 그 긴 머리카락이 뛸 때마다 휘날렸고, 곧잘 바닥에 몇 가닥씩 떨어져 있었다. 땀띠 난다고 묶으라고 해도 끝내 묶지 않았다. 나는 바닥에 뱀처럼 늘어져 있는 민하의 머리카락이 그렇게 지겨웠다. 테이프로 떼어낼 때마다 민하의 고집이 얄미웠다.

그랬던 민하가 어느 날인가 단발로 짤막하게 자르고 왔었다. 귀밑에서 달랑거리는 머리카락으로 공을 차고 있는 저 애가 고집쟁이 민하가 맞기는 한 것인가. 나는 놀랐다. 절대 자르지 않을 거란 고집이 달라붙어 자란 머리카락이 보이지 않았다. 믿어지질 않았다. 왜 머리카락을 잘랐는지 조심히 물었다. 그랬더니 고집쟁이 민하가 끼륵끼륵거리며 말했다.

"아기부했어요. 백혈병 친구들을 위해 잘랐어요. 히히히."

으그으그 이쁜 고집쟁이 민하, 민하야! 고집 피워도 미워하지 않을게. 자른 머리 정말 이쁘더라. 이쁜 고집쟁이.

아이들은 고집을 피워도 다 그 만한 이유를 품고 있다. 배려를 위한 고집은 아름답다. 난 민하에게서 고집의 아름다움을 배웠다.

눈이 따갑도록 하늘이 맑다. 가을, 가을이다.

남문길 34

　나는 걷기를 즐긴다. 항상 느낌이 나를 휘감을 때가 있다. 그 순간 앉아서 써야 되는데 현실은 그게 잘 허락이 되지 않는다. 그래서 늘 오고가는 체육관을 걸으며 머릿속으로 글을 쓰기 시작했다. 특히 거리를 걸을 때 감겨오는 바람 끝이 코끝에 닿을 때 느낌 사이로 번뜩 스치는 단어들이 때때로 휘감을 때가 있다. 그 느낌을 놓치지 않으려고 이 글을 쓴다.

　집에서 앉아서 쓸 때보다 지나가는 사람들의 냄새, 골목에서 나오는 사람들의 소리가 내 피부에 깊이 파고드는 느낌을 안고 집으로 들어오면 느낌이 던져 주는 단어가 계속 나를 끌어당긴다. 난 그 순간을 놓치기 싫었다. 그래서 써온 글이 꽤나 쌓여 가고 있다. 지금 싣는 글은 진도로 이사 와서 늘 다니는 남문길 34 사거리가 내게 던진 느낌이다.

처음 이사 와서 남문길 34는 내게 어렵고 딱딱한 거리였다. 낯선 어투가 겁나게 떠돌고, 아이들이 씩씩대며 자전거 바퀴 굴러가는 소리, 쨍한 볕에 인상 쓰며 걷는 어르신의 느린 걸음이 있는 거리 속에서 여전히 나는 이방인이었다. 하루하루 걸으면서 써 온 글속에 점점 나는 거리의 옅은 냄새가 되어 가고 있음을 본다. 지금 남문길은 내게 아름다운 풍경이 되고 있다. 나는 체육관 건물 주소인 남문길 34라 적어 기록하고자 한다.

(2014년부터 쓴 글 중 2019년부터 2021 봄까지 글 일부를 싣는다.)

20190101 새해가 밝았다.

황금 돼지해다. 해돋이를 보러 가기로 했는데 못 갔다. 늦잠을 잤기 때문이다. 새해 첫날부터 늦잠이라니! 위안이 되는 것은 창밖이 흐리다는 거다. 도헌이가 막 광주서 내려왔다. 해돋이를 갔는데 해를 못 봤다는 것이다. 흐린 새해 첫날부터 하늘이 위안을 준다. 열심히 쓰자. 하늘까지 위로해 주지 않는가.

2019년 2월 10일 16:02 춥다

막 수영장에 다녀왔다. 숨이 차다. 요즘 들어 많이 하고 있는 생각이 있다. 나는 아무것도 아니라는 것이다. 그 동안 쓴다는 생각, 잘 쓴다는 생각, 작가라는 생각으로 꽉 차 있었다. 나는 아무것도 아니다. 그냥 하루 밥만 해 대는 아줌마일 뿐이다. 너무 큰 생각은 하지 말자.

조선 초 권근 역시 조선 문장의 초석을 다졌지만 술 한잔에 한숨을 쉬면서 기나긴 시간을 숨어 지냈다. 그랬는데 내가 뭐라고. 열심히 쓰지도 않고 있는데 내가 뭘 하겠다고. 자책이 아니다. 지금 현실을 똑바로 보자는 것이다. 봄이 오는 듯 했는데 다시 춥다. 사는 것이 그런 것처럼 추웠다 더웠다 그렇게 사는 것이다. 그냥 똑바로 목표만 보면서.

2019년 9월 27일

장날이다. 가을이라지만 아직은 여름 열기가 가시지 않은 한낮이다. 한 아이가 일찍부터 체육관에 왔다. 아직 한 시간이나 남았는데 왔다. 핸드폰 꺼내들고 게임하고 있다. 눈을 안 떼고 손가락으로 누르고, 입으로는 중얼거리면서 집중하고 있다. 게임에 아주 신중하게 집중하고 있다. 도대체 게임이 무엇이길래 이토록 신중하게 집중하게 하는 것일까.

어머니가 전남대 병원에서 퇴원한다. 뇌에서 물을 빼낸 뒤 조금은 좋아지셨다고 하는데 모르겠다. 어머니는 수두증인 듯 하다는 의사 판단이다. 그래서 뇌에 찬 물을 빼냈다. 걷는 것도 조금은 수월해졌다. 보름 정도 지켜보다 더 좋아지면 아예 뇌에 물이 차지 않도록 수술을 한다고 한다. 사는 것이 참 힘겹다.

나는 칠십 먹어 이토록 몸이 허술해지면 병원에 가지 않을 것이다. 늙어져, 허물어지는 것이 순리인 것이다. 순리를 받아들이며 살고 싶다. 순리를 받아들이는 것이 평안이다. 주변이 편안해진다. 내 몸 하나로 자식들을 힘들게 하고 싶지 않다. 모두 편안케 하며 죽어 가자. 그것이 내 신조다.

2019년 9월 30일 월요일 후덥지근하다.

또 태풍이 온단다. 가을 들어서만 세 번째 태풍이다. 비도 많이 온다는데 걱정이다. 집 앞 검정쌀 논은 전체가 까맣게 물들었다. 벼가 제법 영글어 가는데 태풍이 온다니 걱정이다. 걱정이 또 있다. 시헌이 대학 입학이다. 아무래도 수시가 힘들 것도 같다. 정시 준비를 시켜야겠다. 이제껏 정시 알아보고 있었다. 자식이 뭔지 속이 아리다. 저녁때에는 어쩌나 속이 불편한지 왈칵 화를 냈다. 시헌이는 차분히 생각하고 원서를 쓰지 못한 것에 화가 많이 났다. 어찌 되었든 나에게도 잘못이 있다. 좀더 세세히 신경을 썼어야 하는데 그렇지 못한 것이다. 날은 아직도 후덥지근하다. 10월이 되었는데도 체육관에 에어컨을 켜고 있다. 세상 돌아가는 것이 이상하다.

2019년 10월 8일 화요일

어제는 늙어 눈이 어둡다는 어느 시인의 시 한 수를 타이핑해 주었다. 시인은 환갑을 훨씬 넘겼다. 그의 시에서 그가 말했다. '그때 나는 어렸고, 게다가 난 절대 어리지 않다고 스스로 믿었기에 더욱 어리석었다. 휘몰아치는 감정과 냉혹한 현실 사이의 머나먼 간극을 조절하는 법을 몰랐다. '우리는 어울리지 않는 사람들'이라는 것을 알고 있었지만, 아침에 일어날 때마다 마치 도저히 깨어날 수 없는 숙취처럼 덮쳐 오는 그리움을 떨쳐내지 못했다'고.

도저히 깨어날 수 없는 숙취처럼 덮쳐 오는 그리움을 떨쳐내지 못하는 그리움. 그런 그리움을 아직 담고 있는 사랑을 하고 있다니. 아름답지 않은가. 나이 들수록 사랑이 있었나 싶은 것이 생각할수록 까마득하기만 한데. 나는 세세히 느끼고 있는 그의 사랑이 그저 부러웠다. 숙취처럼 깨어나지 못하는 사랑 속에 있고 싶다. 날이 흐리다. 어제는 비가 오더니 오늘은 쌀쌀하다. 선선한 가을이다. 냉혹한 현실과 휘몰아치는 감정을 조절해야 되는 간극을 나는 아직도 모르고 있는데. 벌써 가을이다.

2019년 10월 10일 17:08

나는 지나가고 있는 것들이, 내 느낌을 포함한 모든 것이 안쓰럽다. 지나간다는 것이 안쓰러움을 안고 있는 것이 아닐까. 어제는 연희미용실에 들렀다. 11일 문인협회 시낭송 행사 준비가 궁금하기도 하고, 요즘 연희미용실은 문 여는 날이 많지 않다.

2019년 12월 27일 장날

하늘이 먹색이다. 구름이 냉기를 내뱉으면 바람이 실어 나르는
가 보다. 밖에 나가기 싫을 정도로 바람이 세다. 모든 움직임을 움
츠러들게 하는 겨울날이다. 그래도 나가야만 했다. 냉장고가 텅
비었기 때문이다. 뭐라도 사다 먹여야 되는 입장이다 보니 그냥
있을 수가 없었다. 얼른 장갑을 끼고 시장 가방을 챙겨 나갔다. 오
고 가는 차들은 한산했다. 날이 추워도 시장 어매들은 자기 자리
를 차지하고 있었다. 지난 주 우슬을 팔던 할머니는 보이지 않았
다. 급하게 해 먹을 수 있는 반찬거리로 사야만 했다. 먼저 조홍 젓
갈로 갔다.

'어머니, 오징어 젓갈 주세요!'
'어, 그래.'
인심 좋게 어매는 우동 대접으로 한 대접을 푹 퍼서 봉지에 담
았다. 만원어치다. 지난 장에 보이지 않던 굴이 보인다. 굴을 파는
아주머니 목소리는 여러 도시에서 흥정 실력을 쌓았는지 노련한

말씨와 카랑카랑한 목소리가 진도 사람 같지 않았다. 일단 굴 한 대접을 샀다. 만 원이다. 매생이 2개 4천 원어치도 샀다. 검은 콩 두부 2모 5천원어치 샀다. 두부가게에서 멈춰 왔던 길을 다시 돌아 나왔다. 조금 시장 안은 천장은 둥글다. 주로 새벽에 올라 온 생물 생선이 가운데 자리 잡고, 미역, 김, 다시마, 반찬 등은 가장자리에 있다. 막 나오려는데 김 파는 아지매가 애절한 눈빛으로 나를 붙잡는다.

'이거 만 오천 원만 주면 돼야. 잘 말린 김이여.'

난 돈이 부족했다.

아지매 얼굴 주름은 깊었고, 손등 주름은 굵었다. 머리는 검은 염색물이 빠져 감색이 얼룩덜룩 했다. 물건 파는 것에 아직 익숙하지 않은 말투였다. 뭐라 얘기 하려는 것을 꺼내지 못한 아쉬운 눈빛을 내게 보내고 있었다. 난 그래도 알고 있었다. 그 눈빛은 지난여름 김과의 긴 사투를 말하고 있었다. 아마 그랬을 것이다. 올여름엔 태풍이 무려 아홉 차례나 왔었으니까. 얼마나 애달프겠는가.

김 한 톳에 그녀의 애간장이 녹아 있음을 짐작하고 남았다. 김을 사고 싶었다. 얼른 돈을 가져오고 싶었다. 하지만 그러지는 않

왔다. 다음 장날도 있으니까. 그러고는 발길을 돌렸다. 오는 내내
한 쪽은 양파, 배 등이 무거웠다. 그 아지매 눈빛이 등 뒤에서 울고
있는 듯 했다.

2020년 1월 1일

권근의 양촌집 읽고 있다. 양촌집 10권

춘곡(春谷)이 내 시를 차운하여 부쳐 왔기에 또 그 운을 써서 화
답한다.

잇단 시름 실 뽑아 내는 듯한데 / 線線愁緒似抽絲

무료하고 쓸쓸한 집 또 설을 맞았구려 / 牢落寒齋又歲時

병든 입 꺼리는 게 어이 그리 많은지 / 病口苦嫌多食忌

늙은 회포 말로는 다하기 어렵구려 / 老懷難得盡言辭

글을 읽고 배웠으나 끝내 보람 없고 / 讀書學道終無效

벽곡하면서 신선 구함은 굶주림 참으려는 것 / 辟穀求仙只忍飢

우습다 처자 생각 버리지 못하고서 / 自笑未抛妻子累

늘 근심과 즐거움에 내 마음 흔들리네 / 每將憂樂撓吾私

근심과 즐거움에 흔들리는 새해 되지 말자. 늘 처음처럼.

2020년 1월 28일

지쳐 가고 있다. 설날 연휴가 어제로 끝이었다. 새롭게 시작하는 첫 날이건만 어째 신나지 않는다. 신종 코로나 바이러스 때문에 중국은 백 명이 넘게 사망했다는 소식으로 방송들이 시끄럽다. 사람들이 죽어 간다는 소식에 더욱 살기 힘들다는 생각이 든다. 귀로 듣는 소식이나 즐거우면 활력이 날 텐데. 여기저기서 바이러스균으로 세상이 시끄러우니 도대체 사람이 사는 데에 무엇이 중요한가를 다시 생각하게 된다.

어떤 유튜브 방송에서는 우한 시장 근처에 우한바이러스연구소에서 생화학무기 연구소 야생동물 실험을 하는데 그곳에서 바이러스 균이 흘러나왔다는 보도도 있다. 사람 살기 좋은 세상을 만나야 되는데 어째 돌아가고 있는 세상을 사람을 자꾸만 이용하고 있는지. 한 사람의 생명이 낡아 가는 부품처럼 이용하고 버려지기를 반복하고 있다. 이러면 안 된다. Duke Jordan_Flight To Denmark (1973, SteepleChase) 듣고 있다.

2020년 1월 30일

설날이 지나고 흐리고 미세먼지가 많은 날들이었다. 오늘은 오랜만에 화창하다. 하지만 진도 밖에는 신종 코로나 바이러스 때문에 시끄럽다. 중국에서는 하루가 다르게 사람들이 수십 명씩 죽어가고 있다. 신종 코로나 바이러스는 새로운 바이러스라 아무 증상이 없는 사람에게서 균이 옮아간다. 중요한 것은 아직 이 병을 치료할 약이 없다는 것이다.

중국 교민 300여 명 데려오는데 2주 격리 조치를 한다고 정부에서 발표했다. 그 지역이 아산 진천이 되자 그 지역 주민들이 트랙터를 길에 막고 서서 농성을 하는 것을 뉴스를 통해 보았다. 지역 이기주의인 것이다. 하루가 지나자 지역 주민들간 오해가 있었다면서 우한 교민을 환영한다는 플랜카드를 이장단에서 걸었다.

사회가 자기 이익을 놓지 않기 위해 팽배하다. 우한 바이러스 연구소에서 실험 중 균이 노출되었다는 정보도 있다. 사람들이 무섭다. 더 많은 것을 얻기 위한 자기 이기주의가 자기 발등 자기가 찍은 겪이 된 것이다. 이럴 때에는 어떤 메시지를 담은 글을 써야 될까. 그냥 있는 그대로를 느끼면서 받아들이면서 살면 어떨까. 이렇게 빼앗는데 머리 안 써도 되고 빼앗기려고 악 안 써도 될 거 아닌가. 내 생각이 좁은 것일까. 밖을 본다.

이 진도는 무심하면서도 무심함이 맑다. 진도의 하늘 한 번 올려다보고 커피 한 잔 마시면 '사는 게 다 그렇지'라며 잡념을 덮게 된다. 드러나지 않은 혼자만의 생각은 사라질 잡념일 때가 많다. 살아 보니 이것이 포기가 아니라는 것을 안다. 세상 모든 것이 어디 순순히 내 뜻대로 움직일 수 있는가. 세상은 위대한 것이다. 삶에 순응하자. 삶은 책 속에 있는 것이 아니라 늘 반복되는 하루 생활 속에 있는 것이다. 하루하루 뜨고 지는 해처럼 그렇게 매일 하면 되는 것이다.

작은애가 아르바이트를 간다. 매일 매일 해처럼 꾸준히 아르바이트를 간다. 아르바이트 아이들을 관리하는 매니저가 되었다고 한다. 후배들이 일을 못한다고 투덜거린다. 본격적인 사회생활을 하고 있는 것이다. 매일 뜨는 해를 이기려 하지 말고 지는 해 밑에 깔리지도 말고 해와 더불어 살았으면 한다. 나는 또 커피를 마신다.

2020년 2월 6일 10:54

　갈수록 신종 코로나 확진자가 늘어나고 있다. 벌써 23명이다. 중국에선 사망자가 600여 명, 확진자가 2만 5천 명이 넘어가고 있다. 심지어 갓 태어난 신생아가 30시간 만에 코로나에 감염되었다. 이게 어찌 된 세상인지 모르겠다.

　요즘 세상은 이래저래 신종 코로나로 정신없다. 그래도 내가 다니는 길은 여전하다. 어제 처음으로 제습기를 사용해 보았다. 이런 제품이 있었다니! 밤새 물이 한 통 가득 담겼다. 이 방안에 이렇게 많은 물방울이 있었다니 놀랍다. 눈에 보이지 않은 물방울이 있듯이, 세균도 있다. 드러나지 않지만 다 존재하는 것들이다. 또 드러나지 않는 것이 무엇일까. 오늘 아침은 이렇다. 드러나지 않는 것을 생각하고 있다.

　모처럼 함춘호 연주곡 듣고 있다. 음악을 들을 때마다 '거만'을 떠올린다. 나는 거만했다. 조동익의 음악을 들으면 내가 얼마나 작은지 느끼게 된다. 내가 뭐라고 무엇을 평가하겠는가. '나'라고 인정하고 싶은 영역이 있다. 음악은 놔야 되는데 놓지 못하고 있는 '그것'을 찾게 해 준다.

음악이 함께 떠나자고 나를 부른다. 조동익의 '함께 떠날까요'를 듣고 있다. 모든 게 싫어질 때 바람이 시작되는 곳으로 떠나고 싶다. 음악은 나를 경솔하지 않게 한다. 내가 가지 못한 곳을 꿈꾸게 해 주어서 고맙고, 안 될 것을 빨리 포기해 줘서 고맙다. 이젠 나는 한 길에서 깊은 발자욱을 남기며 걸을 것이다. 넓은 세상에 내가 할 수 있는 거라곤 이런 것이다. 이 작은 생각이 큰 힘을 얻게 해 줄 것이리라 믿는다.

2020년 2월 16일 11:34

날이 춥다. 바람도 세차다. 그래도 봄은 오고 있는가 보다. 낮게 뜬 구름에 얹어진 햇살이 코끝에서 포근하다. 눈을 뜨자마자 헤드셋과 원고지를 챙겨 도서관으로 향했다. 도서관 입구 편의점에 들러 커피를 한 잔, 롯데껌 한 통을 샀다. 막 나오려는데 주인아저씨가 다시 부른다. 이 아저씨는 5년 전 막 이사 와서 보았다. 그때에는 편의점이 아니라 구멍가게였는데. 지금은 머리가 하얗다.

시간은 모든 걸 변하게 하니까.

정확히 5분이 되면 유통기한이 다 되어 간다며 삼각 김밥 하나를 준다. 기분이 좋다. 바람이 분다한들 비가 온다한들 도서관에 올 수 있어서 행복하다. 삼각 김밥을 선물 받아 기분 좋다. 나는 다시 앉았다. 스모키가 나를 반긴다. Have You Ever Seen The Rain~

2020년 2월 18일 13:19 화

눈과 함께 바람 억세게 불고 있다. 앞이 보이지 않는다. 늦게 배운 도둑질에 날 샌 줄 모른다더니 늦게 시작된 추위가 매섭다. 목도리로 목을 둘둘 말았다. 사람들 어깨도 돌돌 말리고 있다. 사람들이 어깨를 잔뜩 움츠리고 걷고 있다. 체육관 아이들도 결석이 많다. 5시인데도 어둑해지고 있다. 운전을 걱정하고 있는데 문이 활짝 열렸다.

동우가 싱글벙글 웃으며 들어온다. 늘 해맑게 웃는 동우. 처음 동우를 봤을 때엔 너무 자유분방하고 예의가 없다고 생각했다. 동우는 운동이 끝나면 조금 놀다가 아빠한테 전화한다. 아빠가 오라 하면 그때서 가곤 한다. 동우는 늘 웃음이 많아서 대견스럽다.

그런 동우가 오늘도 함박 웃으며 왔다. 머리는 눈에 젖었고, 볼과 귀는 빨갛다. 손에서 무언가 번쩍였다. 눈장난을 했는가 보다. 나를 보더니 크게 웃는다. 저 녀석이 왜 그럴까 내심 생각이 많아지는 순간 번쩍이는 것을 내민다.

"동우야, 이게 뭐니?"

"이거 선생님 선물이에요. 속에 들어 있어요."

선물이라니 도대체 뭔가 봤더니 얼굴에 분칠하는 화장품이었다. 걸어오다가 길에 떨어져 있길래 내가 생각나서 가져 왔단다. 아마 엄마가 쓰는 것을 봤을 것이다. 녀석! 기특했다. 내가 생각났다니! 뜻하지 않은 동우의 선물이 반가웠다. 모처럼 선물처럼 눈이 쏟아지고 있다. 거리가 어둡다.

모처럼 겨울답게 눈이 내리고 있다. 이런 날 작은애는 광주를 간다고 서두른다. 광주는 신종 코로나 바이러스로 조심해야 되는데도 말릴 수가 없다.

2020년 2월 26일 14:26

날이 화창하다. 점퍼를 입지 않아도 춥지 않다. 걷는 내내 더웠
다. 어제까지 신종 코로나 바이러스 때문에 우울했다. 남편은 체
육관을 문을 닫아야 되나 말아야 되나 꽤나 고심했다. 아이들도,
지나가는 사람들 표정도 움츠러들고 무거웠다. 오늘은 날이 따뜻
하고 화창하니 남편 표정까지 밝아졌다. 날씨가 기분에 많은 영향
이 큰 것이다. 아이들도 오자마자 공을 차고 있다. 모두가 웃고 있
다. 웃음이 있다는 거, 햇빛을 쬐일 수 있다는 거 그런 것들이 한없
이 소중하기만 하다. 신천지가 많은 사람을 끌어 모을 수 있었던
포교 전략이 개인 맞춤이란다. 조직 속에서 개인은 조직의 목표를
위한 부품처럼 소모되면 버려지는 존재가 되고 있다. 개인 하나하
나 목소리를 들어줘야 한다. 요즘에는 자신의 존재 가치를 인정해
주는 것을 찾아 사람들이 움직이고 있다. 이런 흐름을 문학에서는
어떻게 표현해야 될까.

이런 생각을 하면서 계속 걸었다. 'ㅇㅇ약국'이 보인다. 나는 이

집이 마음에 든다. 개원한 지 아직 일 년이 안 된 약국이지만 기분은 좋다. 약사가 나이도 젊어서일까 아직 새내기 냄새가 나는 것이 풋풋하고, 친절해서 자주 가게 된다. 살균 소독제를 달라고 했더니 검지 손가락만한 휴대용을 보여 주길래 그것보다 더 큰 용량을 원한다고 했더니 없다고 했다. 워낙 대구 쪽이 급하다 보니 진도까지 물량 공급이 힘든가 보다.

햇살은 물량 공급이 딸리지 않아서 좋다. 대구나 진도나 똑같이 쬐일 수 있으니까. 하늘 아래 해를 보면 산다는 것이 그저 고마울 따름이다. 오늘 햇살이 잘 익은 귤빛이다. 좋다.

2020년 2월 28일 11:02

토요일. 우중충하다. 자세히 보니 저 산 너머 하늘은 좀 맑다. 어제 비가 오더니 흐린 오전이다. 신종 코로나 바이러스 탓에 어제부터 쉬고 있다. 관내 학원들이 다음 주 화요일까지 모두 쉬기로 했다. 확진자가 점점 더 많아진다니 더 걱정이다. 벌써 전남이 3명이다. 서울만 신도 수가 삼만 명인데 검사를 거부하고 있단다. 그래도 박원순 시장이 매섭게 몰아붙여 전원 전수 조사 한단다.

아마 다음 주 정도면 검사 결과도 나올 것이고, 그러면 확진자도 많아질 것이다. 누군가는 검사 비용도 만만치 않은데 나중에 신천지에 청구하자는 의견이 많다.

신종 코로나 바이러스는 선거철이 되니 이를 이용하려는 정치 세력이 꾸민 거라는 말들도 많다. 국민은 안중에도 없는 몹쓸 정치인들이다. 정말 그렇다면 천벌을 받을 일이다. 국민 목숨을 담보로 득세하려는 자가 어디 제대로 된 정치를 하겠는가. 대형 교회들은 여전히 주말 예배를 강행한단다. 주말 예배로 들어오는 수십억에 달하는 성금 때문이란다. 모두 정치인이나 종교인이나 사람을 돈으로 생각하는가 보다. 사람은 인격보다 돈의 도구가 되어가고 있다. 그러니 한국 사람이 자살률이 제일 높은 것이다. 사람을 사람으로 봐 주지 않고 돈으로 봐 주니 어디 슬프지 않겠는가.

시헌이가 아르바이트 간다. 돈 벌러 간다는데 라면 끓여 먹고 있다. 사람보다 더 귀하다는 돈 벌러 간다는데 나는 이렇게 원고지 앞에 있다. 뭐라도 해 줘야 되지만 알아서 잘 먹고 있다. 나는 돈보다 더 귀한 글을 쓰고 있으니까. 요요마와 크리스 보띠가 시네마 천국을 연주하고 있다. 이 코로나 같은 세상을 영화 속처럼 천국으로 연주해 주었으면 좋겠다.

2020년 3월 9일 13:16

날이 흐리다. 밤에 비가 온단다. 주말에는 손님을 초대했다. 토요일이 마침 장날이었다. 소망이네서 돼지고기를 5만 원어치 사고, 소망이네 앞 나물 파는 할머니한테 상추 3천 원, 오이 6개에 5천 원, 이름 모를 뿌리도 5천 원어치 샀다. 삼인 줄 알았더니 아니었다. 미나리도 한 묶음에 5천 원, 숙주는 2천 원어치 샀다. 식자재 마트에서 차돌박이도 5만 원어치, 볶은 깨를 7천 8백 원어치 샀다. 얼마 안 산 거 같았는데 양 손에 장바구니가 무겁다.

먼저 가스 불을 켜고 우리 집에서 제일 큰 냄비를 올려놓았다. 냄비에 물을 두 바가지 정도 붓고 파뿌리, 마늘, 생강, 된장, 울금 가루, 마늘쫑 장아찌, 고기 네 덩어리(3근)를 넣고 삶았다. 미나리와 숙주에 차돌박이를 넣고 쪘다. 오이와 미나리, 양파는 식초를 넣고 새콤달콤하게 무쳤다. 이름 모를 뿌리는 어떻게 해야 될지 몰라 망설였다. 한 가닥 먹어 보니 속이 쓰렸다. 그냥 무쳐 먹기에 속이 불편할 거 같아 일단 물을 끓여 삶았다. 그래도 쏘는 맛이 강했다. 하는 수 없이 간장, 설탕을 넣고 볶았다. 그랬더니 부드럽고 맛있었다. 허리가 끊어질 거 같아 시계를 보니 6시. 초대 시간은 7시였다. 서서히 접시를 꺼내 준비된 반찬을 두 군데로 나누어 담았다. 수저도 놓았다. 남편은 술을 사 왔다. 이제 다 되었다. 물 한 잔 마셨다.

명동. 이제 왔다. 동엽이 아빠, 엄마, 가을이가 왔다. 동엽이는 할머니 댁에 갔다고 한다. 우리는 노란 상에 둘러앉았다. 동엽 아빠에게 차돌박이를 한 대접 떠서 줬다. 남편은 맥주를 컵에 따라 동엽 엄마에게 건넸다. 동엽 엄마는 상추에 돼지고기를 싸서 한 입 먹었다. 배가 고팠는가 보다. 저녁이니 먹으면 되고, 배고프면 먹으면 되고, 마시고 싶으면 마시면 된다. 보고 싶으면 보면 된다. 해가 저물 때이니 저물어지면서 그렇게 살면 되는 것이다. 코로나가 너무 길다. 길면 긴가 하면서 살면 되는 거지 뭐.

2020년 4월 21일 17:52

날은 흐리고 바람이 쌀쌀하다. 봄이 온 게 맞는지 겨울이 다시 오려는지 날은 춥기만 하다. 그래도 아이들은 더운가 보다. 동우는 여름 하복을 입고 왔다. 아이들이 대견하다. 매일 빠지지도 않고 운동을 온다. 대부분 부모들은 공부라면 열을 올리고 운동을 무시하는 경향이 있는데 코로나로 힘든 시기에도 꾸준히 보내 주는 부모가 있어 고맙다.

코로나로 2주 더 사회적 거리두기가 연장되었다. 일본은 사망자가 우리보다 더 많아졌고, 미국은 4만이 넘어가고 있단다. 우리나라는 어제로 확진자가 9명이다. 한 자리로 떨어진 지 일주일이 되어 가고 있다. 세계 언론은 한국이 모범이라며 칭찬을 아끼지 않고 있다. 도서관 대출도 예약을 받고 있었다. 오늘 처음 예약 대출을 신청했다. 온라인으로 신청하면 책 가지러 오라는 문자가 온단다. 정말 칭찬해 주고 싶다. 나는 매번 다이어트에 실패하고 있다. 배가 고프다.

2020년 5월 20일 19:22

날이 슬슬 여름으로 가고 있다. 미선이는 사흘째 옆 구르기 연습에 한창이다. 두 팔을 머리 위로 쭉 뻗고 다시 그 팔로 바닥을 짚고 풍차처럼 다리를 돌리며 떨어지는 것이다. 나는 어제부터 연습하고 있는데 안 된다. 어깨가 왜 아픈가 했더니 옆 구르기 연습 때문에 그런 것 같다. 미선이가 예쁘다. 난 하기도 싫은 옆구르기를 저렇게 열심히 하니 말이다. 다른 애들 같으면 영어 단어에 집중할 텐데. 미선이는 안 되는 것을 알고 집중할 줄 알았다. 될 때까지 연습하는 근성이 장하다. 분명 운동에 욕심이 많은 게 틀림없다. 미선이가 태권도로 성공했으면 좋겠다. 편의점 플렉스를 즐기는 미선이! 태권도도 플렉스 했으면 좋겠다. 아이들은 하염없이 예쁘다.

2020년 6월 4일 08:22

6월이 들어섰다. 아파트 입구 담벼락에 장미가 붉게 피었다. 예쁘다. 6월은 이 작은 도시가 싫었는가 보다. 6월에 들어서자마자 어두운 소식들이다. 엊그제는 스리랑카 외국인이 동료 외국인을 죽이고 중국으로 도망가다 38선 부근 군부대에서 잡혔다고 뉴스에 나왔다. 이 사건이 터진 당일에 시헌이가 SNS에 용의자 사진이 떴다고 보여 주었다. 사진을 보면서도 가짜 뉴스일 거라고 했다. 어떻게 이 작은 시골에 살인 사건이 일어날 수 있을까. 믿어지지 않았다.

그런데 범인을 뉴스로 보게 되니 사실이었다. 사건은 돈 때문이라고 한다. 이 범인이 잡혔다는 뉴스가 나오기 바로 몇 시간 전에 한 외국인이 도장에 왔었다. 반다나를 쓰고, 눈썹이 짙은 외국인이었는데 지금 생각하니 스리랑카인인 거 같았다. 외국인은 반말을 했다. 운동을 하고 싶다고 했는데 내가 외국인은 안 된다고 하니 인상을 찡그렸다. 험악한 사람 같았다. 이 부근 운동할 수 있는 곳을 알려 달라고 했는데 나는 아마 운동하기 힘들 거라고 했다. 그러더니 인사도 없이 가 버렸다.

진도에는 몇 해 전부터 외국인 남자가 많아졌다. 거의 20대~30대 젊은 층이다. 러시아 쪽이나 동유럽인들도 눈에 띄게 많아졌고, 이 남자들이 동족 여자들과 같이 다니는 것도 봤다. 동남아인들은 두말 할 나위 없이 많다. 일하는 사람이 남자이다 보니 이들을 상대로 하는 화류계 업종도 많아졌다. 다방도 늘어났고, 전에는 못 보던 엉덩이만 겨우 덮는 반바지인지 속옷인지 모를 옷들을 입고, 한 뼘 되는 앞뒤 굽 높이가 같은 높다란 슬리퍼처럼 생긴 샌들을 끌고 다니는 여자도 많아졌다. 여자들은 이십대 옷차림인데 얼굴은 육십대였다. 여자들이 나이에 맞지 않게 그러고 다니는 게 정말 보기 싫었다.

거리에는 혼란과 짓눌림이 떠다니고 있다. 진도 거리에는 이방인들을 밀어내는 공기가 분명히 있다. 진도는 잘 밀어낸다. 거리는 이해하고, 포용하고, 웃어주는 친절이 없이 냉랭하다. 정말 이 작은 동네는 냉랭하다. 드세게 부는 바람처럼 차갑다.

어제, 무거운 사건이 또 일어났다. 두 번째 죽음이다. 실업고등학교 2학년 남학생이 자살을 했다. 대일아파트 사는 다율이가 체육관에 들어서자마자 경찰차가 아파트에 왔다고 했다.

"어떤 형아가 아파트에서 떨어져 죽었어요. 음. 아, 또, 경찰차들이 막 몰려왔어요."

난 다율이가 어려서 뭘 잘못 보고 허튼소리를 하는 거라 생각했다. 그럴 리가 없을 거라며 들은 말들을 덮어두었다. 그런데 그게 아니었다. 얼마 지나지 않아 덮었던 말들은 사실이 되어 동네 아이들 핸드폰으로 옮겨지고 있었다. 대일아파트는 바로 우리 집 아래였다. 집 근처에서 이런 일이 일어나다니! 믿어지지 않았다. 지난 주 살인 소식에 이어 또 다시 죽음이라니! 진도가 무엇인가 잘못 돌아가고 있는 거 같았다. 몇 년 살면서 느낀 거지만 겉으로는 조용해서 아무 일 없는 듯해도 이 동네는 참 많이 시끄럽다. 보이지 않는 언제 터질지 모르는 시한폭탄을 저마다 가슴에 달고 사는 거 같았다.

2020년 6월 6일 12:54

조용한 거리에 확성기가 울려 퍼지고 있다. 모처럼 들어보는 사람 목소리다. 참외 파는 트럭이었다. 만 원에 한 봉지 사라고 한 목청 크게 울려 퍼지고 있다. 거리는 조용하다. 몇 대의 차들이 신호를 따라 엔진 소리를 내며 움직일 뿐이다. 거리는 표정이 없다. 웃음도 없고, 사람들 말소리도 들리지 않는다. 사람들은 말하지 않기 때문이다.

이 작은 도시 사람들은 피해 사는 거 같다. 사람들 눈에 띨까 걷지를 않는다는 말을 들었다. 그래서인지 걸어서 얼마 되지 않는 거리도 모두 차로 운전하고 다닌다. 작은 동네다 보니 소문이 무성한 곳이라 그런가 보다. 저마다 사람들을 피해 다닌다. 그러고 보니 거리에서 볼 수 있는 사람들은 어르신들이나 학생 몇 명이다.

언제인가 남편에게 이런 말을 들었다. 한번은 바닷가 근처 친

구네 집에 놀러 갔는데 온 김에 낚시나 같이 하자고 해서 친구와
바닷가로 갔더랬다. 집에서 한 시간 정도 걸어야 바다가 나온대서
걸었단다. 그랬더니 울긋불긋하게 차려입은 중년의 남녀가 많이
놀러왔다고 한다. 관광객은 아니고 대부분이 근방에 사는 사람들
이란다. 친구가 동창끼리 남모르게 바람 많이 피우는 것이라고 말
해 주더란다. 진도가 그런 곳인가 보다. 아마 진도가 아니더라도
어느 동네에서든 바람은 일기 마련일 것이다.

사랑카페가 떠올랐다. 사랑카페는 군청 사거리 골목에 있다.
작년 겨울까지 보이지 않던 곳이다. 오십 년도 더 된 낡은 2층 건
물 일층 유리창에 빨간 글씨로 사랑카페라 크게 써 붙였다. 이 거
리는 낡은 셔츠에 밴 땀내가 났다. 작년 봄인가 늘 이 사랑카페 자
리를 지나다닐 때마다 일흔이 훨씬 넘은 어르신이 웃통을 벗고 역
기 운동을 하고 계셨다. 난 민망하여 눈을 재빠르게 돌리곤 했었
다.

그런데 어느 날인가 어르신은 보이지 않고 빨갛게 도배를 한
사랑카페가 들어선 것이다. 사랑카페엔 어떤 사람들이 갈까. 역기
를 들던 어르신 나잇대 사람들이 모여 사랑을 나눌까. 그 나이는

사랑방에서 손주에게나 사랑을 쏟는 줄 알고 있었는데 내가 뭘 몰라도 한참을 모르고 있는가 보다. 사랑은 사랑카페에서 나누는 것인데. 아마도 사랑카페는 몇 군데 더 생겨날 거 같다. 새로 생겨난 헬스장이 두 군데나 되었으니.

2020년 6월7일 12:53

조금리 장날이다. 막 시작되는 유월이건만 한 여름 날씨다. 조금장은 점심 전에 파장이다. 버스가 띄엄띄엄 있어서도 그렇고, 할매들이 새벽부터 나오기 때문에 정오가 가까워지면 이미 물건 다 팔고 접기 시작한다. 나는 오늘이 장날인줄도 몰랐다. 커피를 마시면서 달력을 보니 장날이었다. 이미 점심때가 가까워진 시간이었다.

입던 옷 그냥 입고 갈까 하다 어르신들에게 흉잡힐까 봐 긴 바지에 모자를 눌러 썼다. 마스크도 썼다. 시간 없을 때 마스크가 많은 도움이 된다. 화장하지 않아도 되고 대충 모자 눌러쓰고 마스크만 쓰면 되기 때문이다. 작은 애가 청포도가 먹고 싶다하여 과일도 사고, 냉장고에 먹을 고기도 다 떨어져서 갈빗살로 서너 근

195

살 생각이었다. 소망이네 정육점으로 막 들어가려는데 시장 골목 입구에 검은색 레깅스에 반바지, 흰색 반팔 스포츠 티셔츠를 깔끔하게 입은 젊은이 네댓 명이 전단지를 나눠 주고 있었다.

전단지에는 헬스장 이름이 크게 쓰여 있다. 탱탱한 피부와 다져진 근육이 돋보이는 젊은이들은 막 이십대쯤 된 거 같았다. 할매들이 보따리 풀어 나물을 팔고, 생선을 팔고 아들을 장가보냈을 나이의 중, 장년층이 물건을 사는 시장 통에는 어울리지 않았다. 시장 누구든 전단지를 받아서 물어보는 사람이 없었다. 마치 냉이 밭에 핀 흑장미를 보는 거 같았다.

처음 조금 장날에 시장 볼 때가 생각났다. 그때 하이힐에 긴 치마를 입었다. 할매들은 내게 쌀쌀했다. 나물을 사고, 젓갈을 사도 옆에 사는 아줌마에게는 팍팍 인심 있게 퍼 주던 할매들이 내겐 냉랭했다. 얼마냐고 물어보면 시큰둥하게 만 원이라고만 딱 잘라 던지듯 말했던 할매들이었다. 그때에는 이런 장에서는 물건 값을 물어보지 말아야 된다는 것도 몰랐고, 시골 시장 분위기에 섞이지 못하는 옷차림이란 걸 몰랐다.

지금 헬스장서 나온 젊은이들을 딱 그때 나였을 거 같다. 나는 헬스장 청년들을 시장 여느 사람처럼 힐끗 보고는 무덤덤히 갈 길을 갔다. 젊은이들 손에 전단지가 꽤나 많이 들려 있었다.

소망이네 들러 돼지고기 삼만 원어치를 달라고 했다. 과일 장수 아저씨에게 값을 묻지도 않고 수입산 붉은 포도 한 바구니 달라고 했다. 아저씨가 만 원 달라고 해서 만 원 주었다. 그게 다다. 더워서 더는 무엇을 사기도 싫었다. 시장 가방을 메고 오면서 생각했다. 이젠 시장 어느 할매, 아짐들도 내게 쌀쌀하지 않았다. 이쯤이면 나도 진도 시골 아줌마가 다 된 듯하다. 오늘 저녁을 또 뭘 해서 먹일까.

2020년 6월 9일 08:53

이 거리는 소소하지만 참 많은 풍경을 담고 있다. 노부부도 많이 이 거리를 지나다닌다. 주로 병원에 왔다가 약국을 들러 터미널로 향한다. 오전에는 한국병원 앞에서 터미널 가는 길에 노부부를 보았다. 할머니는 구부정한 허리로 지팡이를 짚고 절룩거리며 걷고, 할아버지는 중절모를 쓰고 꼿꼿이 서서 저만치 앞서 걷는다. 이제껏 진도에 살았지만 부부들은 대부분 남처럼 떨어져 걷는다.

2020년 6월 9일 22:00

날이 후덥지근하다. 뭐 해 먹을 것이 마땅치 않았다. 간단히 회를 뜨기로 했다. 아리랑 회센타로 향했다. CU 편의점 신호등 앞에서 현찬이가 자전거를 타고 있었다. 승규는 도복 차림으로 인사를 했다. 모두 저 쪽 나와 반대 방향으로 향하고 있었다. 나는 어둠을 밟으며 걸었다. 진도유통을 지났다. 사람이 없었다. 신호등 회관을 지났다. 불이 꺼져 있었다. 혜미네 족발집에는 불이 켜져 있었다. 아리랑 회센타 불빛이 화려해졌다. 아마 회 뜨러 온 지 오래 되었는가 보다. 다른 횟집들에는 불이 다 꺼져 있었다. 연아네만 장사를 하고 있었다. 아무래도 당번인가 보다. 광어를 떴다. 점점 후덥지근한 바람이 분다.

우체국도 어둡다. 밤이라도 우체국 앞은 기다랗게 차들이 주차되어 있었다. 바로 그때였다. 우체국을 지나는데 바로 옆 골목에 119구조대와 소방차들이 좁은 골목에 꽉 들어찬 모습이었다. 모아통닭 부부와 꽃가게 여사님도 거리로 나와 있었다.

"무슨 일이 났나요?"

"불이 난 거 같아요. 저 짝에 소방차하고 구조차가 몰려 갔응께."

꽃집 여사님이 친절하게 답해 주셨다. 사거리 신호등 앞에 경찰차와 경찰들이 차들을 안내하고 있었다. 이런 광경은 진도에 살면서 흔하지 않다. 정말 큰일이 난 것이다. 새로 난 골목길 어느 집에서 불이 나긴 했는데 자세한 것은 모르겠다.

아마도 내일 아침이면 진도 사거리 앞은 불난 일이 큰 이야깃거리가 되어 있을 것이다. 도대체 요근래 무슨 일이 이렇게 나는지 모르겠다. 사람이 다치지는 않았는지 나는 그것이 궁금하다. 나는 신호등 앞에서 신호를 기다리고 있다. 큰 소방차가 막 앞을 지나갔다. 파란불이다. 건널목을 건넜다. 파출소 전광판 문구가 바뀌었다. '스미싱 문자 조심'이란 글자가 떠 있다.

2020년 06월 15일 09:24

주말 내내 흐리고 비가 오더니 갰다. 월요일 아침이 파랗다. 모처럼 일찍 일어났다. 남편이 온몸이 아프단다. 온몸, 안 아픈 데가 없단다. 늘 바지런을 떨면서 뭐라도 하는 사람이 하루 종일 꼼짝 않고 누워만 있는 것을 보니 안쓰러웠다. 뭘 먹고 싶다고 물으니 황칠나무 넣고 오리백숙을 먹고 싶다고 한다. 하루 종일 고아서 아침상에 올려 주었다. 국물이 맛나다고 한 대접 먹는다. 남편의 수저질이 안쓰럽기만 하다. 시골 병원은 아침부터 어르신들로 붐빈다. 그래서 일찍 서둘러 병원 접수라도 해 줄까 했더니 혼자 간단다. 남편은 그 길로 병원에 가지 않았다. 어머니 댁으로 향했다. 속에선 화가 났지만 내색하지 않았다.

나는 체육관에 간다고 읍사무소 앞에서 내렸다. 하늘이 파랗다. 건널목 택시 기사님들의 하늘색 제복이 상쾌했다. 아이들 학교 다닐 때에는 아침 이런 광경을 매일 보았는데 참 오랜만이다. 교복 입은 아이들이 학교를 간다. 짧은 교복 치마가 이제는 귀엽기만 하다. 아이들은 재잘거리며 걷는다.

모두가 갈 곳이 있는 아침이었다. 나는 체육관으로, 아이들은 학교로, 아침에 향하는 곳은 일이 있는 곳이다. 모두 일하러 가고 있다. 할일이 있고, 바쁘게 시작하는 아침은 행복하다. 아침엔 차 소리도 아름답다.

2020년 06월 16일 17:00

건후가 숨을 쌕쌕 내쉬며 말한다.

"저는 정말 대단한 거 같아요."

"왜 그러는데?"

"횡단보도를 4초 만에 달려왔어요."

"와, 정말 대단한데."

건후 볼이 발그레하다.

2020년 11월 12일

오늘은 장날, 아무것도 사지 않았다. 입동이 지났다. 하늘은 겨울보다 가을에 가깝다. 진도는 코로나에 익숙해지고 있다. 오늘 군청 직원이 마스크를 3상자 갖다 주었다. 올 초 코로나가 막 시작될 무렵에는 마스크를 사기도 힘들었다. 모두 코로나에 익숙해지고 있다. 아이들도 마스크 쓰고 운동하는 것에 익숙해지고 있다. 현석이만 손에 쥐었다 썼다가 그러면서 뛰고 있다. 잠시도 가만있지 못하는 아이들이 마스크를 쓰고 뛰노는 것이 대견하다. 도운이가 춤을 추며 다리 한 쪽을 덜덜 떨며 까불고 있고, 승우는 헛발질을 하며 발차기를 하고 있다.

어제 새로 온 4학년 유성이는 벌써 태권도장에 익숙해졌는가 보다. 얼굴이 벌게지도록 피구를 하고 있다. 모두가 그렇게 익숙해지고 있다.

2020년 11월 16일 월요일 덥다.

채원이는 반팔을 입고 피구를 하고 있다. 오늘은 좀 덥다. 채원이는 일곱 살이고, 노란띠다. 또래보다 체구가 자그마하다. 오빠를 따라 지난달에 입관했다. 말없고 조용한 아이라 생각했는데 땀이 흠뻑 나도록 뛰는 것이 영락없이 조랑말이다.

2020년 11월 27일

은혜 입술이 삐죽 나왔다. 막 들어오면서 시무룩한 표정으로 말한다.

"있잖아요. 은서가 소중한 것을 쳤어요."

순간 놀랐다.

"그게 뭔데?"

"가방이요."

걸을 때마다 뒤로 묶은 긴 머리가 실룩거린다.

은혜 얼굴은 표현이 풍부하다.

2020년 12월 3일

날이 빨리 어두워지고 있다. 어머니가 재활치료할 때 무릎이
시리다고 발토시를 사오라 하신다. 다이소로 갔다. 아직 물건이
오지 않았단다. 고은이네로 갔다. 어제 보아 둔 것이 있을 거 같았
다. 뛰어 갔다. 없다, 없어. 어머니께 뭘 해 드리고 싶어도 없다.

2020년 12월 16일

또 눈이 온다. 엊그제에도 눈이 왔다. 눈이 녹아 얼까 걱정이
다. 오거리 미연출 미용실이 있던 자리에 민미용실이 개업을 했
다. 아이 이름 지민이를 땄다고 한다. 전에 다니던 초등학생 지민
이 어머니가 생각났다. 그런데 좀 연세 있는 아주머니가 개업 떡
을 가져 왔다. 알고 보니 지민이가 그 지민이 아니라 지금 대학생
이 된 지민이었다.

대학생 지민이는 몸집이 좋고, 성격까지 여유 있는 작은애 친구다. 종종 집에 놀러 오곤 했었다. 목소리는 덩치에 맞지 않게 애교가 있다. 지민이 고모가 미용실을 한단다. 작은애 친구들이 머리를 한다고 한다. 나도 가야 하나 고민된다. 시골은 입이 무섭다. 개업 떡까지 주었는데 당연히 손님으로 가 주는 것이 예의기 때문이다. 가지 않으면 금방 서운함이 소문으로 들리기 때문이다.

오늘은 인터넷 뉴스에 진도가 떴다. 진도 병원에서 칼부림이 났단다. 40대 여성 환자가 병원 관계자가 정신병원 입원을 권고했는데 화가 나서 칼을 들었단다. 옆에 있던 병원 관계자 4명이 부상을 입었다고 한다. 이상한 사람도 많고, 이상한 소문도 많다. 사는게 이런 것일까. 작은 동네다 보니 무슨 일이든 큰일이 된다. 그런데 칼을 휘두른 게 큰일이 맞긴 하다.

또 다시 오거리에 눈이 내려앉는다. 내일이 또 오겠지. 요즘 하루가 무덤덤하다. 이 거리가 자꾸만 서운해지기도 하고 그렇다. 뭔가 새로움이 없어서 일까. 나도 무언가를 새롭게 하고 싶다.

2020년 12월 24일

크리스마스 이브다. 하늘은 곧 눈이 올 듯하다. 거리에 캐롤은 들리지 않는다. 읍사무소 앞에 반짝이는 트리로 그나마 크리스마스 분위기를 띄우고 있다. 트리가 없었더라면 아예 크리스마스마스는 없었던 날이라 해도 이상하지 않는 분위기다. 거리는 늘 조용하고, 생기가 없다.

해만 떨어지면 사람들이 모두 숨는 듯 없다. 김복남 호프 집 간판이 훤하다. 나는 김복남이가 하는 술집인 줄 알았는데 그냥 프랜차이즈 이름이란다. 가 보지는 않았다. 아들 친구가 한다고 했다. 밖에서 봐도 이 거리에서는 제일 도시적인 분위기다. 나는 점점 시골 아줌마가 되고 있다. 어쩔 수 없다. 시골에 사니 시골 사람이 되는 거지.

시골 거리는 본질을 생각하게 한다. 거리의 본질은 번쩍이는데 있지 않다. 거리는 만남을 이어주는 곳이다. 이 거리를 통해서 나는 나를 만나고, 어둠을 만난다. 오직 일과 집과 그리고 나를 이어주고 있다. 얼마나 신성한 거리인가. 시골은 허튼 곳에 시간 낭비 하지 않게 한다. 오직 일이 중심이 되며 그 일로 한 인간을 성숙하게 한다. 그래서 나는 어둑한 이 거리가 좋다.

2020년 12월 28일

춥지 않다. 봄기운이 도는 겨울이다. 두꺼운 패딩도 입지 않았다. 날이 따뜻해서일까. 'ㅇㅇㅅㅋㄹ' 아이스크림 가게 사람이 많아졌다. 나는 그 앞을 지나면서 누가 계산 안 하고 그냥 가는 사람이 없다는 게 신기하다. 인터넷 신문에서 어디에서 아이스크림을 몇 십만 원어치 훔쳐 갔다는 기사를 봤기 때문이다. 그다지 싼 것도 아닌데 아이들은 여길 온다. 세상은 참 묘하게 돌아가고 있다.

2020년 12월 29일

비가 온다. 겨울이 이렇게 멀쩡한데 눈이 아닌 비가 온다.

2021년 1월 8일

눈이 함박 내리더니 지붕색이 보이지 않을 정도로 쌓였다. 진도는 눈이 오면 바로 녹았는데 언제부터인지 쌓이기 시작했다. 온 세상이 눈이다. 어제는 앞이 안 보일 정도로 눈이 왔다. 태권도장도 6시 반 이후 차량 운행을 하지 않았다. 길이 매우 미끄러워서다. 하얀 눈에 눈이 부셨다.

큰애는 다리 수술을 했다. 작년에 십자인대 수술 하면서 박아놓은 철심을 빼내는 수술이다. 뺀 나사가 의외로 컸던가 보다. 큰애가 놀란다. 오늘은 슬슬 걷을 수 있다고 한다. 걷을 수 있다니 다행이다. 나는 큰애 때문에 놓친 글 속에 더 들어 앉고 싶다. 이제는 나오면 안 된다. 일에 휘둘리면 안 된다. 나는 나여야 한다. 눈발은 굵어지고 있다.

나는 눈을 듬뿍 맞고 회 뜨러 간다. 이런 날 숭어회가 먹고 싶다고 하는 사람이 있다. 마지막 손님이라고 싸게 만 원에 주셨다. 숭어는 힘이 없었다. 서너 마리가 물 위에 떠서 겨우 숨을 쉬고 있었다. 나는 다른 집보다 이 횟집이 마음에 든다. 이것저것 따지지 않고 정이 느껴지기 때문이다. 조금 크면 무게에 따라 돈을 더 받는다. 이 집 아주머니는 그냥 크든 작든 한 마리에 만 오천 원씩 받는다.

나는 그게 좋다. 낯선 진도에서 마음 가는 것은 인심뿐이다. 눈
이 힘차게 내린다. 내일 운전이 걱정이다.

2021년 1월 9일

또 눈이 온다. 함박눈으로 앞이 안 보일 정도로 눈이 온다. 진
도로 내려온 지 수 년이 되어 가는데 나흘을 이어서 눈이 내리는
것은 처음이다. 어제는 우리 집 올라가는 언덕배기에 아예 '출입금
지' 줄로 통행을 막았다. 꽤나 경사가 높아 눈이 쌓이면 차 사고가
날 위험이 있다. 그래서인지 아파트 입구 길가에는 올라가지 못한
차들로 즐비하다. 점심을 차리고 가방을 매고 나는 도서관으로 향
했다. 푹푹 발이 빠졌다. 눈발이 휘날리고, 지붕에 쌓인 눈들은 비
처럼 주룩주룩 쏟아지고 있다. 진도현대미술관은 공사 중이었다.
건물이 오래 되었다 싶었는데 벽 공사를 다시 하는가 보다. 지난
번 보라색 벽이 마음에 들었는데 주황색으로 새 단장을 하는가 보
다.

나는 군청 아래 편의점으로 향했다. 그 집 커피가 구수했다. 편
의점 옆 조선대 치과대학 입학을 축하한다는 엘리트 학원 플랜카

드가 달려 있다. 주인아저씨는 여전했다. 중학생 두 명이 컵라면에 물을 붓고 있었다. 커피 머신 옆에 AI인공지능 판매기라고 영어로 써 있다. 편의점에도 처음 보는 기계들이 생긴다. 이 기계로 뭐하는 것인지 물어보지 않았다. 이용하지 않을 거 같아서다. 두 모금 마시니 커피는 식어 버렸다.

날이 춥다. 편의점 옆으로 전에는 주차장이었던 공간에 CCTV 관제탑이란 건물이 들어섰다. 진도 마을 마을마다 오백여 대 CCTV를 설치해 그곳에서 살핀다는 것이다. 범죄나 치매로 길을 잃은 노인들을 위해, 쓰레기 투기, 교통사고 대비해 설치한다고 하는데 과연 그것이 옳은 것인 생각해 볼 문제다. 누군가 자신의 움직임을 카메라로 들여다본다고 생각하니 섬뜩하다. 철마 공원에는 아무도 없다.

도서관에 들어서면서 코로나 발열기가 내 몸의 온도를 체크하면 바로 화면에 내 몸의 온도가 색깔별로 드러난다. 난 전화번호와 입실 시간을 간단히 적고, 손 소독을 한 후 계단을 올라 열람실로 들어왔다. 불과 작년만 해도 건물 입구부터 기계가 내 체온을 자동으로 체크하리라고는 꿈도 꾸지 못했다. 이 시골 진도에 이런 기계가 들어섰는데 서울을 어떻게 변해 있을까. 참으로 놀랍게 변해 가고 있는 세상이다. 눈이 아직도 오고 있다.

2021년 2월 9일

체육관 맞은편 건물에 미용실이 새로 생겼다. 개업 날 일부러 떡을 가져왔는데 나는 인사도 하지 못했다. 받아먹은 떡이 있어 그 앞을 지날 때마다 미안했다. 명절도 다가오고 해서 머리할 겸 들어갔다. 오십 중반은 넘은 나이에 진도 사투리를 하지 않았다. 내게 물었다.

"머리 어떻게 해 드릴까요?"

"제일 자신 있는 펴머로 알아서 해 주세요."

"예."

다음 날 덥수룩하고 부해 보이는 복부인이 되었다.

#

코로나19 재난 시대다. 진도군 의회에서 재난 지원금을 1인당 10만 원씩 나눠 주기로 급히 결정했다. 코로나로 어려운 지역 경제를 위해 아리랑 상품권으로 지급한단다. 마을 회관에 가서 받으라고 문자가 왔는데 관리 사무소에서는 아무런 방송이 없다. 나는 은근히 상품권을 기다렸다. 나라 빚이 수백 조에 이른다는데 이런 걸 이렇게 받아도 되나 싶다가도 어려운 이 시국이라 챙기고 싶었다. 오전 내내 혹시 모를 방송만 기다리고 있었다. 점심때가 지나고 조용하다. 나는 아무 일 없는 듯이 관리 사무실을 지나 체육관으로 나왔다. 다음 날이 되어도 아무런 방송이 없다.

나는 소화제를 사면서 약국에 물어볼까 하다가 말았다. 핸드폰 가게에 모른 척 하고 들어갔다. 설 명절 잘 지내시라는 인사를 하고 재난 지원금 받았는지 물었다. 사장님은 급하지 않아 알아보지 않았다고 했다. 은행에서 볼 일 보는데 앞 선 아주머니가 상품권 받아서 입금을 했다는 말을 들었다. 모두 받았는가 보다. 나는 혼자 생각했다. 나는 핸드폰에 온 문자대로 읍사무소로 갔다.

이미 많은 사람이 상품권을 받아갔는지 신청 서류가 두꺼운 사전처럼 철해져 있었다. 신청서를 작성하고 읍사무소 직원 안내에 따라 신분증으로 본인 확인을 거쳐 상품권을 받았다. 받아든 순간 기분은 좋았다. 명절 돈 쓸 일이 마음 무거웠는데 즐거웠다. 등 뒤에서 익숙한 목소리가 들렸다.

"아따 겁나게 바빠유. 하하하."

걸걸한 웃음소리가 1층까지 들렸다. 가영이 엄마였다. 가영이가 엄마가 새해 들어 군내 면사무소에서 읍사무소로 발령을 받았다고 했다. 가영이 엄마는 누가 뭐라 해도 진도 여자였다. 억센 억양의 진도 사투리에 웃을 때에도 걸걸한 생활력 강한 진도 특유의 여자들만이 풍기는 말씨가 있었다. 나는 그런 드센 웃음소리에서 속 마음씨는 남 힘들게 하는 말 할 줄 모르는 여리디 여리다는 것을 알고 있다.

2021년 2월 20일

또 다시 바람이 불고 있다. 입춘이 지나 우수가 되어 폭설이 내렸다. 지난 주 내내 추위 움츠렸다. 거리도 움츠렸다. 눈이 쌓이고 녹으면서 도로가 얼어붙었다. 다니는 차들도 살살 기어 다녔다. 지금은 눈은 오지 않는다. 바람이 차갑다. 어둑해졌다. 파출소 불빛이 길 위로 쏟아졌다. 깊이 파고드는 바람에 옷을 세게 여몄다. 굽나간 신발에서 또닥또닥 쉿소리가 날카로웠다.

식자재 마트로 향했다. 며칠 먹지 못한 돼지고기를 샀다. 빵집에도 들렀다. 재난 지원금으로 받은 아리랑 상품권이 있어 든든했다. 요리조리 가격 계산하지 않고 빵을 손에 들었다. 오랜만에 찾아서인지 주인아주머니가 반겼다. 몇 개 더 덤으로 넣어 주었다. 계산대 앞에서 상품권을 내밀었다. 20원이 부족했다. 계산원 아주머니는 잔돈을 챙겨 주었다.

나는 고마웠다. 나에게 돈을 주다니! 적은 돈이지만 계산대로라면 내야 될 돈이다. 그것을 자신의 지갑에서 주니 얼마나 고마운가. 자재 마트도 단골이 되어 가고 있고, 쌀쌀맞은 바람이 반기는 거리에도 정이 쌓여 가고 있다.

\#

이상 기후

날이 왜 이런지 모르겠다. 지난 주 며칠은 겨울보다 더 겨울답게 함박눈이 내렸다. 며칠 그렇게 오더니 덥더니 여름비처럼 비가 왔다. 오늘은 또, 화창하다.

2021년 2월 26일

오늘부터 코로나 예방 접종을 실시한다. 목포에서는 보건소 팀장이 확진되었단다. 모두가 접종을 기다리고 있는데 접종 8시간을 앞두고 업무에 차질이 생겼단다. 진도는 어떤지 모르겠다. 예방 접종은 두 번 나누어 한다. 미리 아스트라제네카 백신을 맞은 의사의 후기 영상을 보건소 다니는 아는 분이 단체 카톡에 올렸다. 1차는 괜찮은데 2차 접종에서 열이 나고 몸살 증상이 생긴다고 한다. 이때 해열제를 먹으면 괜찮단다. 그냥 기저질환이 있다면 반드시 해열제를 먹으란다.

새로 생긴 미용실 주인이 바뀌었다. 어제 다듬으려고 갔는데 모르는 젊은 주인이 바뀌었다고 한다. 왠지 거시기하다.

2021년 3월 2일 화 맑고 쌀쌀한 바람

오늘은 입학식이다. 아이들이 긴 방학을 마치고 학교를 간다. 1학년은 입학식을 하고 한 학년씩 올라가 새 학년이 되는 첫 날이다. 아이들은 어떤 기분일까.

어제는 페북에서 알게 된 이른바 페북 친구 분이 진도까지 내려

왔다. 65세 자녀 둘 출가. 손녀 다섯을 돌보고 있는 할머니다. 아이들 보는 게 너무 힘들어서 여행 삼아 내려왔단다. 서울 할머니라 뭔가 다르다. 여느 할머니들은 아프다고 집에만 누워 있을 나이일 텐데. 차를 끌고 여행을 다니는 그녀가 새로웠다. 하지만 나는 시간 내기가 아까웠다. 원고 마감에 마음이 초조하기 때문이다.

그래도 사람 인연이 어디 그런가. 궂은 날에도 그녀는 즐거워 보였다. 송가인 마을을 갔다. 태인이 어머니가 특산물을 팔고 계셨다. 표정이 무거웠다. 표정은 무거운 사람이 또 한 사람 보였다. 바로 나다. 진도 며느리들만 모여 여행을 지원해 주는 정책이 있었으면 좋겠다. 지원금으로 가는 여행이라 떳떳하게 즐길 수 있는 즐거운 여행이 될 거 같은데. 훌훌 털어 버리고 떠나 온 그녀는 내게 웃음을 주었다.

나는 그녀에게 무거운 표정을 주었을 텐데. 조금은 걱정이다. 나도 멀리 멀리 멀리 여행을 떠나 보고 싶다.

2021년 3월 6일 온 종일 흐린 하늘

살면서 맑은 날이 며칠이나 될까. 도서관을 오면서 그런 생각을 했다. 막 남편과 말다툼을 했다. 휴일이라 시부모님을 뵙고 밥을 먹고 오기로 했다. 나도 그럴 생각이었다. 그런데 덕주 씨가 파밭을 갈아엎는다고 파를 뽑아가라고 했다. 나는 그럴 시간이 없었다. 남편에게는 모처럼 쉬는 휴일이지만 나는 모처럼 일해야 하는 날이기 때문이다. 나도 일을 하고 싶었다. 원고 날짜가 급박하기 때문이다. 나는 도대체 언제 일을 하는가.

나는 차를 끌고 도서관으로 향했다. 남편은 화가 났겠지만 할 수 없다. 나도 나를 이어가야 되는 날이어야 되니까. 나는 파밭이나, 밥상. 거기서 멈출 수 없다.

2021년 3월 9일

날이 저녁이 되면서 춥다. 오늘은 명의상실 앞을 지났다. 문이 닫혀 있다. 명의상실! 명의상실은 진도로 이사를 와서 시내 상가들 중에 손님으로 들어간 첫 번째 집이었다. 누구나 첫 정을 오래 가슴에 담아두는 법이다. 내겐 명의상실은 진도의 첫 정이었다. 그래서인지 늘 그 앞을 지나다닐 때면 들어가 인사를 하고 싶어지는 집이다.

이사를 막 끝내자마자 아이들 학교에 갔다. 전학 처리를 해야 했기 때문이다. 일단 급한 것이 교복이었다. 학교에서 나와 지나다니는 사람들에게 교복 집이 어디 있냐고 물었다. 손가락을 가리키며

"쩌기 보이지라. 저 쩍에서 삥 둘러 가면 있어라."

"예. 감사합니다."

일러주는 방향 '쩌기'로 오긴 왔는데 교복집이 없다.

옷과 관련된 업종에 제일 근접한 집이라 생각되는 건 '명의상실'이라 적힌 간판이었다. 문이 잠겨 있었다. 적혀 있는 전화번호로 전화를 했다. 의상실인데 교복을 하느냐고 물었더니 한다고 했다. 오늘은 일이 있어 문을 열 수 없고 내일 10시 정도에 오라고 한다.

다음날 10시. 명의상실 문을 열고 들어갔다. 주인은 없었다. 또, 전화를 했다. 앞집에 있다고 한다. 드디어 만났다. 내가 손님이었는데도 너무 반가웠다. 중년의 아주머니였다. 인상이 좋았다. 말씨도 부드러웠다. 아이들 치수를 재고 교복을 맞췄다. 그리고 어디서 이사 왔는지 물었다. 알고 보니 시댁 종친이었다. 마음이 놓였다. 이방인에게 기댈 사람이 하나 생긴 것이다.

그렇게 알게 된 첫 번째 진도 사람이 명의상실이었다. 그 후로

도서관을 갈 때면 명의상실 앞을 지났다. 항시 지날 때마다 드르르 재봉틀 소리를 들었다. 그 소리가 좋아 들어가서 말을 건넸다. 나는 이야기를 걸어 줄 사람이 없는 이방인이었으니까. 그때에는 군청 사거리에 있었는데 몇 해 전에 자리를 옮겼다. 언제인가 옷 수선은 하지 않는다고 들었다. 별 일 없었으면 한다. 불 꺼진 명의상실을 보며 마음으로만 안부를 전했다.

2021년 3월 11일

밤이 되니 쌀쌀하다. 어둑해지면 거리도 어둑해지는데 오늘은 불이 훤한 집이 있다.

새로 닭강정 집이 개업했다. '김영남' 사진관 옆에 들어섰다. 학생들이 이 시간까지 있다. 새로 개업을 했으니 사람이 많아야 되는 건 당연하다. 모처럼 사거리에 북적북적 소리가 난다. 밤 9시가 되도록 활기찬 집은 이 집뿐이다. 나는 주머니에 손을 넣고 조용히 지나왔다.

2021년 3월 23일

사거리에 새로 점포가 생겼다. 닭강정 집이다. 그 앞을 지나가면 닭튀김 냄새가 가득하다. 5평 남짓한 가게에 사람들이 꽉 찼다. 손님 반, 일하는 사람 반이다. 이 집이 제일 붐빈다.

'이 집은 며칠이나 갈까?'

앞 건물 옷 가게 앞을 지났다. 못 보던 종이가 붙어 있었다.

'임대문의'

2021년 3월 27일

비가 온다. 방금 머릿속에 문장이 떠올랐는데 생각이 나지 않는다.

날이 젖고 있다. 모처럼 평온이 젖어 들고 있다.

2021년 4월 18일 15:07

일요일, 날은 맑다. 미세먼지가 날린다. 삼성사 옆 소전 손재형 선생의 옛집에 누가 살러 오는가 보다. 짐들을 실어 나르고 있다. 나는 뚜벅뚜벅 걸어 집으로 왔다. 배달 오토바이가 날렵하게 달려간다. 요즘 시켜서 먹는 음식이 많아져서 배달 오토바이가 많다.

다치지나 않을까 걱정이다. 내리막길이다. 러시아 남자 둘이 자전거를 타고 빠르게 내리 달린다. 왠지 걱정이 들지 않았다.

아파트 분리수거장에는 일하는 분이 참 열심히 한다. 휴일에도 일하고 있다. 뭐라도 사다 주고 싶다.

19:52

누웠다가 벌떡 일어났다. 땅그으름, 땅끄름, 땅그름 어떤 것이 맞을까. 그을음, 땅그을음일까.
찾아도 없네. 땅거미가 맞는가 보다.
하늘에는 어둑하게 땅거미 깔리고,
골목길에는 홍시빛 가로등이 깔리고,
내 방에는 환한 백열등이 깔리고,
밤은 깔리는 때다. 헷갈린다. 저녁.

2021년 4월 21일

아침부터 어깨가 아파 한의원에 다녀와서 쓰다. 어깨, 통증이

---

12) 준수 삼촌은 막내삼촌 친구다.

심하다. 조심히 일어나 컴퓨터를 켰다. 화면에 준수 삼촌[13]네 할머니가 어른거린다. 되는 일 없었던 이십 대 초반이었을 때 나는 집에 있었다. 친구들은 직장을 다니고, 공부를 하고, 뭔가 자기라는 존재감을 밖에서 펼쳐 나가고 있을 때였다.

난 집에 머물렀다, 뭔가 하면 다 될 줄 알았다. 무슨 생각인지 모르겠으나 그때에는 집에 있는 것이 최선이라고 생각했다. 그런 때 동네 몇 집이 부업으로 마늘 까기를 했다. 나도 신청했다. 준수 삼촌네 할머니도 신청했다. 마른 마늘을 물에 불려 놓았다가 껍질을 까면 되는 거였다. 꽤나 많았다. 한 세 자루 되었던 거 같은데 며칠을 까다 보니 손가락에 물집이 잡히고 마늘 냄새가 몸에 배었다. 나는 그 냄새가 싫었다.　내 속에 일고 있는 생각들을 균처럼 죽이고 있다는 생각을 했다. 그렇게 까고 받았던 돈은 이만 원이었다. 하루 일한 내 노동력은 오천쯤 되는 거였다. 마늘을 까고 어깨가 아팠다. 더 아픈 거 어깨가 아니었다. 그렇게 며칠, 시간과 몸의 통증을 무시해도 정도가 있지 고작 이만 원이었다는 게 슬펐다. 나는 이만 원짜리 노동력인 것이다. 그게 그렇게 아팠다.

깐 마늘을 초록망 자루에 넣었다. 다시 일을 가져다 준 마늘 트

221

럭 아저씨에게 넘겨주던 날 우리 동네 네 집이 망을 들고 나왔다. 나, 준수 삼촌 할머니, 도자기 집, 만강이네 할머니. 그때 2만 원을 손에 쥔 나를 보고 준수 삼촌 할머니가 말했다. 마땅한 일 없는 노인네나 하는 일을 한창 나가 돈 벌 나이인 내가 하는 것이 안쓰러웠는가 보다.

"사는 게 그려."

그때 기분은 휙 길가에 버려질 휴지가 그럴 줄 모르고 있는 휴지에게 하는 말 같았다. 사는 게 그려. 사는 게.

준수 삼촌 할머니는 이집 저집 일을 했다. 가을이면 고구마를 캐러 다녔는데 새벽부터 저녁까지 삼만 원이나 받는다고 했다. 일흔 넘으니 일꾼들 속도를 따라가지 못하면 써 주지 않는다고 했는데 오래 따라 붙으며 일을 했다. 그 뒤로 언제인지 돌아가셨다는 얘기를 들었다. 할머니 말이 떠올랐다. 사는 게 그려.

밤새 컴퓨터만 켜고 있었다. 마늘 까던 생각이 떠올랐다. 산다는 건 그런 것이다. 아직까지는.

2021년 4월 21일

살랑 봄기운이 분다. 나는 노트북에 머물러 있다. 봄은 논두렁
에 머물러 있다.

2021년 4월 25일 14:51 일요일

별이 따갑다. 도서관 가는 길. 벌써 여름이다. 긴팔이 덥다. 교
동 5길은 공사 중이다. 철마산 쪽에서 덤프트럭이 먼지를 몰고 나
온다. 무슨 공사가 이리 잦은지 모르겠다. 한 번에 몰아서 하면 안
될까. 군수 관사는 아예 자취도 없이 사라졌다. 오십 년 넘은 건물
이었을 건데. 오십 년 세월이 모두 자취도 없이 허물어진 것이다.
누군가의 민원에 의한 것이라는데. 그랬어도 싹 없앨 필요가 있었
을까. 사람들은 시간을 아까워하지 않는다. 오죽하겠는가 물건도
넘쳐나는데.

2021년 4월27일 장날 화요일.

밤 9시. 걸었다. 신호등 사거리에 남자들이 모여 있었다. 김밥
나라 한 무리, 나주곰탕 한 무리, 편의점 한 무리. 신호 바뀌길 기

다리고 있는데 무서웠다. 아마도 같은 나라끼리 모였을 것이다. 전에 없이 외국인들이 모여 있으니 갱(gang) 영화의 한 장면 같다. 진도군도 몇 년 후면 외국인들의 도시가 되지 않을까 염려된다. 인력 사무소 외국인들이 오천 명이라는데. 갈수록 큰일이다.

원주민보다 외국인이 더 많아질 거 같다. 학교 방과 후에도 베트남 강사를 모집한다. 이런 교육도 필요한데 왠지 점점 외국인들 세상이 되어 가는 거 같다. 뭔가 문제가 있다. 차라리 학부모와 자녀 양육에 관한 질 좋은 강의를 개설할 것이지. 이것은 외국 노동자에 대한 배려가 아니다. 완전 주객이 바뀌어 가는 준비 단계인 것이다. 교육에 정신 차려야 한다.

2021년 5월 8일 토

먼지가 뿌옇다. 먼지가 왜 이리 날리는지. 거리 위로 온통 먼지다. 옆 건물 옷가게가 없어졌다. 새로 뭔가가 들어서는지 지난주부터 공사를 하더니 드디어 모습을 드러냈다. 000 헤어. 미용실이다. 바로 옆 골목에는 몇 년 전 서울에서 내려온 미용사가 운영하는 미용실이 있다. 지난 달 거기서 머리카락을 잘랐다. 한 동네 미용실이 하나 더 생겼는데 자꾸만 미안해지는 건 왜일까.

점점 진도는 번듯한 도시를 흉내 내고 있다. 배달 오토바이가 많아지고, 전기 스쿠터가 곳곳에 놓여 있다. 뭔가 편리해지고 있으나 정작 사람들은 더 숨고 있다. 웃음을 숨기고, 목소리를 숨긴다. 쉽게 말을 건네지 않는다. 껄껄 목젖이 보이도록 웃어 재끼며 억센 전라도 지랄 같은 수다도 들리지 않는다. 나는 그렇게 변해 가는 진도가 싫다.

어버이날이다. 카네이션은 보이지 않고, 거리는 먼지에 휩싸여 침묵 속에 하루를 또 보내고 있다.

2021년 5월 22일 금

날이 좋다. 앞 논에 물이 차기 시작했다. 네모반듯한 논에 물이 고였다. 햇빛이 물결이 반짝인다. 논농사가 잘되어야 될 텐데.

2021년 5월 30일

하늘이 맑다. 오늘은 더울 거 같다. 바람이 없으니. 어제는 남편 친구들이 왔다. 덕주 씨 내외, 형욱, 준규 씨가 왔다. 아구찜을 잘할 줄 모르는데 콩나물 사다 양념을 했다. 암 수술을 받은 덕주 씨 부인이 온다기에 더욱 신경을 썼다. 덕주 씨 부인을 나는 병준 엄마라 불렀다. 병준이 엄마니까. 그녀를 알고 지낸 지 벌써 스무 해가 넘어 간다. 덕주 씨가 나 시집 올 때 함 팔러 왔으니까. 나는 그녀를 위해 편지를 썼다.

병준 엄마에게

병준 엄마, 난 아직도 병준 엄마 이름도 모르는데 우리가 만난 지 언제인가.

애들 어릴 때부터, 우리 힘들었던 신혼 생활에도, 같이 밥 먹으며 나눴던 시간이 어제 일 같은데 애들은 벌써 스무 살 장정이 되었으니. 나는 길남 씨네랑 강화도 새우구이 먹으러 갔다 오는 길에 우리 부부 계란 때문에 싸움한 이야기로 자네가 크게 웃던 모습이 아직도 훤하네. 우리 벌써 인생 절반을 살았고, 자네와 이어진 인연이 그중 절반이니 어찌 귀한 인연 아닌가.

병준 엄마, 병준 엄마 아프다는 말에 가슴이 많이 좋지 않았네. 그래도 세상 얼마나 좋은가. 병준 아빠처럼 든든한 남편 옆에 있고. 몸은 허울이라 껍질처럼 벗겨지는 것이니. 마음이 건강하면 이겨내지 못할 것이 무엇이 있겠는가. 요즘 약이 좋아서 성성하게 몸 새로 태어난다 생각하고 건강한 몸 어서 되찾길 바라네. 앞으로 나머지 인생 활짝 웃으며 함께 살아 보자고.

이렇게 편지를 썼다. 다들 모인 자리, 밥을 먹으며 내가 편지를 읽었다.

눈물이 났다. 정말 애들이 스무 살 청년이 되도록 우리는 살았다. 살았어. 그녀의 이름을 모른 채. 병준 엄마가 이름을 넌지시 말한다.

홍. 나. 영.

IV

책과 함께 나를 쓰다

별이 된 거품을 위해서

진이는 개울을 흐르는 거품과 같은 사랑을 지닌 여자였다. 하나의 거품은 다른 한 거품과는 개울을 붙어 흐를 수 있어도, 흐르지 않는 부표가 있는 곳에서는 주변을 두어 바퀴 맴돌다 이내 혼자서 개울을 흘러가 버린다. 붙어 흐르던 거품이 부표에 머물러버릴 때도 진이는 그렇게 흐르다가 또 하나의 거품을 만난 것이었다. 그것이 녀석이었다. 그는 진이에게 또 하나의 거품이었다.

- 이청준, 「별을 보여드립니다」(책세상, 2007.)

꿈을 꾸고 있을 때에는 무언가 다가와도 잘 보이지 않는다. 특히 사랑을 꿈꾸고 있을 때에는 더욱 그렇다. 그렇게 다가오는 사랑은 좀 깊다. 거품도 꿈을 꾸며 흘러간다. 그래서 무언가 다가와도 잘 보이지 않는가 보다. 거품은 꿈에서 좀처럼 깨어날 줄 모른다. 다가오는 것에 자신이 꺼져 가고 있어도 말이다. 나는 그런 거품이 바보 같았다. 거품은 사랑을 꿈꾸고 있다지만 글쎄, 내가 보기에는 안쓰럽다. 하지만 사랑은 바보 같은 거품도 별이 되게 한다. 까만 밤하늘이 아니어도 반짝이는 별! 그렇게 별이 된 거품은 아름답다.

거품! 거품! 거품에서 사랑을 떠올리게 된 것은 이청준의 〈별을 보여 드립니다〉를 읽으면서다. 점점 거품도 일지 않는 나이가 되고 보니 내게도 그런 거품이 흘러왔을까 싶을 정도다. 사랑! 사랑! 사랑! 잠시 눈을 감았다. 감은 눈 속에서 꺼진 거품이 안쓰럽게 떠다니고 있었다. 그 거품은 저만치 큼직한 부표가 턱하니 서 있는데도 거침없이 흘러가고 있었다. 바보처럼.

난 바보 같은 거품을 둘씩이나 알고 있다. 그중 하나는 인어공주이다. 인어공주는 다시 인어가 되기 위해 사랑하는 왕자를 죽여야 했지만 차마 그러지 못했다. 결국 바다로 뛰어들어 거품이 되어 사라져 갔다. 그런 인어공주를 나는 바보라고 생각했다. 왜 그랬을까. 왜 그래야만 했을까. 바보처럼.

또 하나 바보 같은 거품은 그 애였다. 그 애는 부표와 같았던 내 주위를 삼 년간 머물렀던 거품이었다. 사랑을 꿈꾸면서 흘러왔겠지만 난 받아주지 못했다. 그러다 인어공주가 바다로 뛰어든 것처럼 멀고 먼 유학행에 뛰어들었다. 분명 떠나는 그 애 가슴에서 물거품이 하얗게 일었을 것이다. 왜 그랬을까. 왜 그래야만 했을까. 좀 돌아가지 못하고서... 바보처럼.

나는 그런 거품보다도 더 바보 같았던 부표였다. 흘러가는 물길을 막고 있었던 부표. 거품조차 일지 않았던, 아니 거품을 걷어주지도 못하는 딱딱한 부표! 별을 바라볼 자격도 없는 부표! 그런 부표였던 나는 다가오는 거품이 두려웠다. 언젠가는 터질 거품이라 해도 내가 터트리기 겁이 났기 때문이다. 거품이 내게로 와서 스스로 터진다 해도 그런 생각이 들었을 것이다.

이제 인어공주 이야기도 희미해져 가고, 그 애도 없다. 인어공주가 사라지면서 일었던 거품은 왕자가 바라보는 어느 하늘에 별이 되어 떠 있을 것이다. 그 애가 떠나면서 일었던 거품도 역시 내 가슴에 별이 되어 떠 있다. 아마도 지금 나처럼 왕자는 별을 보고 있을 것이다. 그 별들은 오 원이 아닌 백 원을 주고 봐야 되는 망원

경으로도 보이지 않는다. 이청준의 〈별을 보여 드립니다〉에서
생뚱맞은 녀석이 망원경을 사서 강물에 띄워 버린 것처럼 나도 망
원경을 강물에 띄워 버린 지 이미 오래다. 그 별은 망원경이 아닌
눈물을 반짝여야 볼 수 있는 별이기 때문이다. 그래도 가끔 별이
보인다. 별들은 여전히 기억 속에서 반짝이고 있다.

기억이 점점 까마득해지고 있는 사이 별들은 그림을 그려놓았
는가 보다. 눈을 감으면 별과 함께했던 지난 일들이 밤하늘 가득
액자가 되어 걸려 있다. 별이 된 너! 이제서 그런 별을 그리워하고
있는 나! 나는 이렇게 있다. 후회 속에 너를 담아두면서. 이제 나는
부표도, 거품도 아닌 물이 되어 가고 있다. 그 물속에는 별도, 거품
도, 부표도 모두 담겨 흐르고 있다.

지금, 백 원쯤 낼 수 있는 녀석에게 별을 보여주라는 이청준의
목소리가 나를 움츠러들게 하고 있다. 벌써 어둠이 먹물처럼 번지
고 있는 저녁이다. 이곳 도서관 건물 밖에는 하얀 눈이 별처럼 반
짝이며 내리고 있다. 주머니에 있는 백 원짜리 동전을 모두 움켜
쥐고 자판기로 갔다. 가진 동전을 전부 자판기에 집어넣고 싶었
다. 별들을 몽땅 뽑아 볼 기세로 말이다. 커피를 뽑아 들었다. 뜨거

운 커피 김이 하얀 눈 속으로 흘러가고 있었다. 커피를 한 모금 마시자 한 발치 뒤에서 한 거품이 또 다른 거품을 만나 흘러오고 있었다. 나는 두 거품에게 미소를 보냈다. 언젠가 그들도 별이 될 것이다. 아름다운 별!

어쩨, 오늘은 하얀 눈이 별이 되어 쏟아지고 있다. 앞이 보이지 않을 정도로 말이다. 바보같이.

(미당문학, 2018년 하반기)

물 따라 흘러가다

아침 7시. 방 안에 옅은 푸르스름한 빛이 스며들어야 할 시각이다. 하지만 어째 초저녁이면 깔리는 어둑한 빛이 방안에 가득했다. 나는 조금 겁이 났다. 시계를 잘못 본 것도 같았다.

'어! 이상하다. 분명히 아침인데...' 창문을 열어 보았다. 눈이 오고 있었다. 눈은 잔뜩 흐린 하늘에 제법 모양이 뚜렷이 보일 정도로 굵었다. 첫 눈이었다. 눈송이는 내 앞으로 차분히 다가왔다. 내가 운전대에 앉자, 차 유리창에 가득 쏟아지더니 순식간에 녹아내리고 있었다. 점점 날이 밝아질수록 눈은 비가 되어 유리창을 흐려 놓고 있었다. 와이퍼는 유리창이 흐려지기 무섭게 닦아 냈다.

존재하는 것은 무엇이든 아름답다. 설령 눈앞을 흐리게 한다 해도, 눈앞에서 빠르게 지워질지언정 분명 누군가를 위해 존재하고 있을 것이기 때문이다. 내 눈 앞에서 눈은 와이퍼 움직임에 따라 지워지고 있었다. 머릿속은 흔들거렸다. 어딘가를 정해 떠나고 싶었다. 어디를 가야 될까? 마땅한 그 '어디'를 찾아내기도 전에 주유소로 들어갔다. 주유를 하면서 왜 가야 되고 무엇을 찾아야 되는지 생각했다. 하지만 좀처럼 아무 생각도 떠오르지 않았다. 어디로, 무엇 때문에 이런저런 질문에 이유를 대기도 전에 차에 기름은 채워졌다. 나는 '그냥'이라는 말로 이 모든 상황을 정리하면서 시동을 켰다.

어디! 어디! 어디로! 불현듯 군산이 떠올랐다. 지난주부터 읽고 있는 책이 채만식의 〈탁류〉였기 때문이다. 미두장, 채만식이 있는 군산으로 가는 거다. 나를 흐려 놓고 있는 청년 채만식을 만나고 싶었다. 요 며칠 나는 그의 글에 흐려지고 있었다. 앞이 잘 보이지 않을 정도로 말이다. 채만식을 흐리게 한 것이 무엇인지 따라가 보고 싶었다. 내 심장은 두근거렸다.

탁류! 존재하는 것은 흘러간다. 흐름에 따라 흐려지다가, 아주 탁하게도 흐려졌어도 어느 순간 맑아지기도 하면서 흘러간다. 흐름을 흐리는 것이 쌀이 되었건, 돈이 되었건, 흙이 되었건 그것은 중요하지 않다. 흐름을 타고 있는 존재는 더없이 소중하고 아름다운 시간 속에 있다는 것이다. 설령 흐름이 온 마음을 괴롭게 흔들어 놓는 탁한 흐름이라 할지라도 말이다. 중요한 것은 계속 흘러간다는 것이고, 정말 탁하게 흘러가고 있을 때, 그때에는 무엇 때문에 흐려지고 있는지 잠시 멈춰 고심해야 될 때라고 알아채야만 한다는 것이다. 지금 나도 흘러가고 있다. 글쎄! 내가 타고 있는 물결이 흐려지고 있는 물인지, 맑아지고 있는 물인지 잘 모르겠다. 흘러가고 있는지조차 모르고 지금까지 흘러온 것 같다. 나는 그저 흘러가고 있을 뿐이다.

아무튼 이런 생각을 하면서 군산항까지 흘러갔다. 군산 하늘 역시 흐렸다. 군산에도 곧 눈이 올 것 같았다. 그래서인지 군산 앞바다가 멀리까지 보이지 않았다. 채만식 문학관 근처에 차를 멈췄다. 바람이 제법 세게 불었다. 파도가 일렁였다. 파도 소리에 초봉이 울음소리가 안쓰럽게 들려왔다. 고태수가 늙은 김씨 남편 손에 들린 방망이로 죽은 모습을 보고 한없이 울음을 쏟고 있는 초봉이 모습이 떠올랐다. 형보의 소름 돋는 웃음소리도, 초봉을 바라보는 나이 많은 박제호의 느끼한 웃음도, 청년 승재를 바라보는 초봉이의 애틋한 눈빛도 모두 파도 소리가 되어 나에게 흘러왔다. 왠지 모를 묵직한 느낌도 따라 밀려 왔다. 형보를 받아주지 못하는 초봉이가, 초봉이에게 인정받지 못하고 사회에서도 인정받지 못하는 형보가, 미두장으로 돈을 벌겠다고 드나들었던 정 주사가, 그들 모두가 타고 흘러가고 있는 물결이 안쓰러웠다. 왜냐하면 그 물결은 지금 나에게 흘러 왔다고 군산 앞바다가 말하고 있었기 때문이다. 나도 그들처럼 그렇게 흘러갈 것이다. 초봉이가 흘린 눈물은 내가 흘린 눈물이 되었고, 형보처럼 잔뜩 그늘진 사람들이 얼마든지 나를 지나가고 있을 것이다. 어쩌면 형보까지 이해해야만 한다고 채만식이 말하고 있는 듯 했다. '그 모든 것을 안아주면서 흘러가야만 된다고' 그는 그런 말들로 나를 반기고 있었다. 하지만 그의 목소리는 쓸쓸히 들렸다.

나는 조심스럽게 건물 안으로 다가갔다. 나를 따라 흘러오던 군산항 바람은 현관문을 쌩하니 흔들고 가 버렸다. 건물 안은 조용했다. 사무실 직원들 외에는 관람객은 없었다. 천정 불빛은 은은한 것이 따뜻했다. 중절모를 쓰고 있는 청년 채만식은 나를 보고 조용히 웃고 있었다. 그런 그의 모습이 마음에 들었다. 펜 끝에 남겨진 원고지 위에 쓰인 그의 글씨를 보았다. 외로움이 물씬 묻어나는 날카로운 글씨였다. 글씨 아래 흐르고 있는 그의 생각을 읽어 내려갔다. 전시관 한쪽 구석에는 골방에서 혼자 글을 쓰고 있는 그가 있었다. 그런 그를 안아주고 싶었다. 내 모습이 보였기 때문이다. 글쎄. 그는 내가 얼마만큼 그의 생각을 담을 수 있는 사람인지 떠 보고 싶었을 것이다. 그가 물었다.

"당신을 여기까지 흘러오게 한 것은 무엇이요?"

"글... 쎄... 요.."

나도 그에게 물었다.

"내가 당신이 타고 있는 물결 어디쯤 보고 있을까요? 저는 당신이 탄 물결 속에서 당신과 함께 흘러가고 싶어요. 하지만 당신은 안 될 것이라고 말하고 싶은 거죠? 당신이 말하지 않아도 다 알고 있어요. 이렇게 당신을 뵙게 되어 반가워요."

" ... "

그는 말이 없었다. 전시관 문을 조용히 닫고 나왔다. 들어가기 전보다 군산 앞바다는 더욱 탁하게 흐려 있었다. 하늘도 탁류를 따라 흘러가는가 보다. 흐리다. 철새들은 모래사장 위만 기웃거리고 있었다.

미두장이 인생을 흐리게 하던 군산! 어느 여자가 안쓰러운 인생길로 들어선 곳! 야심 찬 누군가를 괴롭게 하던 곳, 그런 곳 군산 앞바다는 말없이 흐려지고 있었다. 어디 인생을 흐리고 있는 것이 미두장만 있겠는가. 어디 미두장이 군산에만 있었겠는가. 미두장이 없는 지금도 누군가의 인생은 어디서든 흐려지고 있을 것이다. 나는 군산 앞바다를 똑바로 바라보았다. 흐린 겨울바다 위로 철새 몇 마리가 낮게 날갯짓을 시작했다.

군산 앞바다를 기웃대고 있는 철새! 또 다시 살던 곳으로 날아가야 하는 철새! 내가 찾던 탁류의 근원을 철새는 알고 있을 것 같았다. 철새는 흘러가는 많은 물을 보았을 것이다. 그 물에는 청류도 있었을 것이고, 탁류도 있었을 것이다. 모든 존재는 물 따라 어디론가 흘러간다. 원하던 원하지 않던 그렇게 흘러가는 것이 인생인지 모른다. 물 따라 흘러갈 철새에게 물었다.

"내가 너를 따라 가려하는데, 어떤 준비를 해야 될까?"철새는 말이 없었다.

나는 그렇게 군산 앞바다를 오랫동안 바라보았다. 멀리 흘러가기라도 할 것처럼.

복권 - 나를 잊을 권리

살다 보면 눌러 있을 곳도, 떠나야 될 때도 뜬금없이 정해지기도 한다. 세상살이가 그러하듯 말이다. 며칠 전 살던 곳을 떠나기로 갑작스럽게 정하고 말았다. 이것이 잘한 것인지, 어떤지 생각할 겨를도 없이 정하고 나니 마음 편할 리 없었다. 보이는 것들은 그간 박힌 정을 뽑아낼 듯 낯설게 보였다. 늘 올라 다녔던 계단이 그렇고, 슈퍼 집 간판이 그렇고, 타고 내리던 버스 정류장 표지판이 그렇고. 책을 봐도 제대로 눈에 들어오지 않았다. 하는 수 없이 학교 운동장으로 뛰쳐나갔다. 아무 생각도 하지 않으려고 힘껏 달렸다.

운동장 끝에 매달린 구름은 뿔 달린 사슴이었다가 흩어지고 있었다. 서너 바퀴 돌자 숨이 찼다. 자꾸만 떠오르는 생각들을 숨과 함께 내뱉으며 천천히 걸었다. 어느새 구름은 양떼가 되어 모여 있었다. 굵은 장미 넝쿨이 담을 따라 풍성하게 뻗어 있었다. 굵은 장미 가지 아래 반질반질한 것이 눈에 띄어 몸을 숙였다. 공 하나가 덩그러니 그곳에 있었다. 공이 운동장을 볼 수 있도록 엉킨 장미 가지를 제쳐 주었다. 공이 덩그러니 있다 한들 운동장 아이들 누구에게도 슬퍼할 권리는 없다. 공, 역시 내가 떠난다는 걸 알아줄 권리는 없다. 세상은 어차피 서로에게 무심한 듯 돌아가고 있으니까.

이방인 같은 그를 처음 본 것도 운동장을 달리던 날이었다. 그날에는 유난히 뛰는 것이 힘들었다. 뛰고 난 후 지친 얼굴로 학교 건너편에 있는 편의점으로 향했다. 편의점 유리문에는 하나를 사면 하나를 덤으로 준다는 초콜릿 1+1행사 광고가 유리문에 대자보처럼 붙어 있었다. 초콜릿 대여섯 개를 집어 계산대 앞에 놓았다. 그때 그가 들어왔다. 그는 삼십대 후반 정도 되어 보였고, 회색 근무복에, 끈을 길게 묶은 운동화를 신고 있었다. 그는 담배를 샀다. 계산을 하면서 은행과 관공서가 어디에 있는지 물었고, 복권도 달라고 했다. 편의점 아줌마는 복권은 주유소 옆에 있다고 일러 주었다. 복권? 복권이라는 말을 들었을 때 자기 한 일에 대한 대가를 요구하는 젊은이다운 당당한 패기가 느껴지지 않았다. 그가 하는 일도 신통치 않을 거라 단정 지었다. '쯔쯔쯔, 한창 일할 나이에 요행이나 바라고…'

그 후로도 복권 집에서 나오는 그를 몇 번 더 보게 되었다. 이쯤 되자 으레 주유소 근처를 지날 때면 복권 집을 쳐다보곤 했다. 이전에 늘 주유소 앞을 지나다녔지만 그곳에 복권집이 있는 줄 몰랐다. 간판조차 없는 복권 집은 형광등 불빛마저 흐려서 눈에 잘 띄지 않았다. 문짝은 잘 맞지 않아 삐딱해 보였다. 그는 삐딱한 문도 당당히 닫고 나왔다. 처음 보았을 때보다 더 한심해 보였다. 그런 그를 딱 코앞에서 마주친 적이 있었다. 아파트 엘리베이터 앞에서였다. 순간 무척 당황했지만 그는 나를 모르는 듯 했다. 그는 3층, 나는 4층 버튼을 눌렀다. 그가 내리자 나는 안도의 한숨을 내 쉬었다. 따지고 보면 그와 같은 아파트라는 것도 아무 상관없는 일이다.

이제 막, 한심해 보이던 그의 얼굴이 익숙해지고, 삐딱한 복권 집 문이 눈에 익게 되었는데 떠나야 된다. 내가 떠난다 해도 그가 슬퍼할 아무런 권리는 없다. 맞았다! 이 동네 누구도 내가 떠난다고 슬퍼할 권리는 없다. 떠나오던 날, 동네 주유소에 들렀다. 주유소 아저씨가 '얼마요?' 묻자 나는 잠시 머뭇거리며 손가락 넷을 펴 보였다. 아저씨는 한심한 듯 쳐다보았다. 그래도 아무 상관없었다. 나는 이집 기름 값이 마음에 들지 않는 것뿐이니까. 기름을 넣고 있는 중에 복권 집을 뚫어져라 쳐다보았다. 문은 여전히 삐딱했다. 잠시 화장실을 핑계로 복권 집 앞을 서성였다. 차마 문은 열지 못했다.

요즘 덩그러니 있던 공이 궁금해진다. 이사를 와서 보니 공, 딱 내가 그 신세이기 때문이다. 공은 아직도 그곳에 있을까? 점점 하늘은 어둑해지고, 별빛은 무심히 빛나고 있다. 나는 밤하늘을 사랑한다. 밤하늘도 이방인을 사랑하는가 보다. 이제껏 내가 싫은 내 모습까지 무심히 지켜봐 주었기 때문이다. 사는 곳이 달라졌다 해도 하늘은 여전히 머리 위에 있고, 나는 그런 하늘을 여전히 올려다보고 있다.

나는 늘 하늘을 보며 되지도 않는 글 때문에, 속을 긁어 대는 세상 때문에, 그런 세상사는 요령 모르는 내 자신 때문에 이런 저런 생각에 잠겼다. 이방인이 보는 하늘은 왜 이리 높은지. 자꾸 올려다볼수록 내 나이 동안 벗어 놓은 못난 모습들이 이곳 하늘까지 따라 온 것 같다. 아! 이젠 못난 구석을 잊어야 되는데, 잊어야 되는데….

생각해 보면 내가 그보다 더 한심스러웠다. 나는 그처럼 스스로 행동에 당당하지도 않았다. 어쩌면 그는 복권을 사기 위해서가 아니라 지긋지긋하게 싫은 자신의 못난 모습을 복권 집에다 싹 팔고 나왔는지도 모른다. 그래서 그렇게 늘 당당했나? 언젠가 못난 구석이 무겁게 내 가슴을 누를 때면 그 복권 집에 꼭 한 번 가고 싶다. 그래서 복권 몇 장과 내 못난 기억들을 바꾸고 싶다. 오늘 밤 하늘은 나에게 '나를 잊을 권리' 하나를 부여했다. 복권처럼 얇은 달빛을 본다.

어느 덧 달빛은 복권 집 형광등 불빛이 되어 번지고 있다. 밤하늘이 띄워 놓은 복권을 올려다본다. 오늘따라 흐릿한 달빛이 포근하다.

하루살이

바람은 하루살이 채이다. 하루하루 어딘가에 달라붙어 흘러가
지 못하는 찌꺼기를 걸러주는 그런 채이다. '어제'가 남긴 찌꺼기
들은 아침 속으로 배어든다. 찌꺼기가 많이 배어든 아침일수록 빨
리 떠나고 싶어진다. 밤사이 달라붙은 '어제'를 떼어 줄 바람을 만
나기 위해서다. 그것이 내가 아침이면 문을 떠나는 이유다.

오늘 아침엔 쉽게 일어나질 못했다. 밤새 바람이 집안 문들을
흔들어 댔기 때문이다. 무거운 눈꺼풀을 비비며 나갈 채비를 했
다. 어제처럼 현관문을 열었다. 손잡이를 잡고 돌리자마자 문틈
으로 바람이 매섭게 들이닥쳤다. 어디선가 이 바람으로 나무가 뿌
리째 뽑혔다는 소식을 들으니 지레 겁이 났다. 자꾸만 방문을 잡
은 손에 힘이 들어갔다. 그럴수록 바람과 문이 밀고 당기며 싸우

는 것만 같았다. 바람을 못 이긴 방문이 벽이 부서질 듯 소리를 내며 닫혔다. 쾅! 문이 낸 소리가 날카롭게 귓속으로 파고 들어왔다. 문이 달라붙은 찌꺼기를 향해 '제발, 떨어지라고!'라며 외치고 있었다. 그 소리는 생의 처음이자 마지막으로 내지른 절규처럼 들렸다. 그 소리는 하루살이다. 내일이면 들을 수 없기 때문이다. 오랜만에 들어 보는 문소리가 귀에서 떠나지 않고 있다. 아무래도 하루 종일 그럴 거 같다. 그 소리를 따라 문이 하고 싶었던 말은 무엇일까 생각한다.

나는 오랫동안 문소리를 듣지 못했다. 아니, 소리를 내지 못한다고 단언했었다. 생각해 보니 유독 문을 홀대해 왔다. 화를 참을 수 없을 때면 '쾅쾅' 천정이 울리도록 발로 걸어차기도 했으니까. 그랬어도 문은 아침이면 묵묵히 내게 하루를 터 주었다. 습관처럼 말이다. 오늘 아침도 습관처럼 문 앞에서 있다. 머뭇거렸다. 왜 서 있을까? 떠나기 위해서라고 해두고 싶었다. 맞다. 매일 이 문 앞에서 어제를 떠나왔다. 어쩌면 아침을 떠나왔는지, 문을 떠나왔는지도 모르겠다. 뭐라 말하기 어렵지만 오늘 이 아침만큼은 바람을 따라 떠나기 위해서라고 답하고 싶다. 지금처럼 세게 부는 바람 속에서는 내 안팎으로 달라붙은 찌꺼기들이 다 떨어질 것 같기 때문이다. 묵은 찌꺼기 없이 오늘을 한 생으로 마감하며 산다는 것이 얼마나 멋진가. 하루살이처럼.

　나는 문 앞에서 만큼은 하루살이이고 싶다. 하루 동안 달라붙은 찌꺼기를 다 떨어내고 또 다른 하루를 살고 싶은 하루살이. 그래서 매일 다른 기분으로 문을 마주하고 싶다. 문에 달라붙은 찌꺼기가 버거워질 때면 바람이 세게 불어 왔으면 한다. '꽝' 소리에 내 속에 메워진 묵은 찌꺼기가 떨어져 나가길 바란다. 그러면 우리 집 문도 가벼워질 테니까.

　이렇게 바람 부는 날이면 바람이 나를 잡아당기고 있는 것만 같아서 아무 것도 손에 잡히질 않는다. 나는 그저 이렇게 조용히 바람을 느끼고 싶다. 바람 부는 대로 바람을 따라 걷다 보면 어떻게 될까. 나도 바람이 되지 않을까. 하루살이 바람 말이다. 어쩌면 나는 바람이 아니라 바람 뒤에 숨은 침묵을 만나고 싶은지도 모르겠다. 그러고 보니 침묵이 문에게 흘러가지 못하고 달라붙어 있는 찌꺼기일지도 모른다는 생각이 들었다. 문이 비명처럼 내지른 소리에 그간 쌓인 하고 싶었던 말들이 떨어지기라고 했을까. 나는 문 앞에 서서 이런 생각을 했다. 어느새 바람은 문의 침묵을 깨우고 또다시 떠날 준비를 하고 있다.

곧, 나도 이 아침을 떠나야 된다. 지금껏 아침 앞에 서 있던 문은 찌꺼기가 달라붙은 하루일지라도 더는 달라붙지 않게 막아 주었고, 아침이면 새로운 하루를 만날 수 있도록 터 주었다. 한 차례 바람이 방 안을 휘돌더니 문 밖으로 사라졌다. 문에 달라붙은 찌꺼기를 떼어내는 듯 쎙했다. 나는 방문이 내지르는 소리와 바람 소리에서 쉽게 빠져 나오지 못하고 있었다. 문의 절규는 바람을 타고 집 안 곳곳에 울려 퍼졌다. 나는 꼼짝없이 문 앞에 갇혀 있었다.

문은 무엇을 향해 절규하고 있는 것일까. 흘러가지 못하고 달라붙은 찌꺼기를 향해서일 것이다. 생각해 보니 그 찌꺼기는 바로 '나'다. 문은 단 하루도 빠짐없이 방 안에서의 내 모습을 지켜보고 있었을 것이다. 어떤 날에는 이불 뒤집어쓰고 한숨만 쉬어대고, 커피를 마신다며 문을 들락날락거리며 휙 닫기도 하고, 하루 종일 헤드셋을 끼고 노트북을 뚫어져라 쳐다보기도 하고, 훌러덩 벗고 처진 가슴과 뱃살을 움켜쥐고 거울을 보던 모습도 다 지켜보았을 것이다. 이런 내가 문에겐 제발 떨어져 주길 바라는 찌꺼기였을 것이다. 부끄러웠다.

현관문이 바람결 따라 닫혔다. 밖을 나오니 바람은 더욱 세차게 거리를 휘젓고 있다. 그 소리는 내일이면 들을 수 없을 거 같아 더욱 고개를 바짝 들었다. 바람은 얼굴부터 와 닿아 차츰 몸 전체가 바람 속에 파묻혔다. 오늘은 이렇게 바람과 함께 붙어 있고 싶다. 점점 더 세게 바람은 거리의 찌꺼기를 걸러내고 있었고, 나는 그런 거리의 움직임에서 눈을 뗄 수 없었다. 바람은 저리로 불어가고 있었지만 여전히 귓속에서는 이쪽에서의 바람 소리가 나를 붙잡았다. 어쩌면 바람이 비어 있는 자리는 바람 소리가 채우러 오는 거 같았다. 바람이 세게 불어올수록 점점 바람 속 깊이 들어와 있는 거 같았다. 나는 그 순간이 좋았다. 바람이 한차례 저만치로 불어 갔다. 잠시 후 다시 내게로 불어 왔다. 바람과 나는 이렇게 엉켜 시간 저 끄트머리까지 가고 싶다. 이렇게 바람 속에서 바람을 쓰고 싶다. 문도 내가 그렇게 해 주길 내심 바라고 있을 것도 같았다. 바람이 와서 자신의 소리를 내게 해 주기를 기다리고 있는 것처럼 말이다. 하지만 앞으로는 습관이 아니길 바란다. 바람도, 나도.

휘 익. 이번 바람은 길고 셌다. 길 위에 먼지가 날리더니 저만치 휴지 조각들이 하늘을 가리고 있다. 바람이 걸러내야 할 것이 많은 아침이다. 귓속에서는 아직도 우리 집 방문 소리가 쟁쟁하다. 분명한 것은 하루 동안 바람 소리 속에서 오늘을 걸러내기 위해 손과 싸울 거라는 것이다.

분별(分別)

　빛은 꽃잎에 생기를 돋운다. 아직 여름이 오려면 한참이나 멀었는데 꽃잎에서 봄다운 생기가 보이지 않는다. 아마도 일찍 찾아온 더위로 봄꽃이 지고 있기 때문일 것이다. 계절은 오고가는 때의 분별을 빛으로 던진다. 와야 할 계절이 성급하게 왔을 때 빛이 던지는 분별은 다소 혼란스럽다.

　빛이 후끈한 열기를 촘촘히 던지고 있는 5월이다. 봄도 아닌 거 같고, 여름도 아닌 거 같고 아무튼 그렇다. 정오가 되면 분별없이 숨이 턱턱 막혀 온다. 이런 분별없음도 인생의 커다란 흐름 속에서는 아름다운 빛이 된다. 잘 보이지 않던 아쉬움의 빛이 촘촘히 박혀 있기 때문이다. 분별 때문에 놓친 게 많을 때에는 더욱 그런 생각이 든다.

오후. 몇 걸음 걷자 이마에 땀방울이 맺혔다. 이럴 때에는 책을 읽으며 빛이 분별을 던져 줄 때까지 기다리는 게 상책이다. 저녁이 되자 더위도 조금씩 성글어지고 있다. 읽고 있던 〈닥터 지바고〉를 잠시 덮었다. 줄넘기를 챙겨 옥상으로 올라갔다. 해가 지고 있다. 빛은 밤을 마중하는 듯 성근 먹빛을 산자락 위로 던지고 있었다. 낮 열기를 빨아들인 녹음 위에 옅은 어둠이 제 색깔에 덧칠이라도 하듯 짙어져 갔다. 코마로브스키가 라라에게 던진 말이 귓가에 먹물처럼 번졌다.

"세상에는 두 가지 종류 남자가 있소. 첫 번째 남자는 고매하고, 순결하지. 세상의 존경을 받는듯하지만 멸시를 받고 있소. 특히 여자에게는 불행을 잉태하는 남자지. 하지만 또 다른 남자는 고매하지도, 순결하지도 않지만 살아 있소."

코마로브스키가 라라에게 창녀라면서 뺨을 내리칠 때 냉랭한 눈빛이 먹빛 속에서 번뜩이고 있었다. 라라의 분노가 하염없이 먹빛에 떨어지고 있었다.

혹여 스치는 사람들 중 누군가에게 사랑을 던지게 되는 순간이 올 수도 있다. 특히 대상이 남자일 때에는 어떤 분별을 가져오게 될지 모른다. 때로는 그 눈빛에 분별도 잊을 수 있다. 그랬어도 그 순간은 아름답다. 말로 표현할 수 없는 고매하고 순수한 그런 것이 찾아오기 때문이다. 그때에는 분별을 드러내는 말이 눈빛 속에 잠겨든다. 코마로브스키는 라라에게 창녀라며 비난했지만 그도 어떤 면에서는 고결하거나 순수하지 않다. 하지만 그들은 나보다 훨씬 고매하고 순수하다. 적어도 사랑 앞에서는 거짓이 없었으니까. 그것이 내가 아름답지 못한 이유다.

숨차도록 줄넘기를 했다. 이마에서 땀이 흘렀다. 뛰면서 얼마전 알게 된 그를 생각했다. 그는 분별없이 찾아온 남자였다. 그것도 늦은 나이, 고매함과 거리가 먼 결혼 후 찾아온 사랑이었다. 결혼 후 찾아온 사랑이 고매하고 순결할 수 있을까. 결혼은 사랑에 이끌리는 대로 충실하면 할수록 세간의 시선이 고매하거나 순결과는 멀어지기 때문이다. 그는 내 고매한 결혼 생활에 금을 그은 코마로브스키가 말한 두 번째 남자에 가까웠다. 하지만 그의 눈빛은 첫 번째 남자에 가까웠다. 우연히 알게 된 그였지만 분별도 잊게 한 그의 눈빛 속에는 촘촘한 그 무언가가 있었다. 나는 그런 그의 눈빛을 보는 게 좋았다. 그의 눈빛은 첫사랑의 눈빛을 닮아 있었다.

그와의 마지막이 떠올랐다. 이사를 결정하고부터 지인들에게 떠남을 알리기로 했다. 그를 포함해 몇몇 지인과 이사를 핑계로 약속을 잡았다. 가볍게 점심을 먹으면서 의외로 많은 말을 하지 못했다. 그도, 나도 밥그릇을 앞에 두고 수저질만 했다. 그는 낯선 곳에서 잘 살라고 했고, 나는 그러겠다고 간단히 답했다. 문제는 그 다음이었다. 모두 각자의 차를 타기 위해 걸었다. 나와 몇 사람이 버스를 타기 위해 정류장으로 걸었다. 불현듯 무언가 허리를 감싸는 느낌이 들었다. 순간 머릿속은 까만 불길이 덮쳐들었고, 나는 소리쳤다.

"지금 뭐하시는 거세요?"

그도 당황했다. 그는 나를 모르는 사람처럼 나를 대했고, 나도 이렇다 말도 없이 휙 돌아섰다. 여러 날이 지나고 그에게 전화가 왔다. 받지 않았다. 문득 찾아온 스무 살 적 풋풋함이 분별로 매몰차게 덮쳐진 것이다.

밀려오는 낯 뜨거움을 잊기 위해 줄넘기를 더욱 빠르게 돌리며 뛰었다. 순진한 라라에게 '매춘부'라고 한 코마로브스키 말이 굵게 들려왔다. 나는 솔직하지 못했다. 고매하지도 않았다. 내 자신이 고결한 척하지만 세상이 멸시하는 거짓이 많은 사람이기 때문이다. 오히려 사랑에 거짓이 없는 코마로브스키가 더 고매하다 생각했다. 어찌 되었든 나는 돈으로 사랑을 사는 코마로브스키보다 더 못한 사람 같았다.

결혼은 간혹 분별없이 찾아오는 것들을 향해 '지금'을 지키라고 외쳐 댄다. 이런 말은 간혹 고결한 척 들린다. 설령 내 결혼 생활이 고매함과 순결함을 지키기 위해서 전쟁하듯 살고 있다 해도 현실은 김칫국물 묻은 앞치마와 고래고래 소리를 질러 댄다. 이런 생활에 순수한 사랑이 어울릴까. 결혼 후에 사랑이 느껴질 때는 나에게 숨겨져 있던 순수를 발견하게 해 주는 상대나 젊음을 확인하게 해 주는 상대를 보게 되었을 때이다. 이때에는 그냥 말없이 느낌 그대로 느끼면서 살면 되는데 그것이 잘 안 된다. 사랑 앞에서는.

그 일이 있은 후 사랑을 대할 때에는 어떤 분별도 갖지 않기로 했다. 사랑은 느껴지는 그대로 느끼기만 하면 되는 것이다. 딱 거기까지다. 그것이 사랑에 대한 예우다. 헌데 이런저런 분별이 현실을 복잡하게 감고 있을 때에는 사랑도 대단한 용기를 필요로 한다. 사랑에 솔직할 수 있는 용기, 지금을 떠쳐나갈 수 있는 용기 말이다. 분별은 그런 용기에 별 도움이 되지 않는다.

내 경우 분별이 거짓만 키우고 있기 때문이다. 더욱이 사랑을 포기하게 한 단어가 떠올랐다. 그 말은 '아줌마'다. 맞았다. 나는 아줌마였다. 오는 사랑도 눈감아 버려야 하는 나이 좀 있는 아줌마. 아! 그런 아줌마지만 영화 속 주인공처럼 멋진 사랑 고백 장면을 상상하고 있자니 웃음도 나온다. 어느새 땀으로 속옷이 흠뻑 젖었다. 줄넘기를 멈췄다.

초여름. 분별없이 더웠던 열기도 어둠속에서 풀어져 가고, 나지막이 떠오른 초승달은 산자락 위로 성근 달빛을 던지고 있다.

화면 관계

　　"저는 옛날의 저를 오늘의 저로 끌어다 놓기 위하여 갖은 노력을 다하였듯이 당신을 햇볕 속으로 끌어 놓기 위하여 있는 힘을 다할 작정입니다. 저를 믿어 주십시오. (중략)" 쓰고 나서 나는 그 편지를 읽어 봤다. 또 한 번 읽어 봤다. 그리고 찢어 버렸다. (중략) 나는, 어디쯤에선가, 길가에 세워진 하얀 팻말을 보았다. 거기에는 선명한 검은 글씨로 '당신은 무진읍을 떠나고 있습니다. 안녕히 가십시오' 라고 씌어 있었다. 나는 심한 부끄러움을 느꼈다. (김승옥, 〈무진기행〉, 민음사, 2012.)

　　어두컴컴한 하늘에 혼자 떠 있는 달이 안쓰러웠던 적이 있었다. 그때에는 햇볕 속에서 더 빛날 수 있을 거라 믿었다. 그래서 햇빛 아래로 끌어다 놓고 싶어 햇볕 파편 몇 조각을 흘렸다. 그렇게 따라 나온 달은 빛나기커녕, 어찌 된 것인지 아예 보이지 않는다.
파편 몇 조각이 신호를 잘못 보낸 거였다.

얼마를 기다렸을까. 버스가 오지 않는다. 아마 한 시간도 넘었
을 것이다. 슬슬 화가 났다. '시골버스가 다 그렇지 뭐!' 하며 돌아
서려는 순간, 길 저 끝에서 골골거리는 소리에 다시 한 번 쳐다봤
다. 버스가 느긋하게 정류장 앞에 섰다. 하루 열 대도 다니지 않는
시골인지라 이렇게 늦게라도 와 준 것이 고마웠다. 버스 안은 간
드러진 여가수의 노래와 노인네 냄새가 뒤섞여 묘한 냄새가 났다.
코를 찡긋거렸다. 아무런 내색 않고 차비를 내밀었다. 기사는 손
짓을 했다. 들어가 앉으라는 신호였다.

시골에서는 신호를 잘 알고 있어야 한다. 기사 아저씨들은 말
을 하지 않는다. 차비를 달라고 할 때에는 다른 곳을 보며 손에 힘
을 빼고 내민다. 뭔가 잘못 되었을 때에는 손에 힘을 주고 왔다갔
다 젓는다. 그것은 아니라는 것이다. 그러다 정말 언짢을 때에는
발에 힘을 주고 브레이크를 밟는다. 그리고 거울로 두 눈에 힘을
주고 쳐다본다. 긴 말도 하지 않는다. '뭐요?' 짧고 힘 있는 목소리
로 묻는다. 이런 기분으로 운전하면 분명 안전사고가 생길 것은

뻔하다. 그래서 나는 나를 사람은 몰라도 운전하시는 분들께는 공손해지고 싶었다. 어찌 되었든 나는 손님인 데에다 언짢게 할 의사가 없음을 최대한 예의를 갖춰 표현했다. 고분고분 들어가 앉았다. 흘러나오는 여가수의 노래에 버스 기사는 손가락으로 장단을 맞추고 있었다. 기사는 운전대를 부드럽게 돌렸다.

버스가 내리막길과 비탈진 곳에서는 덜컹거렸다. 그 순간 유리창이 흔들렸다. 보이는 것들이 흔들렸다. 기억도 흔들렸다. 묵은 기억과 함께 묻혀 있던 시간이 밀물처럼 밀려 들어왔다. 희미한 그의 이름이 허우적거리고 있었다. 정확히 말하면 아이디였다. 그는 막 시작하던 SNS 화면 속 친구였다. 친구지만 그렇다고 안다고 할 수도 없었다. 그의 이름도, 사는 곳도, 심지어 얼굴도 본 적도 없으니까. 그에 대해 아는 것이라고는 혼자 늙어 가는 남자라는 거다. 어찌되었건 그는 복잡한 기분을 몇 글자로 간단명료하게 잘 표현하는 SNS에 능숙한 친구였다. 그의 기분은 종종 어두웠다. 그 어두움을 때로는 술 잔속에, 때로는 음악 속에 흘려 놓기도 했다. 힘없이 나이를 먹어 가는 세상에 지쳐 보였다. 누구나 그렇게 늙어 가는 것이겠지만 나는 그런 그가 안쓰러웠다. 내가 위로할 수 있는 거라고는 댓글에 파편과 같은 햇볕을 흘려 놓는 거였다.

나는 그가 햇볕을 쏘이길 바랐다. 그의 글은 한때 '나'를 닮았기 때문이다. 그게 다였다.

어느 한 순간 그가 보이지 않았다. 원인은 댓글이었다. 나는 친구라 생각했는데, 그것이 착각이었던 것이다. 뭐라 썼는지 생각나지 않지만 그가 꽤나 언짢았는가 보다. 그래도 그렇지. 내게 일었던 느낌을 담은 글들이 일순간 사라진 것이다. 이럴 수도 있구나! 버튼 하나로 맺었으니, 우물쭈물 거릴 시간도 없이 버튼 하나로 끊어지는 것이 SNS인 것이다. 화가 마구 치솟았다. 내가 화가 난 것은 댓글도, 그 때문도 아니었다. 내 손끝의 움직임이, 느낌을 읽어내리던 내 감정이, 살아 있는 '나'라는 존재를 버튼 하나로 사라져버리게 한 SNS에 화가 났다. 한 달 간의 내 삶 한 부분이 사라진 것이다.

어찌 사람의 감정, 느낌이라는 것이 혼자서 저절로 생기겠는가. 사과 한 입 베어 '맛이 좋다'라는 말 한 번 하기까지 눈, 코, 귀, 입이 몸 구석에 있는 세포 하나하나가 사과를 만나, 보고, 입으로 깨물어 먹고, 먹는 소리를 듣고, 사과 향을 냄새 맡고, 온몸의 세포가 '맛있다' 느끼며 한 마디 내뱉게 되는 것이다. 그럴진대 내가 내

뱉은 느낌과 그 느낌을 담은 글들이 모조리 사라지다니! 순간 '죽음'이라는 단어가 스쳤다. 맞았다. 이건 어떤 면에서 죽음이었다. 감정 죽음. 한 달간 내가 남긴 살아 있던 내 흔적이 죽어 버린 것이다. 어두운 컴퓨터 화면이 주검처럼 느껴졌다.

기계가 주는 여러 이점은 고맙게 생각한다. 그렇다 해도 기계가 내 느낌을 주검으로 몰아버리는 것은 너무도 싫다. 싫어도 받아들이며 살아야 하는 것이 현실인 것이다. 지금은 지구 한 바퀴 돌아서 해결해야 될 일을 핸드폰 버튼 한번 눌러 일을 보고 있으니, 버튼 하나로 사람 하나 사라진 것이 뭐가 큰 대수겠는가. 문제가 있다면 기계를 이해하지 못하는 내게 있는 것이다. 더군다나 나는 기계를 타고 흐르는 신호를 모르고 있었다.

그 길로 차를 몰고 달렸다. 그에게 편지를 쓰고 싶었다. 사실 그게 아니었다고, 뭔가 오해가 있었다면 미안하다고, 그렇게 말하고 싶었지만 이 바보 같은 SNS는 그런 걸 어떻게 해야 되는지 보여 주지 않는다. 나는 느낌이 살아 있었으면 한다. 인간의 감정이 기계에 가려지기 싫다. 아주 세세한 느낌까지 온몸으로 느끼며 살고 싶다. 나는 기계 속에 무뎌지기 싫은 것이다.

나는 가끔 이 바보 같은 SNS 화면을 열고 들어간다. 혹시 그가 있지 않을까 싶어서다. 어두웠던 내 모습을 보고 싶어서일까. 아무리 찾아도 그는 보이지 않는다. 어쩌면 햇볕 속에 끌어 놓아야 할 것은 바로 나인지도 모른다. 누군가 나를 햇볕 속에서 끌어다 놓기를 기다리고 있는지도 모른다. 햇볕을 쬐여본 적 없는 이 바보 같은 가상의 바다 속에서 말이다. 그의 아이디를 누르던 버튼이 저만치 멀어지고 있다. 전원 꺼진 어두컴컴한 컴퓨터 화면을 보며 그에게 마지막 인사를 한다. 안녕히 가십시오.

만제정시(謾題庭枾)

　볕이 따갑다. 코로나다 뭐다 집에만 머물렀더니 들녘은 이미 가을이다. 논마다 누런색이 짙어가고 있다. 추석이 내일인데 동네가 조용하다. 전염병[14] 때문에 다들 내려오지 않는단다. 우리 집에도 작은 형님 내외만 잠깐 다녀간다고 한다. 조용하다 해도 명절 차례가 생략된 것은 아니기에 생선과 나물, 부침거리만 조촐히 사 왔다. 우편함에 농민신문이 수북이 꽂혀 있다. 대문 밖 뜨락에 동백 이파리가 얄밉게 햇빛에 반들거리고, 사철나무는 삐죽삐죽 살랑거린다. 장꼬방[15] 이끼가 꺼무스름하게 말라붙어 있다. 구부정한 담벼락 위로 볕이 쏟아지고, 끄트머리 감나무는 잎이 몇 개 달리지 않아 휑하다.

　작년에 감을 따다 아버님 허리가 삐끗했다. 몇 차례 침을 맞으러 다니시더니 봄이 되자마자 가지치기를 했다. 그 후로 예전처럼

14) 코로나 (Covid) 19
15) 장독대, 진도 사투리

싹이 돋지 않더니 감도 달리지 않았다. 아무리 봐도 감이 보이지 않는다. 이맘때면 퍼런 땡감이 올망졸망 달렸던 감나무다. 뭘 하는 것도 내키지 않고 댓돌에 앉았다. 뜨듯했다. 고양이가 감나무 가지를 타고 함석지붕을 조신하게 걷고 있다. 감나무는 기수가 되어 볕을 끌어 모으는 듯하다. 마당엔 볕이 오지게 퍼져 있다. 처음 보았을 때에도 그랬다. 언제였던가.

시댁에 첫인사 오는 날이었다. 대문에 들어서자 함석지붕 처마와 키가 같은 감나무가 첫눈에 띄었다. 추운 날이었지만 감나무는 따뜻해 보였다. 맨 꼭대기에 마른 이파리 하나가 달랑거리며 볕을 받고 있었다. 볕은 이파리에 쏠려 있었다. 볕은 이파리를 타고 마당으로 흘러내렸다. 마당에는 감빛이 돌았다.

그해 가을 묵직한 상자 하나가 택배로 왔다. 주홍빛이 고운 단감이었다. 감은 달았다. 추석이 지나 단풍색도 다 되어 떨어지기 시작할 무렵이면 감은 종이 상자에 담겨 보내 왔다. 그 후로 아기가 태어나고 돌이 될 무렵 올라온 것은 감이었다. 부모님은 올라오지 않으셨다. 아이들이 학교에 입학하고, 졸업을 몇 번 했어도 늘 부모님을 대신해 올라오는 것은 감이었다. 나는 감이 반갑지 않았다. 점점 달지도 않았다. 모르겠다. 입맛이 변했을 수도 있다. 그렇게 감은 큰 애가 중학교 졸업할 때까지 시부모님을 대신했다.

시댁으로 내려 와 살면서 감을 따기 시작했다. 첫 해 가을이었다. 감은 더없이 풍성했다. 함석지붕이 가려지도록 달렸다. 감 따던 날에도 볕이 좋았다. 남편이 감나무를 타고 올라갔다. 감은 끝에 망을 단 기다란 장대로 땄다. 툭툭 감꼭지를 건드리면 망 안으로 떨어졌다. 작은애는 가지를 잡고, 망이 다 차면 다른 장대로 바꿔 주었다. 어머니는 댓돌에 앉아 감 하나가 떨어질 때마다 탄성을 하시며 활짝 웃으셨다. 예전 같지 않은 어머니지만 또렷이 말씀하셨다. '아야! 감빛이 참 곱다. 맛나겠다!' 아버님은 감을 크기별로 추려내 광주리에 담았다. 그중에서 좋은 것만 따로 택배 상자에 담겼다. 상자는 넷이었다. 아들 셋과 큰집 주소가 적혀 있었다. 해마다 보내진 감도 두 분이서 따고 담고 해서 보냈을 것이다. 어머니는 오늘처럼 활짝 웃는 얼굴로 감빛 곱다는 말을 하셨을까.

볕은 예전같이 감빛으로 우루나니 쏟아지는데 감이 보이질 않는다. 볕이 기억을 끌어 모아주고 있다. 꺼끗한 가지에 감 떨어지는 소리가 귓속에 가득하다. 장꼬방 앞에 어머니 의자는 그대로

다. '감빛 좋다'를 연신 외치시던 어머니의 목소리도 여전히 들리는데 어머니는 없다. 지나간 일들이 보이지 않는데 보이고, 들리지 않는데 들린다.

난 자식들 생활에 무심한 어머니를 이해할 수 없었다. 어쩌면 그 무심은 무심이 아니라 쏠림이다. 어머니는 볕에 쏠려 있었다. 볕이 이리 좋은데 어머니를 가만둘 리 없다. 처음 시댁 대문에 들어서는 날에도 어머니는 바가지를 들고 부엌에서 광으로, 밭으로, 논으로, 마을회관으로 또 어딘가를 쉬지도 않고 다니셨다. 함석지붕이 버겁도록 달린 감은 어머니 몸도 버겁게 했을 것이다. 나는 그리 이해했다.

살면서 생기는 버거운 문제라는 것이 마치 감나무에 달린 감과 같다. 시간이라는 나뭇가지를 타고 감처럼 줄줄이 달린다. 함석지붕을 버겁게 하는 땡감처럼 가슴팍에 매달린다. 매달린 감은 언제 익을지, 몇 개가 달렸는지, 작년에 비해 큰지 작은지 그런 생각으로 머릿속을 휘젓는다. 문제라는 것도 결국 생각이 낳는 결과이지 않은가.

내가 파 놓은 생각의 웅덩이 속에서 허우적거리며 골머리를 앓는다. 곧 쏠림이다. 생각이 나에게 다른 사람에게 쏠려 있거나 일에 쏠려 매달리다 보면 익어도 떨어질 줄 모르는 감이 결국 썩고 마는 것처럼 삶의 문제도 그렇다. 하지만 버거움도, 허우적거림도, 서운함도 다 소용없다는 생각이 들 때가 있다. 감나무를 바라보듯 이렇게 앉아서 볕을 쬐면 된다. 이렇게 앉아서 볕을 쬐면 감이 있고 없고는 문제되지 않는다. 감이 없으면 없다고 보면 되고, 있으면 익어가는 것을 보면 되는 것이다. 그것뿐이다.

볕에 발등까지 따뜻하니 노곤하다. 삶의 진실이라는 것도 볕과 같은 것이다. 볕이 보이지 않는다고 정말로 없는 것이 아닌 것처럼 진실도 누군가 몰라준다고 없는 것은 아니다. 그렇다고 있다고 고집할 것도 아니고, 없다고 없는 것에 집착할 것도 아니다. 드러나지 않는 진실이라는 것도 생각지도 않은 다 말라 가는 이파리 하나가 볕을 불러들이는 것처럼 생각지도 않은 것, 그거 하나로 쨍하게 어둔 가슴이 밝아질 수도 있는 거니까. 단지 볕에 익어 갈 감이 있다면 행복일 수 있겠고, 없어도 나쁘지 않다. 볕이 있는 한 언젠가는 감은 열릴 테니까. 나는 그렇게 생각한다.

이덕무의 '만제정도(謾題庭桃)'가 떠오른다. 뜰에 아홉 그루 복숭아가 있는데 나무 아래서 나뭇잎을 따다 글씨를 썼다는 이덕무.

그는 해가 저물어 마루로 돌아와 보니 마음에 꼭 맞는 날 얻기가 매우 힘들다고 썼다[15]. 그렇다. 마음에 꼭 맞는 날을 얻기 힘들고, 마음에 꼭 맞게 감이 달리기도 힘들고, 마음에 꼭 맞는 사람 얻기는 더욱 힘들다. 내 생각의 범주가 세상 진리를 헤아리기 턱 없이 덜 영글어서 있는 것에 과분함인 줄 몰랐고, 없어서 서운함을 감추지 못했다. 감나무를 바라보며 볕 아래 앉아 있자니 떠오르는 감상이 있어 몇 자 적는다.

15) 이덕무(李德懋, 1741-1793), <영처문고(嬰處文稿)>, '만제정도(題庭桃)' 庭有九桃, 長與齊. 淸風徐集, 時展凉陰. 手携童子, 於焉其下, 拈筆摘葉, 隨意而寫. 日夕歸軒, 却顧一笑, 始覺適心亦不易得. 合論人生, 得適甚. 駟馬鼎食, 有時憂患. 一歲一月, 適者幾何? 復一日得之斯難. 彼至人, 無無憂, 雲遊天外, 以適終年. 六月之二十一日, 書于寓齋之第一桃樹下, 歲在壬午.

염증(炎症)

몸에 염증이 났다. 며칠 고되게 앓는 사람처럼 누워만 있었다. 늘 앉아만 있어서일까. 아랫배 쪽에 염증이 난 것이다. 염증은 열이 고여 생기는 것이다. 열이 어딘가로 빠져야 되는데 그렇지 못해 곪고 있는 것이다. 나는 이 염증을 떼고 싶지 않다. 염증도 때가 되면 사위지 않겠나. 염증에 무너지고 싶지 않다. 이렇게 나는 여름 내내 염증을 앓을 것이다. 염증 열을 끌어안아 볼 것이다. 그래야 되지 않겠나.

최립의 간이 산문선 들여다보고 있다.

'낭간권 서문'에 세상에 보기 드문 소나무를 그린 석양정의 부러진 팔을 보고 최립이 한 마디 농을 건넨다. '팔뚝이 부러져 봐야 명의가 된다는 건 세상의 의사를 두고 한 말일 텐데 어찌 그림을 그리는 자네가 팔을 스스로 부러뜨렸냐는 것이다.

　며칠 염증으로 누워만 있었다. 염증은 열이 고여 생기는 것이다. 나야 누워 앓았다지만 요즘 염증이 몸 안에만 있겠는가. '덥다'는 말이 아우성인 요즘이다. 세상의 열이 뜨거울 대로 뜨거운 요즘이다. 세상도 염증을 앓고 있다. 당장 집 앞 정원에 심어 놓은 대추는 자라지 못하고 떨어졌고, 밭에 심은 농작물은 열을 이기지 못해 타들어가고 있다.

　들리는 뉴스 지면에서는 군장성 갑질, 삼성 후계자의 선고 공판을 두고 뜨겁게 떠들썩하다. 보이지 않게 고여 있던 열이다. 염증은 터져야 낫는다. 고인 열은 터져야 한다. 차라리 더 뜨겁게 터져야 된다. 그래야 더 단단한 강철이 되는 것이다. 더 높은 열로 두들겨야 강한 철이 되듯이.

　이런 염증을 거쳐 더 강하게 거듭나길 기원한다. 팔뚝이 부러져 봐야 명의가 되듯이. 염증을 앓아 봐야 어떤 열도 이겨 낼 수 있는 내성이 생기지 않겠는가. 모처럼 비가 온다. 몸 속 열도 식어가고 있는지 조금 개운하다. 그렇게 염병처럼 더운 여름날이 가고, 말복이다. 모질게 세상을 달구던 땡볕도 수그러들었다. 그랬어도 염병 같은 날들을 그리워하게 될 것이다.

V

나를 수필하다

습독신어론(習讀新語論)
- 수필, 이어 온 것이 없다

오랜만에 같이 등단한 문우와 연락이 닿았다. 등단 이후 작품 소식도 듣지 못하고 있던 터라 목소리를 들으니 반가웠다. 한때 열의를 가지고 글을 쓰던 모습이 참 예뻤던 문우였다. 어찌 된 일인지 등단 후 작품 발표가 없어 소식이 궁금했었다. 그녀 말은 합평을 받을수록 회의가 들고, 쓸수록 겁이 나서 펜을 들지 못했다는 것이다. 그도 그럴 것이다.

현재 수필 문단은 수필을 모른 채 흘러가고 있다. 수필을 가르치는 선생님들조차도 잘 모른다. 서양문학 어느 장르 언저리쯤 되는 이론으로 겉치장만 하고 있을 뿐이다. 모두 수필을 붓 가는 대로만 쓰면 되는 줄 안다. 어찌 되었든 수필 작품에는 작가 목소리가 진술하게 담겨 가장 자기다운 글인 것은 확실하다. 그래서인지 수필가들은 자기애가 강해 남의 작품을 잘 읽지 않는 경향도 있다. 각기 다른 다양한 목소리가 작품에 담기다 보니 작품에 대한 견해를 주고 싶어도 어려운 것이 사실이다. 각자의 삶에서 건져진 소재이고, 시선의 차이가 있어 뭐라 의견을 내기에 망설여지는 것도 사실이다. 이런 가운데 공통으로 겹쳐지는 부분은 문법일 수밖에 없다. 그래서 합평할 때에는 문맥이 문법에 맞네 틀리네, 오타네 아니네 이런 국어 수업이 되기도 한다.

이와 같음은 어디에서 왔는가. 습독(習讀)하지 않은 데에서 온 것이다. 습독이란 무엇인가. 이규보가 이지(履之)에게 편지를 썼다.[17] 편지 내용을 간추리자면 이지가 이백과 두보에 비유하여 이규보의 글이 문채가 빛나며, 문장의 이익과 병폐를 논한 것이 정간(精簡)하고 격절(激切)한 것을 칭찬하니 -履之足下, 間闊未覯, 方深渴仰, 忽蒙辱損手敎累幅, 奉翫在手, 尙未釋去, 不惟文彩之曄然, 其論文利病, 可謂精簡激切, 直觸時病, 扶文之將墮者已 - 이규보가 다음과 같이 답한다. '시로 명성 있는 사람들 몇몇은 동파의 어구를 도용하고, 뜻을 낚아채어 스스로 잘난 체를 하고 있는데 이것은 옛사람의 것을 답습하지 아니하고, 스스로 잘난 체를 하여 이

17) 이규보, 김주희 역(1978), 答全履之論文書, <동국이상국집 26권>, 영인표점 한국문집총간, 한국고전번역원, 1990.

목(耳目)만을 놀라게 할 뿐'이라고 한다. -紛效東坡而未至者, 已不足導也, 雖詩鳴如某某輩數四君者, 皆未免效東坡, 非特盜其語, 兼攘取其意, 以自爲工, 獨吾子不襲蹈古人, 其造語皆出新意, 足以驚人耳目 - 그러면서 옛 사람의 체를 본뜨려는 자는 습독(習讀)한 후에 본받아 따라가게 되는 것이고, 그렇지 않으면 표절(剽竊)하기도 어렵다고 말한다. -凡效古人之體者, 必先習讀其詩, 然後效而能至也, 否則剽掠猶難 -

즉 글을 쓰는 자는 필히 옛 것을 정밀하고 깊게 읽어서 스스로 깨우쳐 익힌 후에 써야 된다는 것이다. 충분한 습독은 수필가에게 아름다운 꽃과 풍성한 열매를 얻기 위한 거름과도 같다. 습독이 없다면 뿌리를 내리지 못하고 사람들의 이목만 끌다 말 뿐이다. 이규보도 한때 습독하지 않은 것을 다음과 같이 적었다.

'젊어서부터 철없이 방랑하며 글 읽음이 그다지 정밀하지 못하여, 비록 육경(六經)·자사(子史) 같은 글도 섭렵만 하였을 뿐 근원을 궁구하지 못하였는데, 더구나 제가(諸家)의 장구(章句)를 다룬 글이겠습니까. 이미 그 글에 익숙하지 못하면서 그 체(體)를 본뜨고 그 어구를 표절할 수 있겠습니까. 이러므로 부득이 새 조어가 만들어지게 된 것'이라고 했다. 즉 이규보 역시 새로운 글을 창작하기에 앞서 옛 체를 습독하는 것을 중요시 한 것이다. 예로 문은 마음의 모양이라 했다. 체는 모양을 담아두는 그릇과도 같은 것이다. 어떤 감정, 느낌이 어떤 체에 담아 두면 잘 전달되고 오래 가는지 옛 문장가들은 습독하였고, 이를 적어 후세에 전했다. 중국은 위진남북조 문체를 양나라 유협이 〈문심조룡〉, 명나라 서사증은 〈문체명변〉에 엮어 놓았다. 두 권의 책은 학파가 있을 정도로 연구하고 있다. 즉 습독하여 다음으로 잘 이어가겠다는 중국의 의지다.

우리는 어떠한가. 신라 문창후 최치원은 변려체 최고 문장가로 이름을 떨쳤고, 고려 이규보는 이문화국(以文華國)의 대표 주자로 그 이름을 떨쳤다. 최치원은 현존 최초의 개인 문집인 〈계원필경〉, 이규보는 〈동국이상국집〉을 집필하여 남겼다. 하지만 우리는 부끄럽게도 최치원, 이규보의 문장에 대해 잘 모르고 있다.

묻는다. 고려 문장의 꽃을 피운 이문화국의 최고 문집 〈동국이상국집〉을 우리는 얼마나 습독하고 있는가. 〈동국이상국집〉에만 논(論), 설(說) 시(詩), 부(賦), 서(序), 기(記), 잠(箴), 명(銘), 잡저(雜著), 상량문(上梁文), 애사(哀詞), 비명(碑銘), 묘지(墓誌) 등 체(體)의 종류가 무려 25가지 있다. 이중 지금까지 이어오고 있는 체가 몇인가. 그뿐만 아니라 중국과 다른 문학 창작의 주요 이론이 담겨 있는데 수필가들은 이를 얼마나 알고 있는가.

수필이 저평가 되고 있는 것도 옛 체를 제대로 이어오지 못한 탓이다. 한국 수필은 에세이와는 다른 맛과 멋이 있으며, 여타 문학 장르와 다른 맛과 멋이 있다. 먼저 수필가는 습독을 통해 이 맛을 보았어야 한다. 그러고 나서 그 맛 바탕에 자기의 성정(性情)을 체로 담은 후 꾸며야 된다. 지금처럼 문법으로 문장만 다듬는다고 좋은 수필이 되는 데에 한계가 있다.

문은 마음을 받으며 마음을 잇는 끈과 같다. 습독은 그 끈을 잡고 무구한 역사 속에 보석처럼 빛나는 문인들의 심채(心彩)로 스며들어가는 것이다. 최치원에서 이규보, 이제현을 거쳐 조선 문장의 초석이 된 권근에서 신흠, 최립, 장유, 이덕무, 연암, 면암 등 유려한 문장가들의 문체를 습독하여 문장을 얻는다면 이는 몇 년 묵혀 온 문장인가. 아무리 천 년 묵은 산삼 뿌리가 귀하다지만 그에 비할 수 있겠는가.

습독은 수필에만 해당되지 않는다. 중국은 이미 오래 전부터 '동북공정'이라는 것을 계획하고 있다. 중국 영토 내 역사는 중국 것으로 하겠다는 것이다. 이것은 영토만의 문제가 아니다. 중국 영토 내 고구려를 기록한 광개토대왕비가 중국 것이 되면 한자로 쓰인 고문서, 비석 등 한자 문화는 모두 중국 것이 되는 것이다. 일제 식민지가 두 번 없으리란 법 없다.

다시 옛 체를 찾아 이어가지 않으면 우리는 또 다시 비굴한 문화 식민지를 겪을 수도 있다. 창궐한 아름다운 꽃으로 피어났던 고전문학이 한자로 쓰였다고 다 중국 것이 될 수 없다. 요즘 AI가 글을 쓰고, 자음 'ㅇ' 한 글자로 대화하는 시대 고루하게 고전을 읽어야 되겠느냐 반문하겠지만 우리에겐 문을 전해 받은 자의 책무가 있다. 문장은 쉬이 얻어지는 것이 아니기 때문이다.

최치원은 모래 속에서 금을 찾는 심경으로, 이규보가 알아주는 사람 없는 문인으로 붓을 든 죄를 스스로 물어가며 남긴 심채(心彩)의 끈을 모른 척해서는 안 될 것이다. 이쯤에서 끊어진 것을 찾아 다시 이어 놓아야 된다. 그렇게 되면 그 다음 수필, 누군가는 더 새롭고 아름답게 엮어 가지 않겠는가. 이것이 수필가에게 필요한 습독의 이유다.

수필 촌평

얼마 전 모 문학창작지원금 수필 부문 심사평을 읽었다. 긴 심사평을 짧게 요약하자면 대부분 일상을 소재로 잡다하기 그지없고, 실험작을 기대한다는 내용이었다. 요즘은 수필가가 아니더라도 다양한 분야 유명 인사들의 수필, 에세이, 산문이라는 제목 하에 정치적, 철학적, 교훈적인 내용에 자기 목소리를 담은 글들이 쏟아지고 있다. 저서는 많지만 거의 비슷한 분위기다. 심사위원도 새로운 분위기의 글들을 만나고 싶어 촌평에 내비쳤을 것이다.

한 권의 수필집은 새로운 삶과 같다. 수필가는 살면서 한 꼭지 한 꼭지 하고픈 말을 안으로 쌓아 놓는다. 그래서 긴 시간 동안 안으로 쌓여 넘친 글은 밖으로 펼쳐내고 싶을 때가 온다. 수필집 한 권은 우주에서 만난 한 인간의 목소리이기도 하다. 그런 수필집

첫 장은 넘기면서 마구 설렌다. 어떤 세계를 담고 있을지 첫 문장에 대한 궁금증으로 떨리기도 한다. 그런데 요즘에는 몇 장 넘기다 말고 덮는 경우가 대부분이다. 수필집에 담긴 지식은 백화점 판매대 상품처럼 잘 포장된 듯 보이고, 살아온 경험은 훈계적이며, 훈계는 대차서 그만 기가 죽는다. 내 경우에는 그렇다.

혹자는 수필은 이것저것 붓 가는 대로 쓰기만 하면 다 담을 수 있고, 담길 수 있는 것이라 생각한다. 그래서 잡다한 것으로 단정 지어 하찮게 여긴다. 어떤 이는 이런 면을 두고 잡문(雜文)이라고도 한다. 고문(古文)에서는 공적(公的)인 문서에 해당하는 글의 종류 외 개인적인 글은 잡록(雜錄)으로 따로 묶었다. 잡록이나 잡문은 여러 가지 글의 종류가 섞여 있다는 의미지 하찮은 글은 아니었다. 오히려 잡록에 심채(心彩)가 고와 지금에 봐도 아름다운 수필이라 할 수 있는 글이 많다.

이쯤에서 수필의 시작을 잠깐 적어 보고자 한다. 많은 사람이 송나라 홍매의 〈용재수필〉을 수필의 시작이라 생각한다. 하지만 그렇지 않다. 〈용재수필〉은 수필이란 명칭이 문집 제목에 보이는 시작이지 수필이라 할 수 있는 문형의 시작은 아니다. 수필의 시작을 파헤치다 보면 고문의 문형 중에서 전부를 만날 수 있다. 유협은 〈문심조룡〉에서 전부에 대해 말하기를[18] "전(詮)은 저울에 달다는 의미고, 부(賦)는 운문의 형식으로 사물에 대해 폭넓으면서도 상세하게 서술한 것이 특징이 있으며, 〈시경〉의 영향을 받았다"고 한다. 즉 시의 창작 방법 중 하나였던 부(賦)로 쓰인 산문이 점점 문체로 자리 잡은 것이 수필의 시작이라 할 수 있겠다. 산문 중에서 문은 작가의 마음이 실린 글이며, 마음이 실리지 않은 것은 필(筆)이라 한다. 어찌 되었든 수필은 언어 예술인 문학이다. 작가 마음을 들여다 볼 수 있기 때문이다. 수필은 작가 마음이 곧, 예술이 되는 것이다.

그렇다면 문(文)에는 어떤 의미가 있는가. 예로 문에는 '유지하다'라는 뜻이 있어 감정이나 품성을 올바르게 지켜 맑은 상태가 된 후에 붓을 잡는 것이며, 그때 붓 가는 대로 쓴 산문이 수필이 될 수 있다. 곧, 수필은 자기 안에 울리는 마음의 울림을 좇아 올곧게 유지하여 그 울림을 따라 쓰는 것이다. 그렇게 쓴 문장은 아름답다. 또 누군가에게 약(藥)이 되기도 한다. 약과 같은 수필이 되기 위해서는 많은 지식을 보여 줄 필요는 없다. 대차게 고집이 세지도, 걱정 넘치는 훈계가 아니어도, 세상을 향해 정치적이 아니어도 된

18) 유협, 성기옥 역, 문심조룡, 지식을만드는지식, 2012, 46쪽.

다.

　수필에서 실험은 무엇인가. 수필에서 무엇보다 중요한 것은 현
실을 바라보는 작가의 내면에 있다. 수필가는 현실과 부딪히면서
끊임없이 평정을 유지하기 위해 분투해야 한다. 그 과정에서 고뇌
와 번민, 반성, 고찰 이런 것들이 문에 촘촘히 배어 무늬를 만들고,
무늬는 시간이 지나면서 향기를 담아낸다. 곧 수필가는 무늬와 향
기를 유지하기 위한 실험을 해야 한다. 그런 작가의 상황을 나는
선정이라 하고 싶다. 수필가는 마음을 한곳에 모아 참되고 바른
이치를 생각하고, 괴로움을 떠나서 고요한 경지에 이르게 하여 움
직이지 않는 상태인 선정[19](禪靜)을 유지해야 한다. 선정은 특정
종교인만 가능한 것이 아니다.

　수필가는 선정에 들듯이 글을 써야 하며, 선정에 들기 위한 실
험을 해야 한다. 여기서 선정은 쉽게 말하면 설거지다. 작가 자신
이 안에서 치밀어 오르는 번민과 밖에서 솟구쳐 오르게 하는 세
상의 온갖 것을 설거지해야 한다. 설거지를 어떻게 해야 될지, 어
떤 상태로 닦을 것인지, 무엇으로 할 것인지 끊임없이 실험해야 한
다. 그래서 맑고, 깨끗하고, 개운한 상태를 유지한 순간 붓을 들어

19) 원효, 조용길 외 1인 역, 금강삼매경론 상, 동국대출판부, 2002, 43쪽.

야 한다. 그 순간을 따라 쓴 문장은 아름답다. 간혹 어느 시골농부의, 세상 끝에 서 있는 노동자의, 까막눈 할머니의 삐뚤거리는 글에서 묵직한 울림이 단어 사이사이에 박혀 있는 글을 만날 수 있다. 그런 글이 아름다운 수필이 된다. 수필은 굳이 수필가가 아니더라도, 문학 이론을 모르더라도 누구나 쓸 수 있지만 아무나 쓸 수 없다. 내게 수필은 그런 것이다.

자꾸만 '수필'이 뭔지 내 속에서 물어온다. '수필', 그 짧은 단어에 답문이 길어지고 있다. 몇 줄 써 놓고 창밖을 바라본다. 해는 겨울을 꼿꼿이 바라보고 있다. 언 땅 위를 초록 과자 상자 같은 버스가 기어가고 있다. 이 추운 날에도 오늘을 유지하기 위해 저리 다니는가 싶어 대견스럽다. 밖은 풍경을 따라 겨울다웠다.

간밤 술 취해 들어온 남편은 아직까지 자고 있다. 술국 타령이 슬슬 기어 나올 때가 되었는데 아직 아무런 기척이 없다. 심사가 복잡하다. 내게 오늘은 이렇게 수필이 돼 가고 있다.

부(賦)

오랜만에 수필동아리 후배들과 작품 합평에 참여했다. 사람들
이 모이면 말도 많아지는 법이다. 사람들의 말에는 저마다 기준이
실려 있다. 그런 기준 몇 줄로 나는 평가된다. 내 느낌과 다른 말을
들으면 거리감이 생긴다. 누군들 그렇지 않겠는가. 차이가 간혹
날카롭고 차가운 공격이 되기 때문이다. 거리가 클수록 말수는 적
어진다. 그들의 작품을 조용히 읽었다. 저마다 기준은 달랐다.

누군가 내 작품에 대해 말했다. 왜 어찌해서 그리 하게 되었는
지, 작품 배경이 되는 곳은 어디인지가 구체적으로 드러나면 작품
이해에 도움이 되겠다고 했다. 머뭇거렸다. 제출했던 작품은 몇
년 전 써 놓은 것이다. 사실 얼개는 훨씬 전에 짜 놓은 것이다. 처
음 쓴 초고를 보니 그들이 요구한 그러한 내용으로 썼다. 사실 그

들의 말대로 쓰다 보면 수필이 아닌 소설이었다. 잠자코 그리 하 겠다고만 했다. 그들은 이제 쓰기를 시작한 후배들이었다.

막 수필을 시작할 때에는 내가 중심이 된 이러저러한 생활 속 에 겪은 사건과 인물들로 얻은 감상이나 의견 위주가 된다. 그렇 게 써야만 수필이라고 생각하는지 저마다 비슷하다. 하지만 쓰면 쓸수록 수필의 맛은 그게 아니다. 수필의 맛은 말이 떨어져 나가 야 생긴다. 말이 떨어져 나간 자리에 침이 고이고, 새로운 맛이 생 긴다고 해야 될까. 내 경우는 떨어져 나가는 데에 네 단계를 거친 다.

첫 번째는 허무는 단계다. 글을 위해 무너뜨리는 것이다. 먼저 두껍게 쌓인 묵은 감정을 표현하는 단어가 떨어져 나간다. 책 읽 기를 좋아하여 활자 양이 가슴속에서 넘쳐 나오기 시작하면 글이 라는 것을 끄적거린다. 수필은 그렇게 시작한다. 처음 쓸 때에는 감정을 다루는 표현이 많다.

가령 좋다, 나쁘다, 슬프다, 흐뭇하다, 마음이 아프다, 섭섭하다 같은 감정을 드러낸다. 신변 잡다한 생활 소재에 감정을 직접 드 러내다 보니 감정풀이 수다가 된다. 책 한두 권 엮을 정도로 쓰게

되면 수다에도 한계가 오고, 제일 먼저 떨어져 나가는 것이 감정이
다.

한 작품 한 작품을 쓰면서 가슴속이 후련해짐을 스스로 느낀
다. 그 동안 짓눌려 있던 감정이 글로 풀어지는 것이다. 자신도 모
르게 가슴 저 밑바닥에 가라앉아 있던 서글픔, 슬픔, 억울함, 비통
한 감정이 글로 토해지면서 짐처럼 누르던 사물과 존재에 대한 인
식도 양파껍질처럼 하나씩 하나씩 떨어져 나간다.

차츰 작가 자신이 가벼워지고 있음을 스스로 느낀다. 한처럼
맺혀 있던 응어리가 풀어지니 오죽하겠는가. 그러면서 사물과 나
사이 장애물이 하나 둘씩 떨어져 나간다.

사실 사라지거나 없어진 것은 아니다. 변하는 것이다. 작가의
마음이 화학적으로 변해 전해 없던 느낌이 생긴다. 힘들고, 슬프
고, 어둡고, 거칠고 무거웠던 감정이 뭐라 말할 수 없이 좋은 힘을
지닌 느낌으로 변한다.

나를 힘들게 했던 사람이나 고된 경험, 혹은 사건은 예나 지금
이나 있던 그대로 사실은 맞다. 중요한 사실은 변해 가는 '나'다. 그
러면서 보이지 않던 구석과 사물이 보이기 시작한다. 점점 사물,
존재 사이 거리가 생기기 시작한다.

이 거리는 남남이나 사이가 먼 거리가 아니다. 좀더 잘 들여다 보기 위해 조준하고 있는 거리다. 이렇게 쓰다 보면 점점 두 번째 단계에 들어간다.

두 번째는 다리를 세우는 단계다. 이때에는 형용사가 줄어들 어, 세세한 수식어구가 줄어든다. 주로 주어와 동사로 쓴다. 주어 와 동사가 나와 사물 사이 다리가 되어 세워지는 단계다. 주어와 동사로만 쓴 문장은 느낌을 강하게 가두는 효과가 있다. 이렇게 쓰다 보면 사물과 나 사이 굵직한 선이 생긴다.

선 안에 느낌이 고여 드는 것이다. 아름다운 형용사 수식 표현 이 없는데도 아름다운 느낌이 자연스럽게 느껴지는데 나는 쓰면 쓸수록 이런 느낌이 묘하게 다가왔다.

세 번째는 털어 내는 단계다. 먼지 털 듯 지식을 털어 내는 단계 다. 지식은 좀처럼 털어 내기 힘들다. 잘난 '나'가 되기 위한 도구와 같기 때문이다. 지금까지 나를 돋보이게 하는 화려한 장신구였던 지식이 '나'의 경험 속에서 녹아 수용할 수 있는 것만 남고 나머지 는 떨어져 나간다. 그렇게 걸러진 지식은 나만의 언어로 다시 내 뱉게 된다.

네 번째는 건너는 단계다. 사물과 나 사이 놓인 다리를 건너는 단계다. 불필요한 말들과 미사여구도 떨어져 나가고 오직 사물과 나 사이 느낌이 다리처럼 만들어지게 된다. 이 다리를 잘 건너기 위해서는 끊임없이 관찰하며 써야 된다. 마치 토사물을 토해 내듯 써라.

그렇게 쓰다 보면 어느 순간 맑은 물이 나오는 것 같은 느낌이 든다. 그 순간부터 세상은 달라진다. 세상 모든 것이 아름다운 작품으로 보인다. 아름다운 세상을 그리는 데에 잘 쓰고 못 쓰고를 말할 수 있을까. 자기 느낌으로 느끼며 보는 것이다. 사물을 관찰하고 있으면 느낌이 솟아오르는데 이 순간 빠르게 스케치 하듯 써야 된다. 이 순간을 놓치면 느낌도 놓치기 때문이다.

그래서 분량도 기존 수필보다 짧다. 산문 같기도 하고, 시 같기도 한 글이 되는데 바로 부(賦)다.

나는 이런 식으로 글을 쓰고 있으니 너무 기존의 수필 틀로만 작품을 읽지 말아 달라고 말하고 싶었다.

각관(覺觀)

 각(覺)이 딱딱한 남자를 만난 적 있다. 서로 생면부지에서 교차된 일정이 있어 담소를 나누게 되었다. 그는 나이답지 않게 하얀 얼굴이었다. 웃음이 환했고, 몇 가닥 주름은 굵었다. 목소리는 음악처럼 조용하고 부드러웠다. 다소 퉁명한 어조였지만 한마디 한마디에 진심이 느껴졌다.

 그는 간략히 자기소개를 했다. 사업체를 크게 운영했는데 IMF 때 부도를 맞았다고 했다. 액수가 꽤나 컸다. 그 일로 부인은 어린 아이를 두고 집을 나갔다고 한다. 이 대목에선 힘을 주어 토로했다. 또, 많은 사람이 의미 깊은 곳에 관심을 갖기를 바라며 같은 곳의 사진을 찍어 SNS에 올린다고도 했다. 그는 성실했다. 거액을 주무른 것처럼 자신의 일을 대하는 마음가짐은 거물급이었다. 아마 큰돈을 모을 수 있었던 것도 성실함 때문이었을 것이다. 짧은 인사 소절을 들으면서 험한 산 몇 개를 넘는 듯했다.

들으면서 각관(覺觀)이 떠올랐다. 좀더 이야기할 시간이 길었더라면 각관에 대해 이야기했을 텐데. 난 잠자코 듣고만 있었다. 초면인지라 불쑥 개인적인 의견을 말하기도 어려웠다. 그에게 하고 싶었던 각관을 적어 볼까 한다. 내 생각은 이렇다.

생각에도 여러 가지가 있다. 생각을 크게 둘로 나누면 하나는 일으키는 것이고, 또 다른 하나는 다듬는 것이다. 다시 말하면 생각은 일으켜 세심히 관찰하면서 다듬는 것이다. 여기서 일으킨 것은 각(覺)이고, 세심히 다듬는 것은 관(觀)이다.

씨실과 날실이 교차하여 옷감을 짠다. 마찬가지로 각과 관이 교차하여 한 생각을 이루어 행(行)으로 드러나는 것이다. 각은 사고 전체를 담고 있는 틀이나 윤곽선이다. 마치 집을 떠받치고 있는 기둥과 같다. 굵고 튼튼한 기둥으로 쓰일 나무일수록 껍질은 두껍고 거칠다.

반면 껍질을 벗겨낸 속은 아기 피부처럼 보드랍고, 섬유질 결이 섬세하고 촘촘하다. 각은 기둥으로 쓰이는 나무처럼 겉껍질이라 단단하고 거칠다. 울퉁불퉁한 거친 면이 외부에서 불어오는 역풍을 잘 맞기도 하지만 속을 지키고 보호하기 위해 역동적이고, 도전적이며, 직선적이고, 과감하고, 진취적이며, 망설임이 없으며, 신속하고, 외부로부터 부딪힘에 강하다.

또한 아래로 꺼진 지붕을 일으켜 세우고 전체를 온전히 보전하는 것에 맞춰 생각을 하다 보니 방향은 자연스럽게 위아래로 향하게 되어 수직적 관계를 중시한다. 세로로 놓이는 날실처럼 종(縱)적으로 생각한다. 나와 상대 사이에 나름대로 기준을 만들어 순서를 정한다. 따라서 각의 생각 흐름은 순서와 지킴이라 할 수 있다.

관은 세심하게 들여다보는 생각이다. 현미경으로 관찰하듯 세세히 살펴 아는 것이다. 그래서 관은 연대를 좋아하며, 협동적이며, 곡선이며, 융통성이 많으며, 씨실의 방향처럼 횡(橫)적이며, 홀로 우뚝하기보다 서로 섞이기 위한 방향으로 생각한다. 부딪힘이 있다면 부드럽게 다듬어 주는 역할을 한다.

각이 얼기설기 거칠다면 관은 기둥나무 껍질을 벗겨 낸 속처럼 부드럽고 오밀조밀 신중하며, 치밀하다. 기둥 나무로 치자면 속에 해당된다. 기둥을 세우고 나면 서까래를 올리고, 벽을 만들어 집 안을 꾸미고 정리하듯 각으로 전체적인 틀을 세웠다면 관은 속을 엮는 것이다. 겉이 더 단단히 세워질 수 있게 속을 엮는다고 해야할까.

각관은 한 쌍의 부부와 같다. 부부는 삶의 터에 가정이라는 집을 이룬다. 남편은 밖에서 불어오는 온갖 역풍을 맞서며 집의 기틀이 되는 버팀목과 같은 기둥이 된다. 부인은 안에서 여기저기 구멍 난 곳을 막아 주고, 비틀어진 곳은 펴 주며, 버팀목이 잘 버틸 수 있도록 찰진 흙이 되어 기둥과 기둥을 잇는 벽이 된다.

기둥은 밖으로 밀어내는 힘으로 차갑고, 단단하고, 거칠며, 벽은 안으로 끌어당기는 힘으로 부드럽고, 온유하며, 따뜻한 성질이 강하다. 그래서 안과 밖, 밀어냄과 끌어당김, 기둥과 벽이 조화를 이루어 집이 되고, 집 안에 가정이라는 꽃이 피운다. 각관도 그렇다. 각관은 생각이라는 집을 짓는다.

각(覺)은 기둥이 되어 전체의 버팀목이 되고, 관(觀)은 벽이 되어 안으로 거친 부분을 세심하게 다듬는다. 각이 강할수록 몸으로 하는 움직임이 크고 강하다. 많은 일을 하고, 일 속에서 사람들은 만나면서 온갖 경험을 하게 된다. 그 와중에 어느 순간 마음 시원히 와 닿는 순간을 만나기도 한다. 몸으로 얻는 깨달음인 신작증

(身作證)이다.

만나기 힘든 신작증이 온 것이다. 이때 더욱 촘촘히 자신의 생각을 관해야 한다. 각이 강할수록 관이 잘 안 된다. 관을 어찌하는 것조차 모르고 있을 수 있다. 강한 각에게 필요한 것이 인정이다. 잘 모르겠으면 무조건 마음을 열고 인정하며, 들어야 한다. 각이 강한 남자일수록 여자에 대한 인정이 잘 안 되는 것과 같다. 각관이 조화를 이루면 주변이 부드러워진다. 각관의 조화는 부부의 조화와 같다.

그에게는 깊은 상처가 있었다. 그는 한국을 떠나지 않으면 죽었을 거라고 했다. 부도로 인한 돈과 어린 아이를 두고 떠난 부인으로 불신과 원망이 깊었다. 돈에 관한 상처는 성실함으로 보상이 되겠지만 여자에 관한 상처가 남아 있다. 여자들은 모두가 돈이 없고, 힘들 때 떠난다는 생각이 깊다. 사람들은 누구나 상처를 준 사람을 원망한다. 그 시간이 길어지면 원한으로 남고 본인의 마음의 병만 키운다.

사실 따지고 보면 누굴 원망할 필요가 없다. 일과 여자로 인한 배신이 죽을 만큼 힘들어서 멀리 떠나 온갖 경험으로 내 안에 나를 가두고 있었던 딱딱하고 강하기만 각이 풀어지는 계기가 된 것이다. 그래서 지금은 누구도 쉽게 경험하지 못한 세상을 살았지 않은가. 그는 더는 이 세상에 여한이 없다고 했다. 그랬으면 된 것이다. 오히려 차분히 지난 과거 속의 자신과 함께한 인연을 생각해야 한다. 그의 강한 면 때문에 분명 힘든 인연이 있었을 것이다. 더는 원망을 멈추고 미안해야 한다. 그래야 강한 각에 움츠리고 있던 관이 서서히 스며, 이전과 다른 생각이 피어날 것이다.

난 그에게 뭘 알려줄 만한 자격이 되질 않는다. 그처럼 큰돈을 만져 본 경험도 없고, 다양한 사람과 많은 일을 해 보지도 않았다. 내가 알고 있는 지식도 서너 푼 가치도 없는 것이다.

다만 그가 행복한 가정을 이어가길 원하는 마음으로 몇 글자 적는 것이다. 더는 날선 각을 돋우지 말고, 다가오는 일을 가만히 보고, 들으며, 자신의 생각을 음악처럼 목소리에 담아 행복한 가정 이루시길 바란다.

새벽이 여여하게 옷을 벗다

옷을 벗고 있다. 하루에 서너 번씩 벗고 또, 입는다. 벌써 네 번째다. 땀이 움직일 때마다 등줄기에서 흘러내린다. 요즘에는 한증막과 같은 폭염의 나날이 계속되고 있기 때문이다. 잠깐 걸었는데도 축축하다. 후딱 윗옷을 벗어 던지고 싶었다. 허리 옷자락을 가슴 위까지 말아 왼손은 오른쪽 겨드랑이에, 오른손은 왼쪽 겨드랑이를 잡고 위로 말아 올렸다.

그런데 그게 잘 안 되었다. 끈적거리는 살과 옷에 젖어든 후덥지근한 체온이 엉킨 것이다. 다시 양손을 엇갈리게 겨드랑이 옆 옷자락을 잡고 뚫린 목 부분을 잡아당겼다. 이번엔 뒤꿈치에 옷이 걸렸다. 힘을 주다 말고 웃음이 나왔다. 옷을 뒤집어쓴 꼴이 번데기 같았기 때문이다. 그랬다. 나는 옷을 벗다만 번데기였다.

번데기도 옷을 벗는다. 번데기 옷에는 잔주름이 무수히 있다. 그 주름은 무념(無念)의 막(幕)이다. 무념의 막은 여여(如如)한 빛깔이다. 여여는 한결같다는 것이다. 올 때에도 그렇게 왔고, 갈 때에도 그렇게 가는 빛깔이다. 그렇게 온 것에는 어떤 엉킴도 없다. 어둠을 벗은 빛으로 물들었기 때문이다. 번데기는 늘어났다가 오그라들기를 수백 번 해도 그대로다. 축축해도 축축한지도, 더워도 더운지 모른다. 굼떠도 굼떠 보이지 않는다. 굼뜸까지 지키고 있기 때문이다. 번데기 옷은 이 땅에 태어날 때 가지고 왔던 그대로를 지켜 낸다. 술술 입고 벗으면서 말이다.

좋은 옷이 비싼 것은 아니다. 보이지 않는 안팎의 주름까지 잘 잡아줘야 한다. 번데기처럼 여여한 빛을 잃지 않도록 주름을 잡아 주는지도 모른다. 어떤 때에는 생각을 늘였다가 어떤 때에는 줄이기도 하면서 엉키지도, 뻣뻣하지 않게 하는 유연한 주름 말이다. 그래서 포대자루처럼 뻣뻣한 세상 속에서 날개를 펴게 한다. 여여한 것은 제 속 깊숙한 곳에 품고 있는 것을 한 꺼풀씩 구겨지지 않게 활짝 편 것일지도 모른다.

나도 옷을 입고 있다. 입을 때에도, 벗을 때에도 잘 안 된다. 지금 입고 있는 옷은 묵은 때로 얼룩덜룩하다. 또, 사십 년 넘게 입으니 싫증도 나고, 낡은 거 같고 아무튼 그렇다. 무념이 잘 안 돼서일까. 무념은 생각이 없는 것이 아니다. 엉킴을 일으키는 생각 자체를 하지 않는 거다.

난 여러 개 옷을 겹쳐 입고 있다. 어떤 옷은 정말 입기 싫지만 입어야만 한다. 앞치마를 두르고 설거지를 해야 하는 옷은 어쩔 수 없이 입어야만 하는 옷이다. 그래도 책상 앞에 앉아서 가만히 펜 끝에 생각을 모으게 하는 옷이 제일 편하다. 이 옷만 입으면 가장 나다운 내가 되는 거 같아서 행복하다. 이 옷만큼은 하루 종일, 아니 평생이라도 벗고 싶지 않다.

때에 따라 늘이고 줄이기를 잘해야 되는데 그 조절을 못하고 있는 것이다. 늘어난 것에만 머물고 싶은 것이다. 그래서일까 요즘에는 자주 엉킨다.

새벽이다. 연보라 빛이 포대자루 같은 산봉우리에 풍덩풍덩하다. 가는 벼 이파리가 흔들리고 있다. 새벽도 옷을 벗는가 보다. 논 위에 연보랏빛 옷을 벗어 놓고 있다. 사각사각 벼 이파리가 흔들린다. 새벽은 여전히 벗는다. 슬그머니 어둠 뒤에 숨어 내 방까지 들어와 벗으려 한다. 나도 벗고 싶다. 내가 벗으려는 옷은 눈에 보이지 않는다.

번데기가 고치를 틀어 웅크리기를 몇 번 반복하다 벗어 놓은 허물에는 얼룩이 번져 있다. 내가 입고 있는 옷에도 얼룩이 되어 번져 있다. 밥 세끼 차려 대는 밥상 앞에 내 뱉은 한숨이, 치매 초기 진단 받은 시어머니에 대한 어설픈 원망이, 큰아들 등록금에 놀란 가슴이 옮겨 온 펜 끝에 매달린 서글픈 인생 한탄, 이 모든 것으로 얼룩진 옷에서 묵은내가 난다. 하지만 정작 벗고 싶은 것은 이런 묵은내가 아니다.

번데기는 몸에서 실을 뽑아 감싼다. 스스로 암막(暗幕)을 만드는 거다. 그때부터 옷은 어둡고, 딱딱하게 굳어 간다. 부드럽고 촉촉함으로 여겨하던 빛깔의 옷이 암막이 되는 것이다. 번데기는 스스로 굳어 가는 옷에 한 줄 금을 낸다. 실낱같은 틈에 푸른 하늘이 들어와 날개가 돋는다. 그때부터 진짜 여여한 빛깔이 내보이는 거다. '세상'이라는 점과 '나'라는 점이 하나로 이어지는 것이다.

세상이 내가 되고, 내가 세상이 되는 것이다. 그렇게 이어지는 빛에는 어떤 차별도 없다. 그때 옷은 세상을 보는 눈이 되고, 세상의 진실로 물들인 것이다. 나는 그 옷을 입고 터져 나오는 언어를 받아쓰고 싶다. 깊숙이 들어 있는 내 색깔을 끄집어 줄 옷을 입고 싶은 거다. 정말 그러고 싶다. 그것이 지금 옷을 벗고 싶은 이유다.

풍덩하던 산봉우리 연보랏빛도 서서히 옅어 가고, 벼 이파리도 흔들리지 않는다. 이파리들 벌써부터 염천의 옷을 입고 있는가 보다. 이슬이 땀방울처럼 매달려 있다. 이 여름은 옷 갈아입기를 지겹도록 할 거 같다. 아직 이른 시각인데도 해는 뜨겁게 여름을 알리고 있다.

나도 옷을 갈아입어야 한다. 다시 앞치마를 두르고 밥을 해야 되는 아낙의 옷으로 갈아입어야 할 시간이다. 내가 세상이, 세상이 내가 되는 옷이 별거인가. 점잖이 앉아 있는 책상을, 활짝 편 책장을, 원고지를 넘기고 있는 말간 선비 옷에는 세상의 빛이 잘 섞이지 못한다. 분별을 하고 있기 때문이다. 그것은 여여한 빛이 아니다.

나는 좀더 무넘 속을 헤집고 들어가야 한다. 아낙의 앞치마를 묵은내로 차별해서는 안 된다. 생각만 하는 머리가 아닌 온몸과 마음을 다해 차별해서는 안 된다. 글은 책상을 앉아 있는 선비 같은 옷을 입는다고 써지지 않는다. 앞치마를 기꺼이 즐기자. 그래서 물들이는 것이다. 세상의 여여한 빛이 얽힘 없이 스미게, 그렇게 물들이는 것이다.

새벽이 '여자'라는 벗을 수도 없는 옷 속으로 스며들고 있다.

(2018년 전남수필 연간집)

나를 수필하다

매 순간 내 감정이, 문장이 어떻게 변하게 될지 모르지만 떠오르는 대로 기록처럼 적어 보고자 한다. 아마 어느 순간 내가 반복적으로 하고 있는 생각 습관, 언어 습관이 어떠한지 객관적으로 관찰할 수 있는 기회도 될 것 같다. 많은 생각으로 어렵게 쓰지 않을 것이다. 단지 형용사로 꾸밈이 많은 문장을 피할 것이다. 느낌보다는 사실을 강조하고 싶으니까. 오늘은 간략히 이 정도만 쓰고 잠자리에 든다. 아까 마신 맥주 한잔이 노곤하다. 푹 자고 다시 내 안의 흐름을 적는 거다. 그 흐름을 수필한다는 거다.

나는 닫힌 곳을 찾아다니는 것을 즐긴다. 그것이 어떤 것이든 열어 보는 것을 즐기는 거 같다. 글쎄 또 다른 시점에서는 아니라 할 수도 있을 테지만 지금의 나는 그렇다. 특히 그것이 머릿속에 갇힌 생각이라면 험한 모험일지라도 기꺼이 열어 보고자 열을 올릴 것이다. 내 자신이 어디가 닫혀 있는지 스스로 알게 되기까지 만만치 않은 시간이 걸린다. 모험과 자신의 감정과 이성의 실험, 현실이 주는 자각 이런 것들로 꽤나 긴 시간이 걸린다. 자신 몸과 마음이 일으키는 것을 이해로 받아들이고, 그러다 이해도 한계에 다다르면 이해의 틀을 뒤집어 버리기도 해서 내가 가진 생각의 틀이란 궤도를 벗어나기도 한다. 그러다 시간이 흘러 궤도를 벗어난 것을 알아차리고 가던 궤도로 돌아오기까지 참으로 많은 인연과 시간이 얽혀 있다.

나는 지금 이 책의 첫 장을 열기까지에도 숱한 부딪힘으로 궤도를 벗어나 있었다. 벗어난 궤도 속에서 만난 사람들은 닫혀 있던 또 다른 영역의 내 감각을 열게 해 주었다. 그래서 얻은 것이 무엇인지 둔해지고 있는 내 감정과 감각이 더 둔해지기 전에 쓰려 한다. 이 기록은 지금껏 닫혀 있던 내 감각을 일깨우는 시간이 될 것이다. 또, 내 언어나 사유의 궤도를 확장하는 여행이 될 것이다. 이 책과 천천히 조심히 내 감각의 첫 장을 열어 본다.

〈금강삼매경론〉[20] 겉장을 열었다. 내게는 참으로 열기 어려운

20) 원효, 금강삼매경론 상, 조용길 외1인 옮김, 동국대출판부, 2002, 21쪽
앞으로는 이 책에 관한 본문 인용을 본책이라 하며 해당 쪽 수만 적는다. (예: 본책, 00쪽)

경전이었다. 이 책을 사서 책장에 꽂아 놓고만 있었다. 때때로 읽기는 했으나 머리만 아플 뿐 별 다른 감흥이 없었다. 이 한 장을 열고 앉게 한 것이 다름 아닌 시간이다. <금강삼매경론>이 기다려 온 것인지 모르겠으나 아무튼 시간이 필요했다. 그 시간이 내 나이만큼의 뭉치가 되었다. 긴 시간 동안 난 이 책장을 넘겼으나 머리로만 이해했으니까.

첫 장을 열었다. 제1장 서언이다. 책에 관한 간략한 줄거리를 적은 장이다. 이끄는 말, 넷째에 '이 경의 글 뜻에 대한 의심스러움을 후련하게 풀어보고자 한다'고 적혀 있다. 나 또한 지금 내 속에서 일어나는 생각들이 후련하게 씻겨 나가길 바라며 첫 장을 넘긴다. 줄거리가 어쩌나 긴 지 무려 오십여 쪽이나 되었다. 긴 문장은 언뜻 어려웠지만 모두 시선을 집중시키는 단어들이었다.

첫 줄에 시선이 멈추었다. 천천히, 또박또박 읽었다. '무릇 좋다·나쁘다, 아름답다·추하다, 높다·낮다 등의 차별이 없는'이라 쓰여 있다. 차별이 없다는 문장에 끌렸다. 오늘 하루만 좋다, 싫다를 느낀 감정이 몇 번인가. 감정이란 곧 차별이라 생각하기 때문이다. '지금 바람이 분다. 시원하다. 그래서 좋다'로 이어지는 게 내 느낌의 순서이다. 이 느낌의 순서는 곧 시간이든 감정이든 차별적 순서를 말하고 있는 것이다. 그런데 차별이 없다는 그 느낌이 부쩍 궁금했다. 하지만 이 생각도 곧 그릇된 생각이라고 다음 줄에 쓰여 있었다.

이미 경전은 내 생각의 흐름을 꿰뚫고 있는지 모르겠다. 난 더욱 호기심이 생겼다. 영구히 변치 않는 온갖 사물의 있는 그대로의 그 모습에 어떻게 다가갈 것이며, 그 모습을 어떻게 쓰게 될지 그것이 더욱 궁금해서 미치겠다. 내 마음은 이미 책 끝장에 가 있었다. 자꾸만 있다, 없다, 있는 것도 없는 것도 아니라는 어중간한 단어들로 반복되는 표현에 혼란스러웠다. 다음 장을 넘겼다. 금강삼매라 말하길 한쪽에서 생각하면 그렇지 않은 듯한데, 아주 크고 넓게 생각하면 어느 것이든 다 옳다는 것이다. 이치에 맞지 않는 듯 하면서도 이치에 딱 들어맞는다는[21]것이다.

그래서 이 모든 것을 다 포함하기 때문에 섭대승경이라고 한다는 것이다. 이 부분에서는 머리로는 동감하지만 질문이 마구 솟구치고 있다. 이런 질문도 한쪽에서 생각하고 있다는 증거니까. 한쪽을 버리고 싶다, 그래서 내 중심점에서 그려지는 지름이 넓어진 원을 그려 보고, 또 그 원을 멀리서 볼 수 있는 그 상태로 나아가고 싶다는 욕망이 생겼다. 모르겠다. 지금은 뭔가 닿을 수 있을 거 같

21) 본책, 4쪽

은데 닿기까지 그려지지 않는 희미함이 짙을 뿐이다. 이 상태에서 걸어 낼 수 있을지 그것에도 의문이 생긴다. 난 당분간 이 책을 잡고 내 언어를 걸러내야 한다는 것이다. 좀 눕고 싶다. 지금 이 상태에서는 내가 넘지 못할 산 앞에 있는 거 같다. 뭘 어떻게 해야 될까. 쉬다가 다시 매달려 보자. 조금 쉰다는 것이 곡주를 마시고 아예 뻗어 버렸다. 머리가 아프다.

깨뜨리지 못할 것이 없다는 금강(金剛)은 눈에 보이는 것은 해당되지 않는가 보다. 당장 간밤에 마신 술을 깨뜨리지 못하고 있으니까. 그래도 진리는 머리로 이해하는 것과는 다른 깨치는 것이고, 그것은 마음에 통하는 것을 논하는[22] 것이라고 한다. 즉 마음에 드는 것, 그거 하나로 세상 만물을 다 깨뜨릴 수 있는 지혜를 얻는 것이다. 이 말은 좋아하는 과목 하나로 공부의 재미를 얻는 것과도 같은 이치인 것이다. 세상은 좋아하는 것 하나로 금강석을 얻는 것과 같고, 사랑하는 사람 하나만 있어도 세상 행복을 얻는 것이다. 맞는 말이다. 나는 지금 나를 보고 있다.

#

새벽이다. 또 다시 혼자다. 아직 머리말을 넘기지 못하고 있다.

20) 본책, 7쪽

이 경(經)은 세 단락으로 나뉘어 있는데 첫째는 서분, 머리말이고, 둘째는 모든 사물은 허공처럼 텅 비어서 일정한 모습이 없다는 것을 설한 무상법품 이하 이 경의 근본정신이 되는 가장 중요한 가르침으로서 본론에 해당하고 셋째는 의심을 송두리째 털어 버리도록 하는 총지품으로 결론에 해당한다는 말을 하고 있다. 이 새벽이 내게 무엇을 건네려고 하는 걸까. 나는 음악을 따라가고 있다. 텅 빈 새벽 속을 음악이 마구 흘러 다니고 있다. 나는 생각하고, 계속 생각하고 있다.

'모든 사물이 텅 비어 있다' 사물에는 내 자신까지 포함하고 있는 것이다. 지금 음악을 듣고 있는 내 자신까지 텅 비어 있음을 보아야 된다는 것이다. 비어 있다는 것은 객관화한다는 것이다. 내 자신, 내 속에서 일으키고 있는 생각까지도 거리를 두고 바라볼 수 있어야 된다는 것이다. 어렵다. 쉽게 뭐라 할 단어가 떠오르지 않는다. 글쎄 모르겠다. 이 새벽이 텅 비어 있었겠지만 지금은 음악으로 꽉 차 있기만 하다. 내게는 그렇게 이해되고 있는데 조금씩 의심과 분명하지 않은 생각들이 정리될 거 같다는 느낌이 든다. 벌써 날이 또 밝아 왔다. 텅 비어 있다는 의미에는 매순간 변하는 시간의 흐름까지도 담고 있는 거 같다. 비어 있음을 본다는 것은 참으로 많은 변화를 느끼는 거 같기도 하다. 나를 고집하지 말자. 고집은 비어 있는 것이 아니다.

나는 나를 잊어 가야 한다. 아니, 그것이 문제가 아니다. 내가 하고 있는 행(行)을 잊어 가야 한다. 잊는다는 것보다 드러내지 않는다는 게 맞는 거 같다. 그런데 좀처럼 '나'를, 내가 무엇을 했는지를 잊으라고, 드러내지 말라고 하지만 그것이 머릿속에서도, 생활하는 현실 속에서도 되지 않는다.

이와 같은 생각을 한다는 것이 여전히 '나'라는 생각에 매달리고 있다는 것이다. '나'라는 생각이 없어졌을 때에는 나로 인해 존재하는 모든 존재가 여러 원인과 조건에 의하여 생겨난 것이지 내가 있어서 생겨난 것은 아니지 않은가. 그러므로 나는 본래 없는 것이었다. 아! 바로 이거였다. 이거였어! 하늘, 푸른빛이 아름다운 건 나로 인해 아름다운 것이 아니니까. 나는 하늘 속에 없지 않은가. 아! 그렇다. 나는 하늘에 없다. 그런 거였다. 새삼 내 무지함에 부끄러웠다. 세상이 아름다운 것은 내가 있어서 아름다운 것이 아니다. 원래 아름다운 것이니까. 이 '나'라는 고집을 놓기까지 보이지 않는 것들로 마구 엉켜진 어두운 동굴 속에 있던 시간이었다.

스무 살적에는 파마를 고집했던 거 같다. 그 무렵 사진 속 머리 카락은 한결같이 꼬불꼬불 말려 있었으니까. 막 미용실에서 파마를 하고 집에 오면 젖은 뽀글뽀글 머리가 왜 이리 마음에 안들던 지. 파마를 하고 나면 돈이 아깝다는 생각을 했다. 그러면서도 늘 파마를 했는지 모르겠다. 어께 끝에서 김밥처럼 말린 머리카락에 서는 냄새가 났다. 거울을 보면서 동그랗게 말린 머리카락 속에 손가락을 집어넣었다 빼는 것을 재미 삼아 해 보기도 했었는데 나는 그 순간 동굴 속에 손가락을 집어넣었다 빼는 느낌이 들었다. 정말 동그랗게 말린 그 속은 동굴처럼 어두웠다.

손가락 두 마디정도 되는 그 어두운 곳에서 바짝 말라 오그라져 가는 옥수수염 냄새가 났다. 글쎄 파마 약 냄새였겠지만 난 냄새가 옥수숫대 끝에서 알이 여물어갈수록 타들어 가듯 말라가는 옥수수염 쉰내 같았다. 그 냄새가 싫지 않았지만 딱히 좋지도 않았다. 돌이켜 보니 그 쉰 냄새가 거칠게 코끝을 휘감던 이십대는 혼란과 번뇌로 가득했던 시절이었다. 긴 한숨과 쉰내가 내 흔적이라고 해야 될까. 흔적엔 본질이 가려진 흔들림이 묻어난다. 흔들림이 곧 내겐 번뇌였다.

번뇌로 심히 흔들렸으니까. 번뇌는 본질이 알맹이라면 알맹이

겉을 싸고 있는 껍데기 같은 것이다. 사실 난 알맹이와 껍데기를 구별할 줄 몰랐다. -아마 지금도 잘 모르고 있는 거 같다 그것을 구분할 줄 아는 것이 곧 본질이 무엇인지 아는 거라고 말을 할 텐데. 나는 아직 뭐라 할 말이 없다. 글쎄 스무 살 적 내 본질의 정체를 뭐라 말하긴 여러 가지로 부족하다.

하지만 분명한 것은 나름대로 많은 질문을 던지고 또 답을 찾고, 그 답으로 나름대로 '나'라는 정의가 본질이라면 그 정의에 합당한 이론도 만들어 보았다. 그 이론들이 지금 '나'에 와서는 많은 화학적 변화를 거쳐 다른 단어들로 바뀌었지만 아무튼 스무 살 적 '나'였던 사람은 그랬던 거 같다. '마음'이나, '머물지 않음'의 의미를 포함하는 단어를 좋아했다. 물론 지금도 그렇지만.

나는 '마음이 머물지 않는다'는 한 문장은 내 이십대 적 가진 질문들을 모두 아우르는 본질이었다. 어쩌면 숱한 시간이 이 문장을 이해하려는 시간이었는지도 모른다. '마음은 머물지 않는다' 이 문장에 마침표는 찍을 수 없다. 아직 머무르고 있기 때문이다. 아니, 잘 모르겠다. 머물러 있는지, 흘러가고 있는지, 머물러 있지도 흘러가지도 않는지 뭐든 잘 모르겠어서 찍을 수 없다. 이 책 끄트머리쯤에서는 찍을 수 있기를 그저 바랄 뿐이다.

#

시간을 세지 않기로 했다. 시간을 세어 본들 깊이가 얕은 시간
은 아이들이 들고 있는 막대사탕이다. 어차피 다 먹게 될 거 얼마
큼 먹었는지 보는 것과 같다. 창문으로 하늘을 보고, 눕고, 커피를
마시고, 쓰고, 음악을 듣는다. 이러기를 얼마나 했을까. 그랬어도
늘 저렇게 있다. 시간에 흔들리지도 않고 저렇게 있다. 골방 밖 세
상이란 창문만한 하늘이 전부다. 커피를 마시고, 베토벤을 듣고
있는데 하늘은 저렇게 있다. 하늘에게는 '늘'이 시간의 간격일 수
있겠다. 그 간격이 도화지 같다. 하얀 도화지에서 무엇인가 그려
지고 있으니까. 점점 회색이 되고 있다. 장마다.

#

한 목소리를 유지하기가 힘들다. 누우면 단어들과 문장들이 머
릿속 빽빽이 떠오른다, 다시 일어난 원고지로 오면 또 다른 목소리
의 문장들이 된다. 이 작품에서 이렇게 써야 될 것들과 마구 떠오
르는 문장들을 어느 작품으로 집어넣어야 될지 그것도 망설이고

있다. 떠오르는 문장들을 다시 원고지에 옮기기가 안 된다. 나는 분명 목소리가 변해 가고 있는데 그것을 인정하지 않아서다.

속에서 울리고 있는 목소리가 변하면 변한 대로 옮기면 된다. 그것을 고심하면 안 된다는 것도 안다. 목소리 변화는 곧, 문체의 변화고 글 분위기의 변화다. 그것이 변하고 있는데도 그 변화를 인정하기가 잘 안 된다. 그냥 터지는 목소리 그대로를 쓰면 되는 것이다. 겁을 내고 있는 것이다. 자꾸만 속에서 말들이 울려댄다.

누웠다. 머릿속에선 수업에 관한 영상이 떠오른다. 왜 나는 수업에 미련이 있는지 모르겠다. 모든 걸 다 버렸다고 해도 속에서 놓지 못하는 미세한 욕망 하나가 꿈틀댄다고 했는데 내게는 그것이 수업인가 보다. 어디서 도서관 수업, 학교 수업을 한다면 귀가 솔깃하다. 들어앉아서 글만 쓰겠다고 다짐했어도 일단 수업에 관한 공고문에는 눈이 크게 떠진다. 할 수 없음을 잘 알면서도 포기가 안 된다. 어제 본 어느 학교 수업 공고문이 떠올랐다. 돈이 곤궁해지고 있어서일까. 아마 그럴 것이다.

차분히 글만 생각하다가도 돈이 부족해지면 조바심이 생긴다. 번뇌다. 번뇌가 물방울이 되는 것이다. 사람 만나는 것이 줄어들었다. 작품만 쓴다고 사람들한테 받는 번뇌를 줄이기 위해서다. 그랬더니 머릿속에서는 수업과 관련된 사람, 출판, 여러 아는 엄마들의 영상이 수시로 떠오른다. 작은 물결이 일어나고 있는 것이다. 어제는 어느 사찰에서 코로나가 발생했다는 재난 문자를 받았다. 그곳에 갔던 신도 한 사람이 다단계 판매 사무실에 갔었단다. 다단계 사무실에서 대거 코로나 확진자가 생기고 있다. 사찰에서 무슨 일을 잘못하고 있나 하는 생각이 들었다. 이것도 잔물결인 것이다. 이런 물결이 생기지 않고 하나로 집중해야 한다.

고요하고 움직이지 않는 마음을 유지한다는 것이 참으로 큰 것임을 알았다. 나는 아직 잔상으로 간직하고 있는 것이다. 잔상은 겸손하지 않기 때문이다. 뭔가를 잡아야 되고, 마땅히 잡아야 될 것을 잡지 못하고 있다는 아쉬움이 있기 때문에 생기는 것이다. 나는 나를 낮추고 낮춰야 한다. 버려야 된다는 생각 없이 차분히 가라앉아야 된다. 다시 차분히 무엇을 해야 할 것인가 집중해야 한다.

이제 내게는 잔물결이 남아 있다. 잔물결만 줄이면 다 되는 것일까. 결국 잔물결은 '나' 자신의 문제다. 바람이 불어온다. 바람을 타고 책장이 넘어가고 있다. 나는 잠시 숨이 막혀 왔다. 과거에 있었던 '나'의 숨소리가 나를 덮고 있다. 어릴 적 어느 겨울날의 지푸라기 더미가 떠올랐다. 아마 열 서너 살이나 되었을까. 그날 아버지께 야단을 맞고 혼자 냇가 둑을 걸었다. 벼가 다 베어진 논은 휑했고, 바람은 차가웠다. 나는 쌓아 놓은 짚더미 속에 들어가 울었었다. 그리고 신데렐라 계모 얼굴에 아버지를 떠올리며 머릿속에서는 동화 속을 상상했다.

어릴 적 난 사물과 연결하는 또 다른 세계를 상상하는 나만의 세계가 있었다. 그런 상상의 시간이 지금 생각해 보면 엉뚱하지만 아름다운 시간이었다. 기둥에 빗물로 그려진 오래된 모양을 보면서 말을 연상하기도 하고, 동화책에서 보았던 신데렐라의 호박 마차를 상상하기도 했었으니까. 그렇게 상상의 나래를 펼치던 지난 시간을 쌓아 두고 있다는 것 또한 아름다움이었다. 그런 과거의 아름다움이 한 더미 쌓인 지푸라기 속에서 얼지 않고 뚜껑이 열리면서 나를 맞이하고 있었다. 시간처럼 상상도 지푸라기 더미처럼 쌓인다.

지금은 어릴 적처럼 상상하지 않는다. 상상의 세계가 너무 쉽게 손가락만 누르면 펼쳐지고 있기 때문이다. 좀 전만 해도 사이버의 세계를 헤집고 왔다. 그러다 보니 사물로 연결된 상상의 세

계는 예전처럼 다가오지 않는다. 눈으로 잔물결을 타고 다닌 결과
다. 컴퓨터와 인터넷은 빠르게 눈앞까지 온갖 것을 가져다준다.
너무 쉽게 누군가의 상상과 사고 된 세계를 만나고 있다. 그 세계
가 마치 내 것처럼 눈앞에서 펼쳐지고 있는 것이다. 많은 세계가
가만히 앉아 있기만 해도 눈앞에서 펼쳐지는 세계가 된 것이다.

#

　장마가 시작되었다. 비는 오다말다 하더니 지금은 부스스 내린
다. 장마 때면 작은방 창가 쪽 벽이 젖었다. 어딘가 보이지 않게 새
고 있는 것이다. 젖은 곳에 분명 틈이 생긴 것이 원인일 것이다. 담
당자가 수리를 해 준다고 다녀갔는데 언제 될지 모르겠다. 대답은
'예'라고 짧게 했다. 딱히 고쳐 준다고 정한 약속을 한 것도 아니고,
이제껏 제대로 고쳐지질 않아서 그냥 의미 없이 기다려 보련다는
뜻으로 그리 말을 내뱉기는 했다. 언젠가는 고쳐질 수 있기는 할
까. 순간 환청처럼 '언제 네 글은 팔려 돈이 되냐!' 는 그 누군가의
말이 스쳤다. 내 글이 팔릴 만한 글이 될 수 있을지 정해진 근거는
아무것도 없다. 허망한 말이다. 지금은 그렇다.

아침이다. 밥을 먹다가 자꾸만 허망한 생각만 들어 집을 나왔다. 이것저것 생각하지 않고, 가방만 챙겨 나왔다. 내가 갈 곳은 정해져 있다. 도서관이다. 하늘은 장마철 기운이 여전하다. 그래도 비는 오지 않는다. 거리가 허망했다. 철마공원에서는 아이들이 야구를 하고 있었다. 단체복을 맞췄는가 보다. 모두 흰색 바탕에 빨간 줄무늬가 있는 야구복을 입고 있었다. 아이들 목소리는 힘찼다. 아이들은 스트라이크를 외치며 웃고 있었다. 혹시 저 아이들 중에 그 아이도 있을까.

그 애를 만난 건 2년 정도 되었다. 그 애는 눈꼬리에 상처가 있었고, 아이답지 않게 화가 날 때 짓는 눈표정이 무서운 아이였다. 어린아이라 해도 내리치는 주먹이 제법 힘이 들려 있었으며, 위협적이었는데. 누군가 공을 쳤는가 보다. 홈런! 달려! 아이들은 열렬히 박수치며 응원을 한다. 아이들은 대견하다. 허망함이 없어서 더욱 그렇다. 비가 올 듯 하늘에 먹색 깃털 같은 옅은 구름이 날아가듯 지나가고 있다. 아이들이 던진 야구공처럼 빠르게 날아가고 있다. 이 모든 모습은 잠시 내 눈에 스친 그림자 같다는 생각이 들었다. 모든 것의 속을 알 수 없고, 안들 그것이 내 수준의 앎이라 제대로 된 본질이라 판단할 수 없는 것이니까.

나는 실체라는 것을 생각하고 있다. 실체는 그림자가 아니다. 그런데 내가 생각하고, 마음이 매달리는 것은 그림자이다. 기껏 그림자에 매달리고 있는 것이다. 그림자에 흥분하고, 그림자 때문에 화를 내고, 그림자로 인해 웃는 것이다. 누군가 나를 보는 것도 내 그림자만 보게 될 것일까. 그림자, 그림자, 그림자. 어떻게 하면 그림자에서 벗어날까. 나는 그것이 그렇게 궁금하다.

#실체와 사물

세상은 실체가 없으니 자꾸만 있다고 매달리지 말라는 가르침이 적힌 9장을 넘기는데 꼬박 반년이 걸렸다. 치우친 집착은 옳지 않고[23] 진짜 감춰져 있는 본 모습이란 것도 말로 표현할 수 없는 영역이라는데도 난 반년을 말로 드러낼 수 없다는 것에 매달려 있었다. 왜 말로 드러낼 수 없는 것일까. 비위가 상하거나 기분이 언짢을 때 흔히 하는 말로 '말이면 다'가 아니었다. 말로 드러나지 않는 영역이기 때문이다. 그 영역은 수시로 변한다. 말과 다르게 변하기도 하고, 말을 따라 변하기도 하고, 말을 없애면서 변하기도 한다. 변한다는 것은 변할 수 있도록 그냥 두면 된다. 바라보고 느끼

23) 원효 작, 조용길 외1인 역, 금강삼매경론 하권 , 동국대출판부, 2002, 36쪽

면서 그렇게 그냥 두면 된다.

바람이 휘몰아치고 있다. 태풍이 온다고 긴장하고 있다. 워~워
휘이익. 소리가 제법 기세등등하다. 바람도 실체가 없다고 목에
힘주어 말하고 싶은가 보다.

평(平)

바느질을 했다. 실과 바늘 꽂힘이 삐뚤거렸다. 나는 바느질을
잘 못한다. 똑바로 잘하지 못한다. 평과 평은 나란한 것이다.

#

금방 눈이 올 거 같다. 하늘이 흐리다. 미세먼지가 끼여 눈앞도
흐리다. 창밖으로 보이는 것이 흐릿함 속에서도 잘들 움직이고 있
다. 나는 원고지를 폈다. 이 원고지 위에 어떤 이야기를 채우게 될
지 아직 아무것도 모른다. 아마도 지금 흐린 하늘을 관찰하듯 조
심히 내 목소리를 담게 될 것이다. 그저 내 눈 속에 보이는 세상과
함께 어떤 생각을 하게 될지 그것이 궁금할 뿐이다. 이 글이 다소

지루하고 긴 글일 수 있을 것이다. 분명한 건 그 속에서 잠잠한 격랑도 있지 않을까. 난 내 생각을 따라 갈 것이다.

머릿속에는 자꾸만 평(平)자가 떠나질 않고 있다. 이불 속에서 뒤척이다 다시 일어나 앉았다. 바람 소리는 거세졌다. 하늘도 더욱 흐릿하다. 차분히 심호흡을 했다. 먼 산을 바라본다.

밤이 지나고 또 다시 훤한 낮이다. 머리가 아프다. 간밤 정종을 데워 마셨더니 그 술이 낯선 경험이어서 그런지 몸이 받지 않은가 보다. 콕콕 머리가 쑤신다. 점심때인데도 먹지 않았다. 흰 눈만 보고 있다. 양 갈래 나란한 길 끝에는 눈이 녹지 않았다. 자꾸만 나란한 녹지 않은 눈 속으로 들어가면 평(平)이 숨겨 놓은 그 무언가가 나올 것만 같다.

눈이 있는 곳도 없는 곳도, 길도 길이 아닌 곳도, 얼은 것도 얼지 않은 것도, 쌓인 것도 쌓이지 않은 것도, 이제는 다 흰 눈으로 덮어졌다. 머릿속은 그저 흰 눈이다. 아무 생각하지 않겠다. 그저 볼 뿐이다. 눈이 녹고 있다. 평이 녹고 있다.

#2

평(平)을 생각했다. 얻음과 잃음이 다 똑같다고 생각은 했다. 그렇다. 하루 종이 나름 가둠과 놓아둠을 생각했다. 그러다 어둑한 저녁 길에 오른쪽 발목이 삐끗했다. 구두 굽이 부러진 것이다. 오른쪽과 왼쪽 굽이 다른 구두를 보면서도 이것도 평일까. 평이 아닐까. 그런 생각을 했다. 구두 굽은 부러졌어도 발목이 다치지 않았으니 다행이고, 이렇게 생각하는 것이 평(平)을 관(觀)하는 거라고 나름 생각했다.

하루 지난 지금 나는 어떠한가. 나는 불안해하고 있다. 떨고 있다. 원고지 앞에 한 글자도 눈에 들어오지 않고 있다. 핸드폰만 들었다 놨다 하고 있다. 평을 관한 것이 아닐 것이다. 큰애 학위 자격이 되지 않는다는 말에 앞이 캄캄하다. 학위를 줄 수 있는데 전공을 바꿔야 되고 그렇게 되면 전공 관련 8과목 학점을 삭제해야 된단다. 세상일은 내 머릿속처럼 되지 않는다. 하지만 이것도 평으로 보면 되든, 안 되든 문제되지 않는다. 평이니까.

된 것과 안 된 것과 같은데 안 되었다고 실망할 것도 없고, 되었다고 좋아할 필요 없다. 중심만 잡고 가면 된다. 중심은 학위든 뭐든 다 버리고 가장 궁극적인 운동이다. 운동만 하면 된다. 큰애가 좋아하고, 가장 잘할 수 있는 태권도만 하면 된다. 그러면 된다. 그것이 평에서 생각하는 것이다.

평으로 제대로 관한다면 전혀 흔들릴 필요가 없다. 이름이 있든 없든 다 버리고 중요한 궁극은 나는 쓴다는 것에 있으면 된다. 그러면 된다. 평은 집중하게 한다. 이것저것에 휩쓸리지 않고 가장 힘써야 할 그 한 가지에 모든 것을 쏟아 붓게 한다. 이것이 선정에 들어가는 것일까. 만약 맞는다면 선정에 든다는 것이 곧 삼매이다. 나는 삼매에 들어가는 것이다. 이것이 잘 하고 있는 것일까. 흔들리지 말자. 이것이 평을 관하여 얻은 지금 나(我)다.

오는 것도 가는 것도 없다.

여 (如)

새벽이다. 창에 물방울이 뿌옇게 맺혔다. 습기가 찬 것이다. 밖 베란다 창문을 열고 잤나 싶어 옷소매로 창문을 쓱쓱 문질렀다. 닫혀 있었다. 매번 습기가 찰 때마다 열린 베란다 창문이라고 생각했다. 그게 아니었다. 방안 온도 때문이었다. 나는 벽에 조금씩 피어나는 푸른곰팡이가 싫었다. 곰팡이가 더는 생기지 않게 하기 위해 방책을 생각한 것이 습기였다. 습기 원인을 찾아내느라 창문을 열고 닫으면 실험을 했다. 그런데 그것이 방 온도를 높이면 되는 거였다.

물기는 처음부터 있는 거다. 물방울도 온도에 따라 보이지 않는 공기가 되고, 창문에 달라붙은 습기가 되고 습기는 벽에 곰팡이가 되는 거였다. 사물은 사물 그대로 있는 거니까. 있는 그대로를 보고, 보이는 그대로 온 몸의 세포로 스며들도록 받아들인다는 것은 받아들임만큼의 버림이 필요하다. 있는 그대로를 생각한다. 그 말에 얼마나 오랜 시간을 매달렸는가.

볕이 따뜻한 겨울날이다.
대상을 보는 마음도 사라져
말로 나타내는 것과 말로 나타내지는 것이라는 관계가 없다.

원인과 조건

원인과 조건은 본래 없다.

고3 때였다. 대학에서 합격자 벽보를 크게 붙였다. 시험을 치르던 날 처음 가는 삼촌댁에서는 찹쌀밥을 손수 지어 주셨다. 대학생이던 오빠가 합격자 발표가 있던 날 학교 벽보에서 낱낱이 내 이름을 훑었단다. 벽보에 내 이름 석 자가 없는 것이 커다란 광원이 되어 머릿속 상상 속에 드리워 있었다. 요즘에는 자꾸만 그 생각이 난다. 본래 원인도 조건도 없다는데.

#

새벽 일찍 눈을 떴다. 추사 선생이 궁금하여 읽고 있던 책을 폈다. 추사[24]는 가장 주의할 것은 마음이 거칠어도 안 되며, 맨손으로 용을 잡으려는 식은 절대로 안 된다고 하면서 토끼를 잡는 것처럼 작은 일도 코끼리를 잡을 때처럼 전력을 다해야 한다고 말한다. 크고 작은 일을 가리지 않고 늘 최선을 다하는 것이다. 이것은 추사와 같은 빼어난 작품을 남긴 작가에게만 하는 말이 아닐 것이다.

생활 속에서도 지녀야 되는 마음가짐이다. 다시 말하면 예술가에게 삶이란 삶 자체가 예술인 것이다. 수필도 그렇다 수필을 쓰는 작가 자신의 삶이 수필이어야 한다. 그래야 작가의 언어가 속

24) 유홍준, 추사 김정희, 창비, 2018, 399쪽.

에서 녹아 입이 아닌 손을 타고 원고지 위에 흘러나온다. 글씨든, 수필이든 모든 것은 작가의 마음이 드러나는 것이 곧 예술이 되는 것이다.

벌써 2월 첫날이다. 가랑비가 사뿐히 떨어진다. 논길이 젖었다. 먼 산 구름도 젖었다. 아름답다. 논길도, 구름도 전력을 다하고 있는 것이다. 예술이다. 이때의 전력은 선정(禪定)의 힘이다. 나는 그렇게 생각한다. 흐트러지지 않는 생각으로 마음을 한곳에 모아 한곳에 쏟아 붓는 힘, 그 힘은 자신이 가진 힘보다 몇 배 더 클 수 있다. 전력을 하지 않아도 전력보다 더 큰 알 수 없는 힘이 나올 수 있는 것이 선정이 가진 힘인 것이다. 추사를 보고, 나를 본다.

나는 어떠한가. 나는 지금 어디쯤인가. 나는 다른 물욕이 없다. 좋은 옷이나 좋은 음식, 그런 것은 갖고 싶지 않다. 다만 넘어 보고 싶은 욕심은 있다. 몸이 혈기 창창할 나이에는 산을 넘는 것이 내 욕망의 드러냄이었다. 이제는 산이 아니라 누군가는 넘어 보고 싶다. 고봉처럼 우뚝한 산을 바라보며, 그 산에 닿기를 열망하는 사람이 되고 있다. 나는 추사를 넘어 글을 쓰고자 한다. 넘고자 하는 욕망이 내 눈에 가득 차오르고 있음을 느낀다. 추적추적 내리는 빗길에 흠뻑 젖고 있다. 펜도, 종이도.

요즘 앉아 있기가 힘들다. 써야 된다고는 하나 몇 줄 쓰기가 벅
차다. 생활 움직임이 가만두지 않기 때문이다. 오늘도 새벽 일찍
일어났지만 한 줄 생각하고 부엌으로 달려갔다. 냄비에 닭발과 우
슬 뿌리 넣고 물을 가득 채운 후 가스 불을 켰다. 다시 책상으로 돌
아가려 하니 남편이 거실 텔레비전을 켠다. 나는 책상을 들어 안
방으로 옮겼다. 이번엔 커피를 찾는다. 커피를 찾아 준 후 다시 책
상에 앉았다. 잠시 문장 한 줄 생각했다. 밥을 해야 했다. 밥을 한
후 책상을 들고 안방에서 거실로 이사했다. 나는 집에서도 여지없
이 노마드(nomad)다. 책상을 들고 이 방 저 방 돌아다니는 신세지
만 문장만은 잃고 싶지 않다.

하루 반나절에도 책상을 들었다 놨다 반복하는 아침 속에서 나
를 들여다본다. 이제 그만 한 자리에 탁 붙어 진득하니 엉덩이 쥐
가 나도록 앉아 있고만 싶다. 그렇다고 생활 움직임이 쓸모없다
생각하지 않는다. 터무니없다고도 생각하지 않는다. 다만 나는 내

본래 모습을 잃고 싶지 않은 것뿐이다. 집안 살림이 아녀자이기도 한 내게는 본(本)이 되지만 더 안쪽에서 꿈틀거리는 본래면목(本來面目)에 자리하고 있는 모습은 아니다. 눈으로 보이는 것은 진짜가 아니다. 나는 진짜 본래면목을 찾고 싶고 유지하고 싶은 것이다. 내 진짜는 어디에 있는가. 옮겨 다니면서도 변하지 않는 그 진짜 진성(眞性), 진여(眞如)가 간절한지도 모른다.

진짜는 눈에 보이지 않는다. 보이지 않는 것이 눈에 보이도록 하는 것이 면목(面目)이다.

#

어느 문화재단에서 출간 지원비 설명회가 있었다. 담당자가 나와서 설명회하는 것이 처음이라 많은 분이 참석했다. 거리두기 때문에 5인 이상 모일 수 없어 네 명씩 두 차례 나눠서 설명을 했다. 처음 뵙는 분이 있었다. 머리는 히끗한 파마머리에 막 환갑은 되어 보였다. 소설을 쓴다고 했다. 시집와 일흔이 되서야 소설책 발간을 한다고 했다. 앞자리에는 작년에 시조로 등단한 분이 앉았다. 이중 누구는 지원을 받고 누구는 떨어질 것이다. 두 어르신들이 내 눈치를 보고 있는 듯하다. 가장 젊은 사람이 나였으니까. 내가 먼저 말했다.

"저는 나이도 어리고 기회가 많으니 모두 지원해 보세요. 저는 다음에 하렵니다."

사실 나는 이런저런 지원에 관심이 없다. 작품 완성도가 중요하기 때문이다. 스스로가 작품을 얼마만큼 완벽하게 썼느냐에 신경을 써야 한다. 완벽한 작품은 모서가기 마련이니까.

\#

올 봄 들어 자꾸만 내 속에서 올라오는 목소리가 많아지고 있다. 목소리가 불러 놓은 단어들이 머릿속에서 오래 머물러 있지 않는다. 놓쳐 버린 단어들을 끄집어내 원고지에 쓸 때에는 괴롭다. 어머니는 퇴원하셨다. 아버님은 잔소리가 많아지셨다. 어머니와 토닥거리는 표정이 편안하다. 봄은 토닥거리며 오고 있어도 온기는 편안하다. 나는 미치도록 쓰고 싶은 생각뿐이다. 봄이 차분하다.

\#

평범한 얼굴을 생각한다. 평범한 날을 생각하고, 평범한 일들을 생각한다. 나도 평범하다. 평범하고 지극히 단순한 날들에 무뎌진 나를 생각한다. 평범함을 지킨다는 것은 대단하다. 비범함은 지독한 평범함 속에서 태어난다. 비범을 낳고 있는 평범은 위대하다. 놓치고 싶은 평범을 이어가는 것이 대단하다. 나는 어떠한가.

매일매일 반복되는 평범한 생활에서도 글을 놓치지 말아야 한다. 어쩌면 평범한 매일 생활이 세한(歲寒)인지도 모른다.

\# 추사에 빠져 들고 있다.

\#

분노하고 있다. 분노가 눈으로 나오기 시작하면 그새 손은 가만있지 않는다. 눈이 응시하는 곳으로 가서 움켜잡기 시작한다. 눈이 응시하자마자 그 대상은 동시에 얼굴 안에 있는 모든 감각도 따라 분노의 지배를 받는다. 이빨은 깊은 곳까지 힘을 주고, 혀는 단단해진다.

입 속 전체가 단단한 무기처럼 총알이 나오기 시작한다. 말들은 총알이 되어 발사된다. 쏘아댄 총알들이 다시 돌아온다. 가슴에 박힌다. 그것이 집착인 것이다. 싸움의 대상은 어쩌면 또 다른 나인 지도 모른다. 내가 모르고 있던 내 모습을 다른 대상을 향해 쏟아 부치는 거다.

\#

어느 원로 수필가 소식을 들었다. 그녀를 본 것이 가물가물하다. 늙다 보니 여기저기 몸에 병을 얻어 병원에만 있다 보니 어딜 가지 못했다는 거다. 혼자 집에서 투병으로 외롭고 쓸쓸한 나날이 힘겨웠는데 어느 문우와 서로의 작품집을 읽고 나누며 많은 위로가 되었다는 거다. 생각했다.

그렇다. 수필의 아름다움은 여기에 있었다. 수필은 마음을 나눌 수 있어야 한다. 꽉꽉하게 핸드폰을 들여다보며 영상에 마음을 가둬 두고 있다. 마음을 활짝 열어 제치고 나눌 수 있는 문화나 공간이 있기나 할까. 술자리나, 친구들 밥 먹는 자리가 있다 하나 술 마시고, 밥 먹다 보면 진솔한 대화가 오가기 힘들다. 이럴 때 수필 작품 하나로 서로 마음을 읽고 나눌 수 있다는 것이 얼마나 진솔한 일인가.

수필은 마음을 열게 하고, 작가의 마음을 들여다보며 삶을 들여다보고, 또 서로의 정감을 듣는 글이라 어찌 보면 우리 삶 진솔한 소통의 아름다움이 수필에 있다고 생각한다. 이런 수필이 어찌 부잡스럽게 신변잡기적 글이라 하겠는가. 점점 진솔이라는 단어를 쓰지 않는다. 찾기 어려워서다. 사람을 만나도 이 사람은 과연 얼마큼 진솔할까 의심부터 하게 된다. 작은 행동에 영상을 찍는다고 핸드폰을 들이대고, 작은 말로 경찰서 신고를 하는 시대다. 내 행동이 혹시 기분 나빠 신고할까 싶어 무슨 말을 하지도 못하겠고, 심지어 엘리베이터를 타도 인사를 제대로 하지 못 한다. 아이들끼리도 서로 부딪히며 뛰어놀지 못한다. 잘못 부딪혔다가는 학교 폭력으로 신고 당할 수 있기 때문이다. 어딜 가나 아이들은 뛰기보다 핸드폰을 들고 앉는다. 차라리 핸드폰 가지고 노는 것이 속편하다는 것을 알기 때문이다. 시대가 어떻게 되고 있는 것인지 사람보다 핸드폰을 들여다보고 말을 하는 게 더 많아지고 있다.

핸드폰에 가려지고, 영상에 가려져 우리는 자신의 진솔조차 잊고 있다. 이럴 때 솔직하게 수필 한 편을 써 보자. 그 순간 조금씩 가려 있던 진솔이 싹 트게 될 것이다. 코로나로 꽉꽉하게 집 안에, 방 안에 갇혀 있는 요즘이다. 혼자서 외로워하지 말고 우리, 수필 한 편으로 진솔을 나눠 보자. 그래서 엘리베이터에서 이웃을 만나도 반갑게 인사도 하고, 신나게 땀 흠뻑 나도록 뛰며 놀 수 있고, 마음을 나눌 수 있는 소중한 친구임을 알게 하자. 제발 그래 보자.

#

한국문학에 대해 생각했다. 중국은 문체명변을 이어와 초석으로 삼고 있다. 일본은 불교 공(空)이 가진 문화의 내공으로 무라카미 하루키를 키웠다. 우리에게는 무엇이 있는가. 과거부터 이어온 문학의 초석이 없다. 초석은 정신이 바탕이 된 불교와 고전인데 그것이 없다. 없어.

내가 하리라. 불교의 선(禪)사상과 고전을 끌어올 것이다. 그래서 문장과 작가의 마음 상태를 4단계로 나눠 4선(禪)으로 증명할 것이다. 과학적으로.

#

시에 그린 박물관이 개관을 했다. 이지엽 교수님이 사재를 털어 한국 첫 시화 박물관이 문을 연 것이다. 죽림 시골에 박물관이 있어 반갑고 고마웠다. 뭐라도 하고 싶은 마음에 호접란을 보냈다. 내 이름을 적을까 하다 남편 이름을 적었다. 나는 아무것도 아니다. 내가 뭐라고 이름을 적어 보내겠는가.

자꾸만 이름 없이 먼지처럼 사라져간 오세재가 생각난다. 이규보를 죽림 7현에 올린 것도 오세재였다. 정작 오세재는 자신의 글 어떤 것도 남기지 않고 사라졌다. 그런 오세재도 있는데 나는 무엇인가. 내가 뭐라고 자꾸 이름을 적는가.

가고 옴이 있어 사물의 바른 모습을 보게 되면 망상이 숨어 드러나지 않게 되고 고요하여 움직이지 않는 여래장이 생긴다는데 나는 아직 멀었는가 보다. 자꾸 뭐라도 되는 양 망상처럼 이름을 적으려 하고 있으니.

#

트랙터 소리가 나지 않는다. 모내기가 다 되어 가고 있다. 조용하다. 비가 오려나 보다. 나를 생각했다. 내 글도 생각했다. 혼자만의 언어로써 가는 것도 예술에서는 중요하다. 하지만 예술도 감동을 줄 수 있는 작품이어야 한다.

특히 수필은 독자에게 울림이 되어야 한다. 그것이 소통이니까. 어렵게 쓰지 말자. 가뜩이나 사는 게 힘든데. 수필까지 어려워서야 되겠는가. 아름다움을 잃지 말자. 어렵다는 것은 내가 풀지 못해 어려운 거다. 내 문제다.

깨달음은 내 안에 있는 것이 아니다. 밖이 내게 주는 것이다. 밖을 보자. 무아, 공, 무상, 삼매. 이런 것들은 혼자 힘으로 얻는 것이 아니다. 밖을 통해서 안으로 얻는 것이다. 안은 곧 밖이다. 내가 곧 너. 아! 이래서 안과 밖이 다르지만 다른 것이 아니라고 하는 것임을 알겠다.

- '나를 수필하다'는 이쯤에서 마무리 짓는다. 다음 수필집에 후속 편을 이어서 출간할 계획이다.

정통 수필의 품격과 깊이로 드러나는
진도와 삶의 속내

이경철(문학평론가)

〈진도, 바람 소리 씻김 소리〉는 진도에 대한 이야기다. 뭍에서 보배 섬 진도로 시집와 살며 보고 듣고 겪고 성찰한 진도의 속살과 삶의 속내를 실감나고 깊이 있게 드러낸 수필 작품이다.

"서글프도록 홀로 아름다운 섬, 진도는 특히 바람이 떠나지 않고 불어대고 있다. 몇 년을 듣다 보니 어느 날 부터인가 바람이 내게 말을 하고 있는 거였다. 그때부터 진도의 구석구석 소리가 들리기 시작했다"고 작가가 책머리에 밝히고 있듯 온몸과 마음에 실갑게 와 닿는 바람, 바람이 전하는 진도와 삶의 속내가 들어 있다.

〈진도, 바람 소리 씻김 소리〉는 정통 수필이다. 풍경이나 자신의 신변잡기를 주마간산(走馬看山) 식으로 훑는 그렇고 그런 글이 아니다. 동서양고전을 섭렵하고 자신을 끊임없이 성찰하고 문체를 가다듬으며 독자들과 가장 정갈하게 소통하려는 마음에서 우러난 품격 높은 수필이다.

작가 채선후는 충북 음성에서 태어나 여주 남한강변에서 자랐다. 어려서부터 동서양고전을 탐독했던 작가는 불교 대학과 대학원에서 오랫동안 한문경전을 공부하며, 불교경전을 우리말로 맛깔스럽게 번역하는 작업에 참여해 왔다. 전공을 옮겨 국문과에서 대학원 과정을 공부하고 있는 작가는 문학의 한 장르로서 한국 수필의 연원과 그 특징을 연구하며, 작품을 쓰는 수필가로 활동해 오고 있다. 지금까지 수필집 〈십오 년 막걸리〉, 〈기억의 틀〉 등을 펴내며 끊임없이 한국 수필만의 형식과 문체를 모색, 개발해 수필의 참맛과 멋을 보여주고 있다는 평을 받고 있다.

특히 사라져 간 옛 산문의 문체를 찾아 이어가길 원하는 작가의 노력이 고스란히 담겨져 있다. 통일신라, 고려 문헌에 보이던 부(賦)를 비롯한 여러 문(文)의 종류와 특징을 연구해 온 작가가 옛 문헌을 토대로 부(賦)를 고증하여 쓴 '부(賦)'는 수필을 쓰면서 터득한 자신만의 수필 작법을 4단계로 나눠 쓴 것이 주목할 만한 점이다.

이번 수필집에는 '진도, 바람 소리 썻김 소리', '남문길 34', '홀로 눈물', '책과 함께 나를 쓰다', '나를 수필하다' 등 5부로 나눠 총 40편의 수필을 싣고 있다. 1,2,3부는 부 제목에 드러나듯 진도의 삶에서 우러난 글들이다. 4부에서는 이청준의 〈별을 보여드립니다〉, 김승옥의 〈무진기행〉 등 진도에 이웃한 남도 출신 작가 등의 고전 반열에 오른 작품들을 자신의 삶에 비춰 읽고 있다.

5부에서는 수필가로서 문학으로서의 수필의 정체성과 품격을 탐구하는 수필 의식이 빛나는 글들을 싣고 있다. 이런 수필과 문체 의식에 철저한 삶에서 우러난 글들이기에 〈진도, 바람 소리 썻김 소리〉는 읽을 맛과 함께 독자와의 공감을 품격 있게 확산시키고 있다.

"새벽에 막 잡아 왔다는 민어가 팔딱거린다. 통통한 갑오징어가 물을 뿜고 있다. 울돌목에서 잡았다는 개숭어도 있다. 알싸하게 올라오는 바다 냄새, 생선 냄새에 파도를 마주하고 있는 듯 시원하다. 창유리할매는 나오지 않았다. '아따 얼매치 줄까랑' 카랑카랑하게 장사하던 목소리가 귓가에 들리는데 없다."

진도 읍내 장 풍경을 생생하게 그린 '청각' 한 대목이다. 거센 물살을 이용해 이순신 장군이 왜 함대를 격파한 전승지로도 유명하지만 울돌목은 그 센 물살을 치고 오르는 숭어 또한 탱탱하고 맛있기로 유명하다. 그런 진도의 속맛을 전하면서도 작가는 진도 일상적 삶에서의 실수를 통한 성찰도 깊이 있게 하고 있다.

진도로 내려와 살면서 '청각'이란 해초가 무엇인지도 모르고, 또 사투리를 알아먹지 못해 실수한 이야기며 진도 사람들의 드세면서도 살가운 정을 겪은 대로 들려주고 있다. 그러면서 의지와 목적으로만 소통되는 도회와 삶과 살 부딪치는 정으로 소통되는 삶을 대비하며 소통의 의미도 찾고 있다.

"어미는 새끼를 위해, 부모는 자식을 위해 사는 모습 속에는 바라지 않는 마음이 깃들어 있다. 굳이 새끼나 자식이 아니더라도 자신이 아닌 누군가를 위해 일을 한다는 것에는 일하는 참 모습이 깃들여 있다. 바라지 않고 누군가를 위하는 마음을 무원이라고 했던가. 조도나 진도 사람들은 특히 자식 교육에 열성이다. 자식 위해서라면 팔 걷어 부치고 무슨 일이든 한다. 이런 마음이 무원이다. 무원을 받고 자란 새끼 새나 자식이 해내지 못할 일이 무엇이 있겠는가. 내가 본 하조도는 무원이 깃든 섬이었다. 어미 새의 무원을 받은 섬이니 그 섬이 키운 새끼 새는 멀리까지 날아갈 것이다. 아주 멀리 멀리 멀리."

진도에 부속된 섬 속의 섬, 조도(鳥島)를 둘러보며 쓴 '무원의 섬 하조도' 한 대목이다. 어미 새가 새끼 새들을 품고 있는 형태라서 이름을 새의 섬이라 지은 섬에서 아무 것도 바라지 않고 행하는 '무원'에 대해 성찰하고 있다. 새나 짐승 등이 그렇듯 새끼를 위해 어미는 아무것도 바라지 않고 최선을 다한다. 진도 사람들의 자식 사랑이나 교육열에서 그런 무언의 마음을 읽으며 그런 무원의 마음이 진도를 보석같이 펼쳐진 섬들의 섬으로 만드는 것으로 작가는 보고 있다.

"깨달은 자만이 볼 수 있다는 아름다운 경치가 비경이라면 비경이 상조도에 있었다. 그것도 떼로 무리를 지어 둥지를 틀고 숨어 있었다."며 무원의 사랑이 멀리 더 멀리 새끼 섬들을 바다 가득, 우주 가득 펼쳐 놓은 조도의 비경을 봐 내고 있다.

"당골네의 소리는 서럽다. 갔어야 되는데 가지 못한 서러움, 했어야 되었는데 하지 못한 서러움, 말했어야 되는데 하지 못한 아쉬움의 소리는 서럽다. 서러운 세상 서럽다 말하지 못한 세상을 향해 당골이 고한다. 땅에 맺힌 아픔을 소리로 고(告)하고, 그 땅 위 하늘에 고하며, 다녔던 길에 고하며 길에서 만나 사람들에게 얻은 아픔을 소리로 고한다. 살면서 맺힌 고(苦)를 풀어 주고, 고로 힘들었을 넋을 씻겨 주는 씻김굿을 어찌 하찮다 하겠는가."

이번 수필집의 표제작이랄 수 있는 '바람 소리 씻김 소리' 한 대목이다. 우리 국민에게 진도 하면 먼저 떠오르는 게 진도 아리랑과 씻김굿일 것이다. 지역마다 옛날부터 자생적으로 불려온 아리랑 중에서 진도 아리랑이 가장 서러우면서도 흥겹고 구성질 것이다. 바다일 논밭일 억세게 해야만 하는 진도의 삶에서 자연스레 우러난 노래가 진도 아리랑. 서러운 노동의 삶을 흥으로 돋우는 노래이기에 그런 것임을 이번 수필집은 잘 보여주고 있다.

씻김굿은 죽은 이의 넋을 씻어 주어 이승을 털고 저승으로 잘 가라 빌어 주는 굿이다. 당골네, 무당들이 주재하는 굿이기에 미신이라 홀대받기도 하지만 진도에서는 지금도 정기적으로 공연장에서 혹은 지역 축제로 펼치고 있는 게 씻김굿이다. 진도의 하늘과 땅, 산과 바다, 바람에게서 오랫동안 자연스럽게 몸으로 터득해 얻은 도리가 씻김굿에 배어 있다. 이곳의 삶에서 묻어난 더러움과 한다 씻고 풀고 온 곳으로 다시 정갈하게 돌려보내며 산 자들의 설움도 씻어 주는 민족의 정과 철학이 고스란히 담긴 연희가 씻김굿임을 작가는 체험의 실감으로 보여주고 있다.

"어둠이 죽은 오늘도 바람은 분다. 씻김굿 하듯 분다. 진도의 바람은 매일 맞이하는 죽음 속에서 또 다시 태어난다. 바람이 때로는 나를 휘감고, 나를 때렸으며, 나를 붙들고 곡을 하기도 한다. 나는 그런 바람 소리를 따라 어제 묻었던 고를 씻어 본다. 해무로 비누칠을 한 듯 푸른 바다는 거품을 바른 듯 뽀얗다. 오늘, 바람은 바다를 씻김하고 있다."

'바람 소리 씻김 소리' 끝 부분이다. 안개 낀 바다를 바람이 불어 씻어 주고 있는 신선한 묘사가 촉감에 와 닿는다. 그렇다. 바람이 짙은 해무를 씻어 낸 푸른 바다, 그 넘치는 생명을 보여주듯 씻김굿은 모든 걸 씻어 내고 새로운 생명을 주는 굿이다. 고통과 근심이 해무처럼 깔린 고해 같은 삶의 바다를 씻어 주는 굿이다.

앞 인용 대목에 보이듯 모든 원과 한을 씻어 준다. 티끌로 왔다 티끌로 가는 삼라만상 우주순환의 섭리를 자연스레 행하는 굿이다. 나태한 우리네 일상을 씻어 줘 새롭게 살 힘을 주는 원형적인 재생의식이 실감나게 구현되는 마당이 씻김굿임을 굿판에 한번이라도 어우러져 본 사람이라면 누구든 공감할 것이다. 이번 수필집에서 작가는 그런 공감의 장으로서 진도의 풍광과 삶의 속내를 살갑게 드러내고 있다

341

"하루 종일 집에 있자니 세한도(歲寒圖)의 추사 집이 떠오른다. 추사 집! 밋밋한 집에 둥그런 창문 같은 문 하나가 있다. 그 문에는 문턱이 없다. 몸이 드나드는 문이 아닌 것이다. 정신이 드나드는 문이다. 세상이 가시울타리 안에 추사를 가뒀다지만 정말 갇혀 있기만 했을까. 그는 갇혀 있지 않았다. 그가 품었던 기개와 의는 붓을 타고 화선지 위에 글과 그림으로 풀어져 멀리 중국 땅까지 전해졌다. 앉아서 달을 만진다는 말이 있다. 비록 갇혀 있다 해도 사리가 밝아 세상을 자세히 살필 수 있다면 그것은 갇힌 것이 아니다. 반대로 몸이 이곳저곳 많은 곳을 돌아다닌다 해도 사리가 어리석고 흐리멍덩하여 세상을 살피는 것이 둔하다면 이것은 갇힌 것이다."

'세한기(歲寒期)' 한 대목이다. 한겨울에도 배추가 얼지 않아 월동 배추로도 전국에 잘 알려진 따뜻한 섬 진도에도 꽃샘추위 무렵이면 세찬 눈보라가 뿌려 집에 갇힐 때를 작가는 '세한기'라 부른다. 그런 세한기에 추사가 제주도로 유배가 위리안치 됐을 때 낳은 그림 '세한도'를 떠올리고 있는 대목이다.

'세한도'를 감상하는 안목이 참 깊다. 위리안치 됐으면서도 문턱 없는 문을 그려 정신은 자유롭게 드나들게 한 추사의 뜻이며 기개를 그대로 읽어 내고 있으니. 작가도 그렇게 진도 섬에 갇혀 살며 의와 기와 이치로서 진도와 우리네 삶의 속내를 그윽하게 성찰하고 있는 수필집이 <진도, 바람 소리 씻김 소리>다.

"문(文)은 마음의 모양이라 했다. 체(體)는 모양을 담아두는 그릇과도 같은 것이다. 어떤 감정, 느낌이 어떤 체에 담아 두면 잘 전달되고 오래가는지 옛 문장가들은 습독(習讀)하였고, 이를 적어 후세에 전했다. (중략) 한국 수필은 에세이와는 다른 맛과 멋이 있으며, 여타 문학 장르와 다른 맛과 멋이 있다. 먼저 수필가들은 습독을 통해 이 맛을 보았어야 한다. 그러고 나서 그 맛 바탕에 자기의 성정(性情)을 체로 담은 후 꾸며야 된다. 지금처럼 문법으로 문장만 다듬는다고 좋은 수필이 되는 데에 한계가 있다."

수필이란 무엇인가를 밝히며 요즘 수필에 대해 반성을 가한 '습독신어론(習讀新語論)' 한 대목이다. 우리와 중국의 고전 명편들은 어떻게 문체를 가다듬어 후대에 귀감이 됐고 그런 문체들의 특징이 무엇인지를 습독해야 좋은 수필을 쓸 수 있는데 요즘에는 서양 에세이 쓰듯, 신변잡기 잡글 쓰듯 하고 있다는 것이다.

문법에 잘 들어맞게, 미사여구로 하려하고 그럴듯하게 감상이

나 자유롭게 풀어놓는다고 다 수필이 되는 것은 아니다. 시, 소설, 평론 등 다른 장르의 특징을 다 고려하여 포괄하며 자신만의 문체와 창작 기법을 고심해야 비로소 문채(文彩)가 빛나는 게 수필문학 장르다.

"수필에서 무엇보다 중요한 것은 현실을 바라보는 작가의 내면에 있다. 수필가는 현실과 부딪히면서 끊임없이 평정을 유지하기 위해 분투해야 한다. 그 과정에서 고뇌와 번민, 반성, 고찰 이런 것들이 문에 촘촘히 배어 무늬를 만들고, 무늬는 시간이 지나면서 향기를 담아 낸다. 곧 수필가는 무늬와 향기를 유지하기 위한 실험을 해야 한다."

'수필 촌평' 한 대목이다. 수필을 연구하고 써온 체험에서 우러난 작가의 수필관이다. 삶의 현실과 부딪히면서 끊임없이 고뇌하고 번민하며 그것을 성찰해 내고 성찰한다는 마음마저도 없앤 참선의 선정(禪靜) 지경에 이르러야 비로소 수필에 무늬와 향기가 밴다는 것이다. 그리고 그런 무늬와 향기를 잘 전하기 위해 수필가는 끊임없이 자신에 맞는 문체를 실험하고 개발해야 한다는 것이다. 그런 좋은 수필을 '마음을 열게 하고, 작가의 마음을 들여다보며 삶을 들여다보고, 또 서로의 정감을 듣는 글'이라고 작가는 동서고금의 빼어난 글들을 습독하고 또 창작한 체험으로서 확인해 주고 있다.

　작가는 '우리 삶 진솔한 소통의 아름다움이 수필에 있다고 생각
한다'며 '코로나로 꽉꽉하게 집 안에, 방 안에 갇혀 있는 요즘 혼자
서 외로워하지 말고 수필 한 편으로 진솔을 나눠 보자'고 권하고 있
다. 수필집 〈진도, 바람 소리 씻김 소리〉에는 온갖 고뇌를 씻고
선정삼매의 평정심에서 우러난 진솔한 소통의 아름다움이 내장돼
있다. 진도 아리랑처럼 서러우면서도 황홀한 우리네 삶과 속내, 그
가없는 깊이가 향기를 뿜고 있다. 작품 한 편 한 편 바람소리로 씻
김굿을 하듯 써내려 간 〈진도, 바람 소리 씻김 소리〉 수필집으로
진솔이 향으로 뿜어 내고 있는 글 향기를 맡아 보시길 바란다.

일송포켓북

일송포켓북은 일송북의 자회사로 한국문학 베스트 시리즈를 출간하고 있습니다.

내 손에 일송포켓북 있다!

내용은 최고, 가격은 최저, 휴대는 간편.
커피 한 잔 값으로 떠나는 산뜻한 독서 여행.

"한국 대표작가들이 직접 선정한 베스트 소설 총망라!"

한 손엔 휴대폰, 다른 손엔 포켓북!

작고 가벼워 한 손에 쏙 들어온다.
디지털 유목민의 필수품, 일송포켓북.

"한국 대표작가들을 만나는 커피 한 잔 값의 행복!"

이문열 《아우와의 만남》
이문열의 소설을 다 읽었다 해도 이 책에 수록된 작품들을 읽지 않고는 결코 이문열 문학을 논할 수 없다!

박범신 《겨울강 하늬바람》
영원한 청년 작가 박범신이 혼신의 힘을 다해서 쓴 이 소설에는 시대의 아픔을 껴안는 그의 문학 정신이 녹아 있다.

이청준 《날개의 집》
초기작부터 최근작에 이르기까지, 이청준 문학의 큰 흐름을 형성하는 소설 중에서 가장 중요한 작품들을 엄선했다.

이승우 《에리직톤의 초상》
'스물두 살의 천재라는 찬사를 들으며 화려하게 등단한 이래 관념을 소설화하는 독특한 작품세계를 펼쳐 온 이승우의 대표작!

박영한 《왕룽일가》
서울 근교의 우묵배미라는 농촌을 삶의 무대로 살아가는 사람들의 슬프지만 우스꽝스런 이야기들을 형상화한 박영한의 대표작!

윤흥길 《낫》
일본에서 먼저 출간되어 대단한 화제를 불러일으킨 이 작품은 윤흥길 소설만이 갖고 있는 특별한 매력을 물씬 풍기고 있다.

전상국 《유정의 사랑》
전형적인 사랑 이야기와 김유정의 평전이 자연스레 녹아 한 편의 퓨전 소설 형식을 취하며 문학의 새 지평을 연 놀라운 작품이다

윤후명 《무지개를 오르는 발걸음》
윤후명이 아니면 도저히 쓸 수 없는 특유의 문체
와 독특한 작품 분위기, 그리고 각별한 재미!

이순원 《램프 속의 여자》
전방위 작가 이순원이 외롭고 슬픈 한 여자를 통
해 우리가 살아온 각 시대의 성의 사회사를 살펴
본 탁월한 소설이다.

고은주 《아름다운 여름》
아나운서인 여자와 우울증 환자인 남자의 이야기
를 통해 '진짜' 당신을 만날 수 있게 해주는 '오늘의
작가 상' 수상작.

이호철 《판문점》
분단 문학을 새로운 차원으로 끌어올린 이호철의
대표작 중 미국과 프랑스에서 출간되어 호평 받
은 작품만을 엄선했다.

서영은 《시간의 얼굴》
'너를 진정으로 사랑하여 나를 부수고 다른 나로
태어나려는' 주인공의 열망을 심정적으로 온전
히 치른 역작.

김원우 《짐승의 시간》
유니크한 작품세계를 구축하고 있는 김원우 문학
의 원형을 보여주는, 젊은 시절의 열정을 고스란
히 바친 첫 번째 장편소설.

한승원 《아버지와 아들》
토속적인 세계와 역사의식을 통해 민족적인 비극
과 한을 소설화하면서 독보적인 세계를 구축한
한승원의 '기리야마 환태평양도서상' 수상작.

송영 《금지된 시간》

미국 펜클럽 기관지에 소설이 소개되어 새롭게
주목받은 송영이 심혈을 기울여서 쓴 한 몽상가
의 이야기.

조성기 《우리 시대의 사랑》

성과 사랑의 경계에 대한 질문을 던지며 많은 화
제를 모았던 이 작품은 조성기를 인기 소설가로
만들어준 출세작이다.

구효서 《낯선 여름》

다양한 주제를 섭렵하면서 독특한 자기 세계를
구축하고 있는 우리 시대의 중요한 소설가 구효
서의 야심작.

한수산 《푸른 수첩》

짙은 감성과 화려한 문체로 한 시대를 풍미했던
한수산이 전성기 때의 문학적 열정으로 그려낸
빛나는 언어의 축제.

문순태 《징소리》

향토색 짙은 작품으로 우리 소설의 한 축을 굳게
지키고 있는 문순태는 이 작품에서 한에 대한 미
학의 극치를 보여준다.

김주영 《즐거운 우리집》

한국 문단의 탁월한 이야기꾼 김주영의 주옥같은
작품들을 한자리에 묶은 대표작 모음집.

조정래 《유형의 땅》

네티즌이 선정한 2005 대한민국 대표작가 조정
래의 문학적 뿌리는 이 책에 수록된 빛나는 단편
소설이다.